마음

초판 1쇄 인쇄 2025년 5월 26일
초판 1쇄 발행 2025년 6월 2일

지은이   나쓰메 소세키
옮긴이   장하나

펴낸이   이성림
펴낸곳   성림북스

책임편집   김화영
디자인   노영현

출판등록   2014년 9월 3일 제25100-2014-000054호
주소   서울시 은평구 연서로3길 12-8, 502
대표전화   02-356-5762 **팩스** 02-356-5769
이메일   sunglimonebooks@naver.com

ISBN   979-11-93357-61-3 03830

· 책값은 뒤표지에 있습니다.
· 이 책의 판권은 성림원북스(성림북스)에 있습니다.
· 이 책의 내용 전부 또는 일부를 재사용하려면
  성림원북스(성림북스)의 서면 동의를 받아야 합니다.

마음

나쓰메 소세키

장하나 옮김

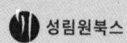

차례

상。 선생님과 나 _7

중。 부모님과 나 _111

하。 선생님과 유서 _165

역자 후기
고요한 바다 아래, 슬픈 그림자 _325

일러두기

1. 《마음》은 1914년 4월부터 8월까지 〈아사히신문〉에 연재되었습니다.
2. 이 책은 《こころ》(신초문고, 1952년 12월 29일 발행)를 원본으로 삼았습니다.
3. 본문 하단의 각주는 옮긴이의 것입니다.

상

선생님과 나

1

 나는 그 사람을 늘 선생님이라 불렀다. 그러니 여기서도 그저 선생님이라 쓸 뿐, 본명은 밝히지 않겠다. 이는 세간의 이목을 염려해서라기보다 그러는 편이 내게 자연스럽기 때문이다. 나는 그 사람을 기억에서 떠올릴 때마다 '선생님' 하고 부르고 싶어진다. 펜을 들어도 마음은 한결같다. 이니셜 같은 건 어색해서 도저히 쓸 마음이 나지 않는다.
 선생님을 알게 된 건 가마쿠라에서였다. 그때 나는 아직 어린 학생이었다. 여름방학을 틈타 해수욕장에 간 친구로부터 꼭 오라는 엽서를 받고, 나는 약간의 여비를 마련해서 가기로 했다. 돈을 마련하는 데 이삼일이 걸렸다. 그런데 내가 가마쿠라에 도착한 지 사흘도 안 돼서 나를 불러들인 친구는 갑자기 고향으로 돌아오라는 전보를 받았다. 전보에는 어머니가 편찮으시다고 쓰여 있었으나 친구는 그 말을 믿지 않았다. 전부터 고향에 계신 부모님으로부터 내키지 않는 결혼을 강요당하고 있었기 때문이다. 현대의 관습으로 보자면 결혼하기에는 아직 이르다. 무엇보다 상대가 마음에 들지 않았다. 그래서 여름방학에 당연히 돌아가야 할 집을 일부러 피해 도쿄 근처에서 놀고 있었던 것이다. 친구는 전보를 내게 보여주며 어쩌면 좋겠냐고 물었다. 나는 어쩌면 좋을지 알 수 없었다. 하지만 어머니가 진짜 편찮으시다면 당장 집으로 돌아가야 한다. 결국 친구는 집으로 돌아가게 되었고, 모처럼 놀러 온 나만 홀로 남겨졌다.

개학하려면 아직 멀었고, 가마쿠라에 남든 도쿄로 돌아가든 딱히 상관없었던 나는, 원래 잡아둔 숙소에 당분간 머물기로 했다. 친구는 주고쿠 지방에 있는 어느 자산가의 아들로 경제적으로 부족함은 없었으나, 학교도 학교고 나이도 어리다 보니 생활 수준은 나와 별반 다르지 않았다. 그래서 혼자 남게 된 나는 새로 적당한 숙소를 찾아야 하는 번거로움도 없었다.

숙소는 가마쿠라에서도 외곽에 있었다. 당구니 아이스크림이니 하는 서양 문물을 누리려면 긴 논두렁을 하나 넘어야 했다. 인력거로 가도 이십 전은 든다. 그래도 개인 별장이 여기저기 들어선 곳이었다. 더구나 바다와 무척 가까워서 해수욕을 즐기기에는 더없이 좋은 위치였다.

나는 날마다 바다에 들어가려고 밖으로 나왔다. 낡은 초가지붕 사이를 빠져나와 바닷가로 내려가면, 근방에 도회지 사람들이 이렇게나 많이 살고 있었나 싶을 정도로 해변은 피서객들로 붐볐다. 바다가 대중탕처럼 북적인 날도 있었다. 그들 중 아는 이 하나 없었던 나는, 이런 복작복작한 풍경 속에서 모래 위에 벌렁 누워 있거나 무릎까지 밀려오는 파도 위를 첨벙첨벙 뛰어다니는 일을 재미있어했다.

그러다 이 혼잡한 틈바구니에서 선생님을 발견했다. 바닷가에는 찻집이 두 군데 있었다. 나는 어쩌다 보니 그중 한 집을 드나들게 되었다. 하세 해안에 큰 별장을 소유한 사람과는 달리, 옷을 갈아입을 곳이 없는 이곳 피서객들에게는 공동 탈의실 같은 장소가 필요했다. 사람들은 여기서 차를 마시고 쉬는 일 외에도 수영복을 빨아달라 하거나 소금기 있는 몸을 닦기도 하고 모자나 양산을 맡기기도 했다. 나는 수영복은 없지만, 소지품을 도둑맞을 우려가 있었기에 바다에 들어갈 때마다 그 찻집에 물건을 맡겼다.

2

내가 그 찻집에서 선생님을 본 건 선생님이 옷을 벗고 막 바다로 들어가려던 참이었다. 그때 나는 반대로 젖은 몸을 바람에 말리면서 해변으로 올라오고 있었다. 우리 두 사람 사이에는 시야를 가리는 수많은 검은 머리들이 움직이고 있었다. 특별한 사정이 없었다면, 나는 선생님을 그대로 지나쳤을지도 모른다. 해변은 그만큼 혼잡했고, 나는 그만큼 정신이 없었다. 그런데도 내가 선생님을 발견한 건 선생님이 한 서양인과 함께 있었기 때문이다.

그 서양인이 찻집에 들어서는 순간, 하얀 피부색이 내 눈길을 끌었다. 유카타*를 입은 그는 그 옷을 탁자에 휙 벗어 던지고 팔짱을 낀 채 바다를 향해 서 있었다. 그는 우리가 입는 팬티 말고는 아무것도 걸치지 않았다. 내게는 그 모습이 가장 신선했다. 나는 이틀 전에 유이가하마 해변까지 가서 모래 위에 쭈그리고 앉아 서양인이 바다로 들어가는 모습을 바라보았다. 내가 앉아 있던 곳은 조금 높은 언덕 위였다. 그 바로 옆이 호텔 뒷문이었기에 내가 멀거니 앉아 있는 동안 꽤 많은 남자들이 소금물을 뒤집어쓰러 나왔지만, 웃통을 까거나 팔과 허벅지를 내놓은 사람은 아무도 없었다. 여자들은 특히 살을 감추고 있었다. 대개는 머리에 고무 모자를 쓰고 있어서 칙칙한 적갈색이나 감색, 남색 머리가 물결 사이로 둥실거렸다. 그런 모습만 봐왔던 나로서는 팬티만 달랑 걸치고 사람들 앞에 서 있는 이 서양인이 무척이나 낯설어 보였다.

이윽고 그는 옆을 돌아보더니 그곳에 쭈그리고 있던 일본인에게 뭐라고 한두 마디 말을 걸었다. 그 일본인은 모래 위

---

* 목욕 후나 여름철에 입는 무명 홑옷.

에 떨어진 수건을 주워 들던 참이었는데, 그것을 줍자마자 머리를 감싸고 바다 쪽으로 걸어 나갔다. 그 사람이 바로 선생님이었다.

나는 단지 호기심 때문에 나란히 해변으로 내려가는 두 사람의 뒷모습을 지켜보고 있었다. 그들은 곧장 파도 속으로 발을 내디뎠다. 그러고는 얕은 곳에서 와글와글 떠드는 인파를 헤치고 비교적 넓은 곳으로 가더니 둘 다 수영을 시작했다. 두 사람은 머리가 조그맣게 보일 때까지 먼바다로 향했다. 그러고서 방향을 틀어 다시 해변까지 일직선으로 헤엄쳐 돌아왔는데, 찻집에 와서는 우물물에 씻지도 않고 바로 물기를 닦더니 옷을 주워 입고 어디론가 사라져버렸다.

그들이 나간 뒤, 나는 원래 자리에 앉아 담배를 피웠다. 그때 나는 멍하니 앉아 선생님의 모습을 떠올렸다. 아무래도 어디선가 본 얼굴 같은데, 언제 어디서 만난 사람인지 도무지 생각나지 않았다.

그 당시 나는 걱정거리가 없어 마음이 편안했다기보다 오히려 무료함에 시달리고 있었다. 그래서 다음 날 다시 선생님을 만났던 시간에 맞춰 일부러 찻집에 나가보았다. 서양인은 보이지 않고 선생님 혼자만 밀짚모자를 쓰고 나타났다. 선생님은 안경을 벗어 탁자 위에 올려놓고 수건으로 머리를 감싸더니 성큼성큼 해변으로 내려갔다. 선생님이 어제처럼 혼잡한 피서객 사이를 헤치고 홀로 헤엄쳐나가는 순간, 문득 그 뒤를 쫓아가고 싶어졌다. 얕은 물을 머리 위까지 튀기며 꽤 깊은 곳까지 간 나는, 거기서부터 선생님을 목표로 빠르게 헤엄쳐나갔다. 그러자 선생님은 어제와 달리 커브를 그리며 다른 방향에서 해변 쪽으로 돌아가기 시작했다. 그래서 나는 결국 목적을 이루지 못했다. 모래 위로 올라와 물방울이 뚝뚝 떨어지는 손을 털면서 찻집에 들어서자 선생님은 벌써 옷을 갈아입고 나와 반대로 나갔다.

3

다음 날도 같은 시각에 해변으로 나가 선생님의 얼굴을 보았다. 그다음 날도 같은 일을 되풀이했다. 하지만 말을 걸 기회도, 인사를 나누는 일도 우리 두 사람 사이에는 없었다. 게다가 선생님의 태도는 사교와는 거리가 멀었다. 일정한 시각에 초연히 왔다가 다시 초연히 돌아갔다. 주위가 아무리 시끌벅적해도 전혀 신경 쓰지 않는 모습이었다. 처음에 함께 온 서양인은 그 후로 모습을 보이지 않았다. 선생님은 늘 혼자였다.

어느 날 선생님이 여느 때처럼 바다에서 나와 여느 때와 같은 자리에 벗어놓은 유카타를 입으려는데, 어째서인지 그

유카타에 모래가 잔뜩 묻어 있었다. 선생님은 모래를 털어 내려고 뒤로 돌아 옷을 두세 번 흔들었다. 그러자 옷 밑에 놓여 있던 안경이 탁자 틈으로 떨어졌다. 선생님은 흰 바탕에 잔무늬가 들어간 옷 위에 허리띠를 두르고 나서야 안경이 사라진 것을 알아차렸는지 갑자기 그 근처를 찾아 헤매기 시작했다. 나는 곧장 탁자 아래로 머리와 손을 넣어 안경을 주웠다. 선생님은 고맙다고 말하며 내 손에서 안경을 받아 들었다.

다음 날 나는 선생님을 따라 바다로 뛰어들었다. 그리고 선생님이 가는 방향으로 헤엄쳐 갔다. 이백 미터쯤 나아가자 선생님은 뒤를 돌아보며 나에게 말을 걸었다. 드넓은 바다 위에 떠 있는 건 나와 선생님, 우리 둘뿐이었다. 그리고 저 멀리 강한 햇빛이 물과 산을 비추고 있었다. 나는 자유와 환희에 찬 근육을 움직여 바닷속에서 춤을 췄다. 선생님은 팔과 다리의 움직임을 멈추고 물결 위에 드러누웠다. 나도 선생님을 따라 했다. 푸른 하늘 위 강렬한 햇살이 눈을 찌르듯 내 얼굴로 쏟아졌다.

"기분 좋네요."

나는 소리쳤다.

잠시 후 바닷속에서 일어나듯 자세를 고친 선생님은 "이제 갈까요?" 하며 나를 재촉했다. 비교적 체력이 강했던 나는 좀더 바다에서 놀고 싶었다. 하지만 선생님이 가자고 했을 때 나는 곧바로 "네, 가요" 하고 흔쾌히 대답했다. 우리는 다시 왔던 길을 헤엄쳐 해변으로 돌아갔다.

나는 그날 이후로 선생님과 친해졌다. 그러나 선생님이 어디에 머무는지는 아직 몰랐다. 그러고 나서 이틀이 지나고 사흘째 되던 날 오후였을 것이다. 선생님과 찻집에서 마주쳤을 때, 선생님은 내게 불쑥 물었다.

"여기서 오래 머물 생각인가요?"

아무 생각이 없었던 나는 이런 물음에 대한 답을 머릿속에 준비해 두지 않았다. 그래서 "잘 모르겠습니다" 하고 대답했다. 그러나 빙그레 웃고 있는 선생님의 얼굴을 보았을 때, 나는 어쩐지 겸연쩍었다. "선생님은요?" 하고 되묻지 않을 수 없었다. 내 입에서 선생님이라는 말이 처음 나온 순간이었다.

나는 그날 저녁 선생님의 숙소로 찾아갔다. 여느 여관들과 달리 널찍한 절 경내에 있는 별장 같은 건물이었다. 그곳에 사는 사람이 선생님의 가족이 아니라는 사실도 알게 되었다. 내가 선생님, 선생님, 하고 부르자 선생님은 쓴웃음을 지었다. 나는 그 호칭이 연장자를 부르는 나의 입버릇이라고 변명했다. 나는 지난번 본 서양인에 대해 물었다. 선생님은 그가 좀 남다르다는 것, 이제 가마쿠라에 없다는 것 등 이런저런 이야기를 들려준 끝에 일본인과도 그다지 교류가 없는데 그런 외국인과 가깝게 지내다니 이상한 일이라고 했다. 나는 마지막으로 선생님에게 어디선가 선생님을 뵌 것 같은데 도통 생각이 나질 않는다고 말했다. 어린 마음에 상대방도 나와 같은 느낌을 받지 않았을까 내심 궁금했다. 그러고는 속으로 선생님의 대답을 예상했다. 그런데 선생님은 잠시 침묵한 뒤 "아무래도 본 기억이 없네요. 사람을 잘못 본 것 같군요"라고 해서 나는 일종의 실망감을 느꼈다.

4

　나는 월말에 도쿄로 돌아왔다. 선생님은 나보다 훨씬 전에 피서지를 떠났다. 선생님과 헤어질 때 "앞으로 종종 댁으로 찾아가도 될까요?" 하고 물었다. 선생님은 그저 "예, 와요"라는 말만 했다. 그때 나는 선생님과 꽤 친해졌다고 생각해서 좀더 자상한 말을 기대하고 물어본 것이다. 그래서 이 시큰둥한 대답은 나를 조금 움츠러들게 했다.
　나는 이런 식으로 선생님에게 자주 서운함을 느꼈다. 선생님은 그것을 눈치채고 있는 것 같기도 하고, 전혀 눈치채지 못하고 있는 것 같기도 했다. 나는 자주 섭섭함을 느꼈으나 그런 이유로 선생님과 멀어지고 싶진 않았다. 도리어 불안해질 때마다 더 가까이 다가가고 싶었다. 가까이 다가가면 내가 기대하는 무언가가 눈앞에 나타나리라 생각했다.

나는 어렸다. 하지만 젊은 피가 모든 인간에게 순순히 작용할 것이라고는 생각지 않았다. 나는 왜 유독 선생님한테만 이런 마음이 드는지 이해할 수 없었다. 왜 그랬는지 선생님이 죽고 난 지금에서야 비로소 이해가 되었다. 선생님은 처음부터 나를 싫어했던 건 아니었다. 선생님이 내게 이따금 비친 차가운 인사나 태도는 나를 멀리하려는 불쾌감의 표현은 아니었다. 그것은 자신에게 다가오려는 사람에게 본인은 그럴 가치가 없으니 멈추라는 선생님의 애처로운 경고였다. 타인이 내비치는 애정에 응하지 않은 선생님은, 다른 사람을 경멸하기 전에 먼저 자신을 경멸했던 것이다.

  나는 물론 선생님을 찾아갈 생각으로 도쿄로 돌아왔다. 개학까지는 아직 이 주일의 시간이 남아 있어서 조만간 한번 찾아가야지 생각했다. 그런데 돌아온 지 이삼일이 지나자 가마쿠라에서 느꼈던 감정이 점점 옅어져 갔다. 게다가 알록달록한 대도시의 공기가 기억의 부활로 내 마음을 짙게 물들였다. 거리의 학생들 얼굴을 볼 때마다 새 학년에 대한 희망과 긴장감을 느꼈다. 나는 잠시 선생님을 잊었다.

  학기가 시작되고 한 달쯤 지나자 내 마음에 또 일종의 타성이 생겼다. 나는 뭔가 공허한 얼굴로 거리를 배회했다. 뭔가를 갈망하듯 방 안을 두리번거렸다. 내 머릿속에는 다시금 선생님의 얼굴이 떠올랐다. 나는 또 선생님을 만나고 싶어졌다.

처음 선생님 댁을 찾아갔을 때 선생님은 외출 중이었다. 두 번째로 간 건 그다음 주 일요일로 기억한다. 맑게 갠 하늘이 몸속 깊이 스며드는, 그런 기분 좋은 날씨였다. 그날도 선생님은 집에 없었다. 가마쿠라에 있을 때, 선생님은 본인 입으로 대개 집에 있다고 말했다. 오히려 외출을 싫어한다고 했다. 두 번 찾아가 두 번 모두 선생님을 만나지 못한 나는 그 말을 떠올리며 이유 없는 불만을 느꼈다. 그래서 문 앞을 선뜻 떠날 수 없었다. 하녀의 얼굴을 보고 머뭇머뭇하며 그곳에 서 있었다. 얼마 전 내게서 명함을 받은 일이 떠올랐는지 하녀는 나를 세워두고 다시 안으로 들어갔다. 이윽고 부인으로 보이는 사람이 대신 나왔다. 아름다운 부인이었다.

부인은 공손히 내게 선생님이 간 곳을 알려주었다. 선생님은 매월 이날만 되면 조시가야 묘지에 있는 어느 고인에게 꽃을 바치러 간다고 했다.

"십 분 전쯤 막 나가셨어요."

부인은 미안해하며 말했다.

나는 인사를 하고 밖으로 나왔다. 북적이는 거리 쪽으로 백 미터쯤 걸어가자 나도 산책 삼아 조시가야에 가고 싶어졌다. 어쩌면 선생님을 만날 수 있지 않을까 하는 호기심도 생겼다. 그래서 곧장 발길을 돌렸다.

5

　나는 묘지 바로 앞에 있는 묘목밭 왼쪽으로 들어가 양쪽에 단풍나무가 늘어선 넓은 길을 따라 안쪽으로 걸어갔다. 그러자 그 끝에 자리한 찻집에서 선생님으로 보이는 사람이 나왔다. 나는 그의 안경테가 햇빛에 반짝여 보이는 곳까지 가까이 다가갔다. 그리고 불쑥 "선생님!" 하고 큰 소리로 불렀다. 선생님은 발길을 멈추고 내 얼굴을 쳐다보았다.
　"어떻게……, 어떻게……."
　선생님은 같은 말을 두 번이나 반복했다. 그 말은 고요한 한낮에 묘한 선율처럼 되풀이되었다. 나는 갑자기 말이 나오지 않았다.
　"내 뒤를 따라왔나요? 어떻게……."
　선생님의 태도는 오히려 침착했다. 목소리는 가라앉아 있었다. 하지만 그 표정 속에는 뭐라 말할 수 없는 모종의 그늘이 드리워져 있었다.
　나는 내가 왜 여기에 왔는지 선생님께 말씀드렸다.
　"누구의 묘를 추모하러 왔는지 아내가 이름을 말하던가요?"
　"아뇨, 그런 말씀은 전혀 안 하셨습니다."
　"그렇군요. ……그래, 그럴 리가 없죠, 처음 만난 사람한테. 말할 이유가 없으니까."

선생님은 그제야 안심한 모습이었다. 그러나 나는 그 의미를 전혀 알 수 없었다.

선생님과 나는 거리로 나가기 위해 무덤들 사이를 빠져나왔다. 이사벨라* 누구의 묘, 신복** 로긴의 묘 옆에 일체중생실유불성(一切衆生悉有佛性)***이라 쓴 탑이 세워져 있었다. 전권공사**** 누구라는 묘도 있었다. 나는 안득렬(安得烈)이라고 새겨진 작은 무덤 앞에서 선생님께 물었다.

"이건 뭐라고 읽을까요?"

"안드레아라고 읽으라는 거겠지요."

선생님은 이렇게 대답하며 쓴웃음을 지었다.

선생님은 이 묘비들이 드러내는 다양한 양식에 대해 나만큼 재밌고 아이러니하게 생각하는 것 같진 않았다. 내가 둥그런 묘석과 길쭉한 화강암 비석들을 가리키며 떠들어대는 것을 선생님은 처음에는 잠자코 듣고 있다가 마침내 한마디 했다.

"그쪽은 죽음에 대해 아직 진지하게 생각해본 적이 없군요."

나는 입을 다물었다. 선생님도 더는 아무 말도 하지 않았다.

---

* 성경에 등장하는 인물로 대제사장 아론의 후손.
** 신의 종이란 뜻으로 남자 기독교 신도를 이르는 말.
*** 모든 중생에게는 불성이 있다는 뜻.
**** 나라를 대표해 파견되는 외교 사절.

묘지의 경계에 커다란 은행나무 한 그루가 하늘을 가리듯서 있었다. 그 아래에 이르렀을 때, 선생님은 높은 가지를 올려다보며 말했다.

"조금만 더 지나면 아름답겠네요. 이 나무가 온통 노랗게 물들면 사방이 금빛 낙엽으로 뒤덮이지요."

선생님은 달에 한 번은 꼭 이 나무 아래를 지났던 것이다.

맞은편에 울퉁불퉁한 땅을 고르며 새 묘지를 다지고 있던 남자가 괭이질하던 손을 멈추고 우리를 쳐다봤다. 우리는 그곳에서 왼쪽으로 꺾어 곧장 거리로 나왔다.

이제 어디로 가겠다는 목적지가 없던 나는 선생님이 가는 쪽으로 걸어갔다. 선생님은 평소보다 더 말이 없었다. 그래도 나는 별로 답답함을 느끼지 않고 터벅터벅 함께 걸어갔다.

"곧장 댁으로 가시나요?"

"네, 딱히 들를 데도 없으니."

우리는 다시 말없이 남쪽으로 언덕길을 내려갔다.

"선생님 댁 묘지가 거기에 있나요?"

내가 다시 입을 열었다.

"아니요."

"누구의 묘입니까? ……양친의 묘소인가요?"

선생님은 다른 말은 하지 않았다. 나도 더는 묻지 않았다. 백 미터쯤 걷다가 선생님이 갑자기 다시 그 얘기를 꺼냈다.

"내 친구 묘가 있어요."

"매달 친구분 묘에 오시나요?"

"네."

그날 선생님은 이 대답 외에 다른 말은 하지 않았다.

6

나는 그날 이후로 가끔 선생님을 찾아갔다. 갈 때마다 선생님은 집에 있었다. 선생님을 만나는 횟수가 거듭될수록 나는 더 열심히 선생님을 찾아갔다.

하지만 나를 대하는 선생님의 태도는 처음 인사를 나눈 날이나 친해진 후나 크게 다르지 않았다. 선생님은 언제나 조용했다. 어떤 날은 너무 조용해서 쓸쓸할 정도였다. 나는 처음부터 선생님께는 다가가기 어려운 묘한 구석이 있다고 생각했다. 동시에 꼭 다가가야 할 것만 같은 느낌도 강하게 들었다. 선생님께 이런 느낌을 받은 사람은 어쩌면 나뿐일지도 모른다. 그러나 이 직감은 훗날 사실로 증명되었으니, 유치하다거나 바보 같다거나 해도 그것을 미리 내다본 나의 직감을 어쨌든 믿음직스럽고 또 기쁘게 생각하고 있다. 인간을 사랑할 수 있는 사람, 또 사랑하지 않을 수 없는 사람, 그러면서도 자신의 품속에 들어오는 것을 두 팔 벌려 껴안을 수 없는 사람, ……이것이 선생님이었다.

방금 말한 대로 선생님은 늘 조용했다. 차분했다. 하지만 가끔 모종의 그늘이 그 얼굴에 비칠 때가 있었다. 창문에 새 그림자가 검게 비치는 것처럼. 비쳤다가 금세 사라지긴 했지만. 내가 처음으로 선생님의 미간에서 그 그늘을 본 것은 조시가야의 묘지에서 선생님을 불렀을 때였다. 나는 그 순간, 지금까지 잘 뛰던 심장의 박동이 조금 희미해진 느낌을 받았다. 하지만 그건 단지 일시적인 현상에 지나지 않았다. 내 심장은 오 분도 지나지 않아 평소의 탄력을 회복했다. 나는 그렇게 흐린 기운의 그늘을 잊어버렸다. 뜻밖에도 그 일이 생각난 것은 소춘(음력 10월)이 얼마 남지 않은 어느 날 밤의 일이었다.

선생님과 이야기를 나누다가 문득 선생님이 막한 은행나무가 눈앞에 떠올랐다. 헤아려보니 선생님이 매월 성묘하러 간다는 날이 그로부터 사흘 뒤였다. 그날은 수업이 오전 중에 끝나는 여유로운 날이었다. 나는 선생님께 이렇게 말했다.

"선생님, 조시가야에 있던 은행나무는 단풍이 다 졌을까요?"

"다 지진 않았을 거예요."

선생님은 그렇게 대답하면서 내 얼굴을 바라보았다. 그리고 잠시간 눈을 떼지 않았다. 나는 얼른 말을 이었다.

"이번에 성묘 가실 때 저도 따라가면 안 될까요? 선생님과 함께 그 근방을 산책하고 싶어서요."

"난 성묘하러 가는 거지, 산책하러 가는 게 아닙니다."

"그래도 가는 김에 산책하면 좋지 않을까요?"

선생님은 아무 대답도 하지 않았다. 잠시 뒤 "나는 성묘하러 가는 거예요"라며 성묘와 산책을 구분하려는 모습을 보였다. 나와 가고 싶지 않다는 일종의 구실일까. 나는 그때 선생님이 아이 같고 어딘가 이상하다고 생각했다. 나는 더 다가가고 싶었다.

"그럼 성묘만이라도 좋으니 함께 가게 해주세요. 저도 성묘할 테니까요."

사실 나로서는 성묘와 산책의 구별이 무의미해 보였다. 그러자 선생님의 눈썹에 그늘이 졌다. 눈 속에서도 묘한 빛이 나왔다. 그 눈빛은 성가신 것도, 불쾌한 것도, 두려운 것도 아닌, 한마디로 정의할 수 없는 희미한 불안감 같은 것이었다. 나는 순간 조시가야에서 "선생님!" 하고 외쳤을 때의 기억이 선명하게 떠올랐다. 그때의 표정과 똑같았다.

"나는."

선생님이 말했다.

"나는 그쪽에게 말할 수 없는 어떤 이유가 있어요. 그래서 그곳에 다른 사람과 함께 성묘하러 가고 싶지 않습니다. 내 아내마저 아직 데려간 적이 없어요."

7

나는 이상하다고 생각했다. 그러나 나는 선생님을 연구하려고 그 댁에 드나든 것이 아니다. 그 이야기를 그냥 그대로 흘려 넘겼다. 지금 생각해보면 그때 나의 태도는 내 삶 속에서 오히려 소중히 여겨야 할 것 중 하나였다. 전적으로 그런 태도 덕분에 선생님과 인간적인 따뜻한 교류가 가능했다고 생각한다. 혹 나의 호기심이 조금이라도 선생님의 마음을 연구하는 데 작용했다면, 우리를 잇는 동정의 실은 그때 가차 없이 끊어지고 말았을 것이다. 어린 나는 내 태도를 전혀 자각하지 못했다. 그래서 소중한 것인지도 모르겠지만, 자칫 잘못해 그 반대의 태도를 보였다면, 두 사람 사이에 어떤 결과가 빚어졌을까, 상상만으로도 소름이 끼친다. 그렇지 않아도 선생님은 차가운 시선으로 관찰당하는 것을 늘 두려워했다.

나는 한 달에 두세 번씩은 꼭 선생님 댁에 갔다. 내 발길이 점점 잦아지던 어느 날 선생님이 문득 내게 물었다.

"나 같은 사람 집에 왜 이렇게 자주 찾아오지요?"

"뭐 특별한 의미는 없습니다. ……귀찮게 해드렸나요?"

"아니요."

실제로 성가셔하는 기색은 보이지 않았다. 나는 선생님의 교류 범위가 극히 좁다는 사실을 알고 있었다. 그 무렵 선생님의 동창생 중 도쿄에 사는 사람은 두세 명에 불과하다는 것도 알고 있었다. 선생님과 동향인 학생들이 가끔 응접실에서 동석한 날도 있었지만, 그들 중 누구도 나만큼 선생님에게 친밀감을 느끼는 것처럼 보이는 이는 없었다.

"난 외로운 사람입니다."

선생님이 말했다.

"그래서 당신이 와주는 게 기뻐요. 그래서 왜 이렇게 자주 오느냐고 물은 겁니다."

"그건 또 무슨 말씀이세요?"

내가 이렇게 되물었을 때 선생님은 아무 대답도 하지 않았다. 내 얼굴을 보고 "몇 살이죠?"라고 물었을 뿐이다.

이 문답은 나로서는 도통 알 수 없는 말이었지만, 더는 캐묻지 않고 돌아왔다. 그리고 나흘도 채 지나지 않아 다시 선생님을 찾아왔다. 선생님은 응접실로 나오자마자 웃으며 말했다.

"또 왔군요."

"네, 왔습니다."

나도 말하며 웃었다.

다른 사람한테 이런 말을 들었다면 분명 불쾌했을 것이다. 그러나 선생님에게 들었을 때는 그 반대였다. 불쾌하기는커녕 오히려 유쾌했다.

"난 외로운 사람입니다."

선생님은 그날 밤 또 지난번의 말을 되풀이했다.

"나는 외로운 사람이지만, 어쩌면 그쪽도 외로운 사람이 겠지요. 나는 외로워도 나이가 있어서 이대로 가만히 있을 수 있지만, 그쪽은 젊으니까 그럴 수 없을 거예요. 움직일 수 있는 만큼 움직이고 싶겠지요. 움직여 뭔가에 부딪혀보고 싶겠지요……."

"전 조금도 외롭지 않습니다."

"젊은 시절만큼 외로운 건 없지요. 그럼 왜 이렇게 우리 집에 자주 찾아오지요?"

여기서도 지난번의 말이 다시 선생님의 입에서 되풀이되었다.

"그쪽은 아마 나를 만나도 외로운 마음이 어딘가 남아 있을 겁니다. 내게는 당신을 위해 그 외로움을 송두리째 끄집어낼 힘이 없으니까. 그쪽은 이제부터 바깥을 향해 팔을 벌려야 해요. 그러면 우리 집 쪽으로는 발길이 닿지 않을 겁니다."

선생님은 이렇게 말하며 쓸쓸하게 웃었다.

8

선생님의 예언은 다행히 실현되지 않았다. 인생의 경험

이 없던 당시의 나로서는 이 예언 속에 함축된 명료한 의미조차 이해할 수 없었다. 나는 여전히 선생님을 만나러 갔다. 어느 날부터는 선생님의 식탁에서 함께 밥도 먹었다. 그러면서 자연스레 부인과도 이야기를 나누게 되었다.

평범한 남자가 그렇듯 나는 여자에게 냉담하지 않았다. 하지만 어렸던 나는 그동안 여자와 교제다운 교제를 해본 적이 없었다. 그래서였는지는 모르겠으나 내 관심은 길거리에서 마주치는 알지도 못하는 여자를 향해 활발히 작동할 뿐이었다. 현관에서 부인을 처음 만났을 때부터 아름답다는 인상을 받았다. 그리고 만날 때마다 늘 같은 인상을 받았다. 하지만 그 외에는 부인에 대해 딱히 이렇다 할 감정이 없다.

이건 부인에게 특색이 없어서라기보다는 특색을 드러낼 기회가 없어서라고 해석하는 편이 적당할 것이다. 그러나 나는 언제나 선생님의 일부라는 마음으로 부인을 대했다. 부인도 자기 남편을 찾아오는 학생이니까 정도의 호의로 나를 대했던 듯하다. 그래서 중간에 있는 선생님을 빼면 부인과 나는 산산이 흩어졌다. 그래서 부인에 대해서는 단지 아름답다는 것 외에는 아무 느낌도 남아 있지 않다.

어느 날 나는 선생님 댁에서 술을 마셨다. 그때 부인이 옆에서 잔을 채워 주었다. 선생님은 평소보다 유쾌해 보였다. 부인에게 "당신도 한잔하지" 하며 자신이 비운 잔을 내밀었다. 부인은 "나는……" 하며 사양하다 마지못해 잔을 받아

들었다. 고운 눈썹을 모으고 내가 반쯤 따른 술잔을 입술 끝으로 가져갔다. 부인과 선생님 사이에 이런 대화가 시작되었다.

"웬일이에요, 나한테 술을 다 권하고."

"당신이 싫어하니까. 하지만 가끔은 마시는 것도 좋아. 기분이 좋아지거든."

"전혀 안 그래요. 괴롭기만 하고. 당신은 기분이 정말 좋아 보이네요, 술을 좀 마시면."

"어떨 땐 기분이 아주 좋아지지. 늘 그런 건 아니지만."

"오늘 밤은 어떤데요?"

"오늘 밤은 기분이 아주 좋아."

"앞으로 밤마다 조금씩 드시면 되겠네요."

"그러면 안 되지."

"드세요. 그래야 덜 외롭고 좋으니까."

선생님 댁에는 부부와 하녀뿐이었다. 갈 때마다 대부분 차분한 분위기였다. 시끌벅적한 웃음소리 따위는 한 번도 들어본 적이 없다. 어떤 날은 선생님과 나만 이 집에 있는 것 같았다.

"아이라도 있으면 좋을 텐데."

부인이 내게 말했다.

나는 "그러게요" 하고 대답했다. 그러나 내 마음에는 아무런 감흥도 일어나지 않았다. 아이를 가져본 적이 없는 그때의 나는 아이를 그저 성가신 존재라고만 생각했다.

"하나 데려올까?"

선생님이 말했다.

"데려온 아이는 좀, 그렇지 않나요?"

"아이는 아무리 시간이 지나도 생기지 않아."

선생님이 말했다.

부인은 잠자코 있었다.

"왜요?"

내가 대신 묻자 선생님은 "천벌이니까" 하면서 크게 웃었다.

9

내가 아는 한 선생님과 부인은 금실 좋은 부부였다. 가정의 일원으로 함께 살아본 적이 없으니 깊은 속사정까지는 알 수 없으나, 응접실에서 나와 마주 앉아 있을 때 선생님은 뭔가 일이 있을 때마다 하녀가 아니라 부인을 불렀다(부인의 이름은 시즈였다). 선생님은 "잠깐만, 시즈" 하면서 언제나 장지문 쪽을 돌아보았다. 그 말투가 내게는 다정하게 들렸다. 대답하면서 나오는 부인의 모습도 공손했다. 가끔 식사를 대접받게 되어 부인이 자리에 나올 때는 그 관계가 두 사람 사이에 한층 더 또렷이 그려지는 것 같았다.

선생님은 종종 부인과 함께 음악회와 연극을 보러 갔다. 그리고 부부 동반으로 일주일쯤 여행을 다녀온 적도 내 기억에 두세 번이 넘었다. 나는 선생님이 하코네에서 보내준 그림엽서를 아직도 간직하고 있다. 닛코에 갔을 때는 단풍잎 한 장을 넣은 편지도 보내왔다.

그 당시 내 눈에 비친 선생님과 부인의 사이는 아무튼 그런 것이었다. 그중 단 한 번 예외가 있었다. 어느 날 내가 평소처럼 현관에서 선생님을 부르려는데 응접실 쪽에서 누군가의 말소리가 났다. 가만히 들어보니 그것은 평범한 대화가 아니라 아무래도 다투는 소리 같았다. 선생님 댁은 현관을 들어서면 바로 응접실이라 격자문 앞에 서 있던 나는 말다툼 중이라는 것을 어렴풋이 짐작할 수 있었다. 그중 한 사람이 선생님이라는 것도 이따금 높아지는 남자의 목소리로 알 수 있었다. 상대는 선생님보다 낮은 목소리였기에 누구인지 확실히 알 수 없었지만, 아무래도 부인 같았다. 울고 있는 것 같기도 했다. 나는 무슨 일인가 하고 현관 앞에서 머뭇거리다가 이내 마음을 굳히고 그대로 하숙집으로 돌아와 버렸다.

이상하게 불안감이 엄습했다. 나는 책을 이해할 능력을 잃어버렸다. 한 시간쯤 지나자 선생님이 창문 아래서 내 이름을 불렀다. 놀라서 창문을 열었다. 선생님이 산책이나 하자고 나를 불러냈다. 아까 허리띠 사이에 둔 시계를 꺼내 보니 벌써 8시가 넘었다. 나는 여전히 외출복 차림이었다. 얼른 밖으로 나갔다.

그날 저녁 나는 선생님과 함께 맥주를 마셨다. 선생님은 원래 주량이 적은 사람이었다. 어느 정도까지 마셔서 취하지 않으면, 취할 때까지 마시는 모험은 할 수 없는 사람이었다.

"오늘은 안 되겠네요."

선생님은 쓴웃음을 지었다.

"기분이 좋아지지 않으세요?"

나는 안쓰럽다는 듯이 물었다.

조금 전의 일이 계속 신경 쓰였다. 생선 가시가 목에 걸렸을 때처럼 괴로웠다. 터놓고 물어볼까, 말까 하는 마음의 동요가 나를 안절부절못하게 만들었다.

"오늘 밤은 조금 이상하네요."

선생님이 먼저 말을 꺼냈다.

"실은 나도 좀 이상해서. 알고 있지요?"

나는 아무런 대답도 할 수 없었다.

"실은 아까 아내와 좀 다퉜거든요. 그래서 신경이 좀 예민해졌어요."

선생님이 다시 입을 열었다.

"어쩌다……."

다툼이라는 말이 입 밖으로 나오지 않았다.

"아내가 나를 오해했어요. 오해라고 했는데도 받아주질 않더군요. 그래서 그만 화를 내버렸어요."

"어떤 오해요?"

선생님은 이 물음에 대답하지 않았다.

"아내가 생각하는 그런 인간이라면 나도 이렇게까지 괴로워하진 않을 텐데."

선생님이 얼마나 괴로운지, 이것도 나로서는 알 수 없는 문제였다.

10

돌아오는 길에 일이백 미터 동안 침묵이 이어졌다. 그러다 갑자기 선생님이 입을 열었다.

"내가 나빴어요. 화를 내고 나왔으니 아내가 분명 걱정할 거예요. 생각해보면 여자는 참 딱해요. 내 아내는 나 아니면 의지할 데가 없는데."

선생님의 말은 거기서 잠시 끊겼으나, 딱히 내 대답을 기다리는 기색도 없이 곧장 그다음으로 넘어갔다.

"말하고 보니 내가 퍽 든든한 남편인 것 같아서 좀 우습네요. 그쪽 눈에는 내가 어떻게 비칩니까? 강한 사람으로 보이나요, 약한 사람으로 보이나요?"

"중간쯤으로 보입니다."

나는 대답했다. 이 대답은 선생님에게 다소 의외였던 모양이다. 선생님은 다시 말없이 걷기 시작했다.

선생님 댁으로 가려면 내 하숙집 바로 옆을 지나야 했다. 그곳에 이르자 모퉁이에서 헤어지려니 미안한 마음이 들었다.

"내친김에 댁까지 모셔다드릴까요?"

내가 말하자 선생님은 손을 들어 나를 가로막았다.

"늦었으니 어서 들어가요. 나도 서둘러 집에 가야겠어, 아내를 위해."

선생님이 마지막으로 덧붙인 '아내를 위해'라는 말은 그 순간 내 마음을 따뜻하게 했다. 그 말 한마디에 돌아와서 안심하고 잘 수 있었다. 나는 그 후로도 오랫동안 '아내를 위해'라는 말을 잊을 수 없었다.

선생님과 부인 사이에 일어난 파란이 그리 대단치 않다는 것을 이 말로 알 수 있었다. 그런 일이 좀처럼 일어나지 않는다는 것도, 그 후 끊임없이 드나든 나로서는 대강 짐작이 갔다. 심지어 선생님은 어느 날 이런 감상까지 내게 내비쳤다.

"나는 세상에 여자라고는 단 한 사람밖에 모릅니다. 아내가 아닌 다른 여자는 딱히 관심이 없어요. 아내도 나를 천하에 단 하나뿐인 남자라고 생각하거든요. 그러니 우리는 가장 행복해야 할 한 쌍이어야 합니다."

지금은 어쩌다 이런 이야기가 나왔는지 전후 사정을 잊어버려서 선생님이 왜 이런 말을 내게 털어놓았는지 확실히 이야기할 수 없다. 하지만 선생님의 태도가 진지하고 우울했던 건 아직도 기억에 남아 있다. 그때 내 귀에 묘하게 들린 건 '가장 행복해야 할 한 쌍이어야 합니다'라는 마지막 말이었다. 선생님은 왜 행복한 한 쌍이라고 단정하지 않고, 행복해야 할 한 쌍이라고 했을까? 나로서는 그게 석연치 않았다. 그 부분에 유독 힘주어 말한 선생님의 말투가 의아했다. 선생님은 정말 행복한 것인가, 아니면 행복해야 하는데 그만큼 행복하지 않은 것인가. 속으로 의심하지 않을 수 없었다. 하지만 의심은 그때뿐, 머지않아 어딘가에 묻혀버렸다.

그러다 선생님 집을 찾아갔는데, 집에 안 계시는 바람에 부인과 마주하고 이야기를 나눌 기회가 생겼다. 선생님은 그날 요코하마에서 출항하는 배를 타고 외국으로 떠나는 친구를 신바시까지 배웅하러 가느라 부재중이었다. 그 당시 요코하마에서 배를 타려면 신바시에서 아침 8시 반 기차를 타야 했다. 나는 어떤 책에 대해 선생님에게 물어볼 게 있어서 미리 허락을 받고 약속한 9시에 방문했다. 선생님의 신바시행은 전날 일부러 작별 인사를 하러 온 친구에 대한 예의로 그날 갑작스레 생긴 일정이었다. 선생님은 곧 돌아올 테니 자신이 집에 없더라도 기다리라는 말을 전하고 갔다. 그래서 나는 응접실에서 선생님을 기다리는 동안 부인과 이야기를 나누게 되었다.

11

그때 나는 이미 대학생이었다. 처음 선생님 댁을 찾았을 때보다는 제법 어른이 된 기분이었다. 부인과도 꽤 친해진 뒤였다. 나는 부인에게 아무런 불편함을 느끼지 않았다. 마주 보고 이런저런 이야기를 나눴다. 하지만 그것은 특별할 것 없는 단순한 대화였기에 이제는 까맣게 잊어버렸다. 그중 단 한 가지 내 귀에 맴돈 것이 있다. 그런데 그 얘기를 하기 전에 미리 해둘 말이 있다.

선생님은 도쿄제국대학 출신이다. 이건 나도 처음부터 알고 있었다. 하지만 선생님이 아무 일도 하지 않는다는 사실은 도쿄로 돌아온 지 조금 지나서야 비로소 알게 되었다. 그때 나는 어째서 아무 일도 하지 않는지 의아했다.

선생님은 세상에 이름이 전혀 알려지지 않은 사람이었다. 그래서 선생님의 학문과 사상에 대해서 경의를 표할 만한 사람은 선생님과 밀접한 관계를 맺고 있는 나 말고는 있을 리 없었다. 나는 늘 그게 아쉽다고 말했다. 그러면 선생님은

"나 같은 사람이 세상에 나가 떠드는 건 미안한 일이지요" 라고 응수할 뿐이었다. 내게는 그 대답이 너무 겸손해서 오히려 세상을 냉혹하게 비평하는 것처럼 들렸다. 실제로 선생님은 가끔 옛 동창생 중 저명인사가 된 사람들을 싸잡아 비판하는 일이 있었다. 그래서 나는 노골적으로 그 모순을 지적해보았다. 반항의 의미라기보다는 세상이 선생님을 모르고 있는 것이 안타까웠기 때문이다. 그때 선생님은 가라앉은 어조로 말했다.

"난 세상에 나가 일할 자격이 없는 사람이라 어쩔 수 없어요."

선생님의 얼굴에는 어떤 짙은 표정이 새겨져 있었다. 나로서는 그게 실망인지, 불만인지, 비애인지 알 수 없었지만, 어쨌든 말을 잇지 못할 만큼 뚜렷했기에 나는 뭐라 말할 용기가 나지 않았다.

부인과 이야기를 나누다 보니 화제가 자연스레 선생님으로 흘러갔다.

"선생님은 왜 집에서 공부만 하시고, 나가서 활동은 안 하실까요?"

"그이는 안 돼요. 그런 걸 싫어하거든요."

"결국엔 다 시시한 일이란 걸 깨달으신 걸까요?"

"글쎄…… 나야 여자라서 잘은 모르지만, 아마 그런 의미는 아닐 거예요. 그이도 뭔가 하고 싶겠죠. 그런데 뜻대로 안 되는 거예요. 그래서 안타까워요."

"그렇다고 어디가 딱히 아프신 것도 아니잖아요."

"건강하죠. 지병도 없으시고."

"그런데 왜 활동을 못 하시는 걸까요?"

"그 점이 이해가 안 된다는 거예요. 그걸 알면 이렇게 걱정하지도 않겠죠. 모르니까 너무 안쓰러워요."

부인의 말투에는 깊은 동정심이 서려 있었다. 그래도 입가에는 미소를 지었다. 겉으로는 내가 더 심각해 보였다. 나는 복잡한 표정을 지으며 입을 다물었다. 그러자 부인이 갑자기 생각난 듯 다시 입을 열었다.

"젊었을 때는 저렇지 않았어요. 그때는 전혀 달랐죠. 지금은 완전히 변해버렸어요."

"젊었을 때면 언제쯤이요?"

내가 물었다.

"학생 시절이요."

"그때부터 선생님을 알고 지내셨나요?"

부인은 갑자기 얼굴을 붉혔다.

12

부인은 도쿄 사람이었다. 그 점은 예전에 선생님한테도,

부인 자신한테서도 들어 알고 있었다. 부인은 "실은 혼혈이에요"라고 말했다. 부인의 부친은 돗토리인지 어딘지 출신인데 모친은 아직 에도라고 불리던 시기에 이치가야에서 태어난 사람이기에 농담조로 그리 말한 것이다. 그런데 선생님은 전혀 다른 지역인 니가타현 사람이었다. 그러니 사모님이 선생님의 학생 시절을 알고 있다면 지연으로 맺어진 인연이 아니라는 건 분명했다. 그러나 얼굴을 붉힌 부인이 더는 말하기를 꺼리는 눈치라 나도 깊이 묻지는 않았다.

선생님을 알게 된 후부터 돌아가실 때까지 나는 꽤 다양한 화제로 선생님의 사상과 정서를 접해왔으나, 결혼 당시의 상황에 대해서는 거의 듣지 못했다. 나는 때로 그것을 선의로 해석하기도 했다. 선생님은 아직 어린 학생에게 어른들의 연애담을 들려주는 걸 일부러 삼간 것이라고 여겼다. 또 때로는 그것을 안 좋게 받아들이기도 했다. 선생님뿐만 아니라 부인도 나와 비교하면 한 세대 전의 인습 속에서 성인이 된 사람들이니 그런 연애 이야기가 나오면 솔직하게 자신을 열어 보일 용기가 없는 거라고 생각했다. 물론 양쪽 다 추측에 불과했다. 그리고 어느 쪽 추측이든 두 사람이 결혼하게 된 배경에는 화려한 로맨스가 있으리라 가정했다.

과연 내 가정은 틀리지 않았다. 하지만 나는 사랑의 반쪽만을 상상으로 그려본 것에 지나지 않았다. 선생님은 아름다운 연애 뒤에 무서운 비극을 가지고 있었다. 그리고 그 비극이 선생님에게 얼마나 비참한 것이었는지는 상대인 부인조차 전혀 알지 못했다. 부인은 지금도 모른다. 선생님은 그것을 부인에게 숨기고 죽었다. 부인의 행복을 파괴하기 전에 먼저 자신의 생명을 파괴해버렸다.

나는 그 비극이 무엇인지 지금은 아무 말도 하지 않을 것이다. 그 비극으로 말미암아 맺어졌다고도 할 수 있는 두 사람의 연애담은 조금 전에 말한 대로다. 두 사람 모두 나에게는 거의 아무 말도 해주지 않았다. 부인은 조심스러웠기 때문에, 선생님은 그보다 더 깊은 연유 때문에.

다만 한 가지 내 기억에 남아 있는 일이 있다. 언젠가 벚꽃이 활짝 핀 무렵, 나는 선생님과 함께 우에노 공원에 있었다. 우리는 그곳에서 한 쌍의 아름다운 남녀를 보았다. 그들은 서로 꼭 붙어서 꽃 아래를 걷고 있었다. 장소가 장소이니만큼 꽃보다 그쪽을 흘긋거리는 사람이 많았다.

"신혼부부 같군요."

선생님이 말했다.

"사이가 좋아 보이네요."

내가 답했다.

선생님은 쓴웃음조차 짓지 않았다. 두 남녀가 시선에 닿지 않는 쪽으로 발길을 돌렸다. 그러고는 내게 이렇게 물었다.

"사랑을 해봤나요?"

나는 없다고 대답했다.

"사랑을 해보고 싶진 않아요?"

"예."

"그쪽, 방금 저 남녀를 보고 냉소했지요. 그 냉소 속에는 그쪽이 사랑을 갈망하면서도 상대를 얻지 못한 것에 대한 불쾌감이 섞여 있었을 겁니다."

"그렇게 들렸나요?"

"그렇게 들렸어요. 사랑의 충만함을 맛본 사람은 좀더 따스한 목소리를 내기 마련이니까. 하지만…… 하지만 사랑은 죄악입니다. 알고 있나요?"

나는 흠칫 놀랐다. 아무 대답도 하지 못했다.

13

우리는 사람들 속에 있었다. 사람들은 모두 환한 표정을 짓고 있었다. 그곳을 빠져나와 꽃도 사람도 보이지 않는 숲 속으로 갈 때까지, 같은 화제를 입 밖에 낼 기회가 없었다.

"사랑은 죄악인가요?"

내가 불쑥 물었다.

"죄악이지요. 확실히"라고 대답하는 선생님의 어투는 아까처럼 단호했다.

"왜죠?"

"왜인지는 곧 알게 될 겁니다. 곧이 아니라 이미 알고 있을 텐데요. 그쪽 마음은 이미 오래전부터 사랑으로 움직이고 있잖아요."

나는 일단 내 마음을 들여다봤다. 하지만 그곳은 의외로 공허했다. 짚이는 건 아무것도 없었다.

"제 마음에는 이렇다 할 대상이 없어요. 저는 선생님께 무엇도 숨기지 않습니다."

"대상이 없으니 움직이는 겁니다. 있으면 마음이 진정될 것 같으니 움직이고 싶어지는 거지요."

"지금은 그다지 움직이는 게 없어요."

"그쪽은 뭔가 채워지지 않아서 내게 온 거 아닌가요?"

"그럴지도 모르죠. 하지만 그건 사랑과 다릅니다."

"사랑으로 향하는 단계지요. 이성을 품에 안기 전에 먼저 동성인 내게 온 거예요."

"저는 그 두 가지가 완전히 다르다고 생각합니다."

"아니, 같아요. 난 남자라서 그쪽에게 충만감을 줄 수 없어요. 게다가 어떤 특별한 사정 때문에 더욱더 그쪽에게 충만감을 줄 수 없습니다. 난 사실 안타까워요. 그쪽이 나를 떠나 다른 곳으로 간대도 어쩔 수 없겠지요. 나는 오히려 그러길 바랍니다. 하지만……."

나는 묘하게 슬퍼졌다.

"제가 선생님을 떠날 거라 생각하셔도 어쩔 수 없지만, 아직 그런 생각은 해본 적이 없습니다."

선생님은 내 말에 귀를 기울이지 않았다.

"하지만 조심해야 해요. 사랑은 죄악이니까. 나한테서는 충만함을 얻지 못하는 대신 위험도 없지만……. 검고 긴 머리카락에 꽁꽁 묶였을 때의 심정을 압니까?"

나는 상상으로 알고 있었다. 그러나 실제로는 몰랐다. 어쨌건 선생님이 말하는 죄악의 의미가 모호하기만 해서 잘 이해가 되지 않았다. 게다가 나는 조금 불쾌해졌다.

"선생님, 죄악이라는 말의 의미를 좀더 분명하게 알려주세요. 그게 아니면 그 이야기는 여기서 끝내주셨으면 합니다. 제가 죄악의 뜻을 제대로 알게 될 때까지."

"미안해요. 그쪽에게 진실을 말한다는 게, 당신을 답답하게 만들었나 봅니다. 내가 미안해요."

선생님과 나는 박물관 뒷길로 해서 우구이스다니 쪽으로 조용히 걸어갔다. 울타리 틈새로 넓은 정원 한쪽에 우거진 얼룩조릿대가 그윽하게 보였다.

"그쪽은 내가 왜 매달 조시가야 묘지에 묻힌 친구의 무덤에 가는지 알고 있습니까?"

선생님의 이 질문은 너무나 갑작스러웠다. 더구나 선생님은 내가 이 물음에 답하지 못하리라는 것도 잘 알고 있었다. 나는 잠시 대답하지 않았다. 그러자 선생님은 그제야 알겠다는 듯 이렇게 말했다.

"내가 또 실수했군. 답답하게 만든 게 미안해서 설명하려고 했는데, 그게 또 그쪽을 답답하게 만들어버렸네요. 도저히 안 되겠어, 이 문제는 이제 관두죠. 어쨌든 사랑은 죄악이에요, 알겠습니까? 그래서 신성한 것이기도 하고요."

나는 선생님의 말을 점점 더 이해할 수 없었다. 하지만 선생님은 사랑이라는 말을 더는 입에 올리지 않았다.

14

나이가 어렸던 나는 자칫 외골수가 되기 쉬웠다. 적어도 선생님의 눈에는 그렇게 비친 것 같았다. 내게는 학교 강의보다 선생님과의 담화가 더 유익했다. 교수님의 의견보다 선생님의 사상이 내겐 더 의미 깊었다. 말하자면 교단에서 나를 가르치는 훌륭한 사람들보다 홀로 고독을 지키며 말을 아끼는 선생님 쪽이 더 훌륭해 보였다.

"너무 매몰되면 안 돼요."

선생님이 말했다.

"제가 냉정하게 생각하고 내린 결과입니다"라고 대답했을 때 내게는 충분한 자신감이 있었다. 하지만 그 자신감을 선생님은 받아주지 않았다.

"그쪽은 열에 들떠 있어요. 열이 식으면 싫어질 겁니다. 난 지금 그쪽이 나를 그만큼 생각해주는 게 힘겨워요. 하지만 앞으로 그쪽에게 일어날 변화를 생각하면 더욱더 괴롭습니다."

"제가 그렇게 가벼운 사람처럼 보이세요? 그 정도로 절 못 믿으시는 건가요?"

"미안해요."

"미안하지만 믿지 못한다는 말씀이신가요?"

선생님은 답하기 곤란하다는 듯 정원 쪽으로 시선을 돌렸다. 그 정원에 얼마 전까지 묵직해 보이는, 붉고 강렬하게 피어 있던 동백꽃은 어느덧 하나도 보이지 않았다. 선생님은 응접실에서 그 동백꽃을 습관처럼 바라보았다.

"믿지 못한다니, 특별히 그쪽만 믿지 않는다는 게 아닙니다. 난 모든 인간을 믿지 않아요."

그때 울타리 너머로 금붕어 장수의 목소리가 들렸다. 그 외에는 아무 소리도 들리지 않았다. 큰길에서 이백 미터나 안쪽으로 꺾인 골목길은 의외로 조용했다. 집 안은 여느 때처럼 고요했다. 나는 부인이 있다는 것을 알고 있었다. 말없이 바느질이나 뭔가를 하고 있을 부인의 귀에 내 말소리가 들린다는 것도 알고 있었다. 하지만 지금은 그것을 완전히 잊어버렸다.

"그럼 부인도 믿지 않습니까?"

선생님에게 물었다.

선생님은 불안한 표정을 지었다. 그리고 직접적인 대답을 피했다.

"나는 나 자신조차 믿지 않습니다. 나 자신을 믿지 않으니 당연히 남도 믿을 수 없지요. 나를 저주하는 일밖에는 달리 방법이 없어요."

"그렇게 어렵게 생각한다면 누구든 확신을 가질 수 없겠죠."

"아니, 생각한 게 아니야. 그렇게 했어요. 하고 나선 놀랐습니다. 그러고는 몹시 두려워졌지요."

나는 그 이야기를 좀더 더듬어 가고 싶었다. 그런데 문 뒤에서 "여보, 여보" 하는 부인의 목소리가 두 번이나 들렸다. 선생님은 두 번째에 "응?" 하고 대답했다. 부인은 "잠깐만요" 하면서 선생님을 옆방으로 불렀다. 두 사람 사이에 무슨 일이 있었는지 나는 알지 못했다. 그것을 상상해볼 틈도 없이 선생님은 금세 다시 방으로 돌아왔다.

"어쨌든 나를 너무 믿어서는 안 돼요. 머지않아 후회하게 될 테니까. 그리고 속았다는 생각에 잔혹한 복수를 하게 될 테니까."

"그건 무슨 의미인가요?"

"과거에 그 사람 앞에 무릎을 꿇었던 기억이 나중에는 그 사람 머리 위에 발을 올리게 할 겁니다. 나는 미래의 모욕을 피하기 위해 지금의 존경을 물리치려는 거예요. 지금보다 한층 더 외로운 미래의 나를 견디느니 쓸쓸한 지금의 나를 견디고 싶은 거지요. 자유와 독립과 자아가 그득한 현대에 태어난 우리는, 그 희생으로 이 외로움을 겪어야 할 겁니다."

나는 그런 각오를 품은 선생님에게 무슨 말을 해야 할지 몰랐다.

15

그 후로 나는 부인의 얼굴을 볼 때마다 궁금했다. 선생님은 부인에게도 늘 이런 태도를 보이는 걸까? 만약 그렇다면 부인은 거기에 만족할까?

부인의 모습은 만족스러워 보이지도, 불만족스러워 보이지도 않았다. 그만큼 가까이서 부인과 접할 기회는 없었으니까. 무엇보다 선생님이 있는 자리가 아니면, 나와 부인은 좀처럼 얼굴을 마주칠 일이 없었으니까.

나의 의혹은 아직 더 있었다. 인간에 대한 선생님의 각오는 어디서 온 걸까. 그저 차가운 눈으로 자신을 반성하고 현대를 관찰해 온 결과일까. 선생님은 앉아서 생각하는 부류의 사람이었다. 선생님 같은 머리에서는 앉아서 세상을 생각하기만 해도 그런 각오가 저절로 나오는 걸까. 그렇게만 생각되지는 않았다. 선생님의 각오는 살아 있는 각오였다. 불에 타다 식어버린 석조 가옥의 윤곽과는 달랐다. 내 눈에 비친 선생님은 틀림없는 사상가였다. 하지만 그 사상가가 완성한 주의(主義)의 이면에는 강한 사실이 담겨 있는 것 같았다. 자신과 분리된 타인의 사실이 아니라, 자기 자신이 사무치게 겪은 사실, 피가 끓어오르고 맥박이 멈춰버릴 정도의 사실이 새겨져 있는 듯했다.

이건 내 마음대로 추측한 것이 아니다. 선생님 스스로 이미 그렇다고 고백했었다. 단지 그 고백이 뭉게구름 같았다. 내 머리 위에 정체를 알 수 없는 두려움을 뒤덮었다. 그리고 왜 그것이 두려운지는 나조차도 알 수 없었다. 고백은 희미했다. 그러면서도 분명히 내 신경을 떨리게 했다.

나는 선생님의 이런 인생관의 바탕에 어떤 강렬한 연애 사건이 있었으리라 가정해보았다(물론 선생님과 부인 사이에 일어난). 선생님이 전에 사랑은 죄악이라고 한 것에 비춰볼 때, 그게 약간의 단서가 되었다. 하지만 선생님은 부인을 사랑한다고 말했다. 그러면 두 사람의 사랑에서 그런 염세에 가까운 각오가 나올 리 없다. '과거에 그 사람 앞에 무릎을 꿇었던 기억이 나중에는 그 사람 머리 위에 발을 올리게 할 겁니다'라고 했던 선생님의 말은 요즘 사람들한테나 써야 할 말이지 선생님과 부인 사이에는 적용되지 않는 것 같았다.

조시가야에 있는 누군지 알 수 없는 사람의 무덤, 이것도 내 기억 속에서 이따금 꿈틀거렸다. 선생님과 깊은 연고가 있는 무덤이라는 걸 알고 있었다. 선생님의 삶에 가까이 다가가면서도, 쉽사리 다가가지 못했던 나는 선생님의 머릿속에 있는 조각으로서 그 무덤을 내 머릿속에도 받아들였다. 하지만 내게 그 무덤은 완전히 죽은 것이었다. 두 사람 사이에 있는 생명의 문을 여는 열쇠는 되지 않았다. 오히려 두 사람 사이에 서서 자유로운 왕래를 방해하는 마귀 같았다.

그러는 사이 나는 다시 부인과 마주 앉아 이야기를 나눌 일이 생겼다. 해가 점점 짧아지는 분주한 가을 무렵, 누구나 쌀쌀함을 느끼는 계절이었다. 선생님 댁 근처에 사나흘 연달아서 도둑이 들었다. 모두 초저녁에 벌어진 일이었다. 대단한 물건을 훔쳐 가진 않았지만, 일단 도둑이 들면 반드시 무언가를 가져갔다. 부인은 불안해했다. 그런데 하필 선생님이 어느 날 저녁에 집을 비워야 할 사정이 생겼다. 지방 병원에서 일하던 선생님의 고향 친구가 도쿄로 올라와, 다른 두세 명의 친구와 함께 어딘가에서 식사를 하기로 한 것이다. 선생님은 자초지종을 설명하며 내게 자신이 돌아올 때까지 집을 봐달라고 부탁했다. 나는 바로 알겠다고 했다.

16

아직 전등이 켜질까 말까 한 해 질 녘에 선생님 댁에 찾아갔지만, 시간에 엄격한 선생님은 벌써 집을 나가고 없었다.

"늦으면 안 된다고 방금 나가셨어요."

부인은 이렇게 말하고서 나를 선생님의 서재로 안내했다.

서재에는 책상과 의자 외에 수많은 책들이 아름다운 책등을 나란히 내보인 채 유리문 너머로 전등 빛을 받고 있었다. 부인은 화로 앞에 깔아둔 방석 위에 나를 앉히고는 "잠깐 여기 있는 책이라도 읽고 있어요" 하며 방에서 나갔다. 마치 주인이 돌아오기를 기다리는 손님 같아서 죄송했다. 나는 조심스럽게 앉아 담배를 피웠다. 부인이 거실 쪽에서 하녀에게 뭔가 말하는 소리가 들렸다. 서재는 거실 툇마루 끝에서 꺾어진 모퉁이에 있어서 위치로 보자면 응접실보다 멀찍이 떨어져 있어 더 조용했다. 한참을 들리던 부인의 말소리가 잠시 멈추자 사방이 조용해졌다. 나는 도둑을 기다리는 심정으로 가만히 신경을 곤두세웠다.

삼십 분쯤 지나자 부인이 다시 서재 입구에 얼굴을 내밀었다.

"어머."

부인은 조금 놀란 눈으로 나를 보았다. 그리고 손님처럼 긴장한 채 앉아 있는 나를 재밌다는 듯 쳐다봤다.

"답답하지 않아요?"

"아뇨, 답답하지 않습니다."

"그래도 지루할 텐데."

"아뇨, 도둑이 올까 봐 긴장하고 있어서인지 지루하지도 않아요."

부인은 손에 홍차 잔을 든 채 웃으며 서 있었다.

"여기는 너무 구석진 방이라 집을 지키기에는 별로 좋지 않네요."

내가 말했다.

"그럼 실례지만 좀더 가운데로 나올래요? 지루할까 봐 차를 내왔는데 거실도 괜찮으면 그쪽으로 줄게요."

나는 부인의 뒤를 따라 서재를 나섰다. 거실에는 근사한 긴 화로 위에서 쇠주전자가 끓고 있었다. 나는 거기서 차와 과자를 대접받았다. 부인은 잠을 못 잘 수도 있다며 찻잔에 손을 대지 않았다.

"선생님은 가끔 그런 모임에 가기도 하시나 보죠?"

"아뇨, 거의 안 가요. 요즘에는 사람들 얼굴 보기가 점점 더 싫어지는 모양이더라고요."

이렇게 말하는 부인의 모습이 딱히 난처해 보이지 않아 나는 그만 대담해졌다.

"그러면 부인만 예외인가요?"

"아뇨, 나도 싫어하는 사람 중 하나예요."

"거짓말이죠."

내가 말했다.

"거짓말인 줄 알면서 그렇게 말씀하시는 거잖아요."

"왜죠?"

"제가 볼 땐 부인을 좋아해서 세상이 싫어진 것 같은데요."

"학문을 하는 사람이라 그런지 제법이군요. 허황된 이론을 잘도 갖다 붙이는 게. 세상이 싫어졌으니까 나까지도 싫어졌다고 봐야 하지 않을까요, 똑같은 이치로."

"둘 다 맞는 말이지만, 이 경우는 제가 옳습니다."

"논쟁은 싫어요. 남자들은 논쟁을 즐기죠, 재밌다는 듯이. 질리지도 않고 빈 잔을 잘도 주고받는다니까."

부인의 말은 조금 날이 서 있었다. 그러나 결코 귀에 거슬릴 정도는 아니었다. 자신에게도 두뇌가 있다는 사실을 상대방에게 인지시키고, 거기서 일종의 자부심을 느낄 만큼 부인은 현대적이지 않았다. 그보다는 좀더 깊숙한 곳에 가라앉아 있는 마음을 소중히 여기는 것 같았다.

17

나는 아직 할 말이 더 있었다. 하지만 괜히 시비를 거는 남자처럼 보일까 봐 관뒀다. 부인은 다 마신 홍차 잔을 들여다보며 잠자코 있는 나를 보고는 "한 잔 더 줄까요?"라고 물었다. 나는 얼른 찻잔을 부인에게 건넸다.

"몇 개요? 하나? 둘?"

묘한 물건으로 각설탕을 집어 든 부인은 내 얼굴을 보며 찻잔에 넣을 설탕 개수를 물었다. 부인의 태도는 내 비위를 맞춘다고 할 정도는 아니었으나, 조금 전의 강한 어투를 애써 지워버리려는 듯 부드럽게 말했다.

나는 말없이 차를 마셨다. 다 마시고 나서도 잠자코 있었다.

"왜 이렇게 조용해졌어요?"

부인이 말했다.

"말하면 또 논쟁하려 든다고 혼날 것 같아서요."

나는 대답했다.

"설마."

부인이 다시 말했다.

부인과 나는 그것을 계기로 다시 이야기를 시작했다. 그리고 우리의 공통 관심사인 선생님을 다시 화제로 삼았다.

"아까 하던 얘기를 좀더 해도 될까요? 부인께는 허황된 이론으로 들릴지도 모르지만, 저는 그냥 하는 얘기가 아니거든요."

"그럼 해봐요."

"지금 부인이 갑자기 사라진다면 선생님은 지금처럼 살아갈 수 있을까요?"

"그야 모르죠. 그런 건 선생님에게 물어보는 수밖에 없지 않나요? 나한테 물어볼 문제가 아닌 것 같은데."

"전 진지해요. 그러니 회피하시면 안 돼요. 솔직히 대답해 주셔야죠."

"솔직해요. 솔직히 말해서 난 모르겠어요."

"그럼 부인은 선생님을 얼마큼 사랑하시나요? 이건 선생님보다 부인께 물어야 할 질문이니까 직접적으로 묻겠습니다."

"그리 정색하고 물어볼 것까지야."

"정색하고 물을 일이 아니다, 당연한 걸 왜 묻냐는 뜻인가요?"

"그런 셈이죠."

"그 정도로 선생님께 충실한 부인이 갑자기 사라지면 선생님은 어떻게 될까요? 세상 어디에도 흥미가 없어 보이는 선생님은 부인이 갑자기 사라지면 그 뒤에 어떻게 될까요? 선생님의 생각이 아니라 부인의 생각이요. 부인이 보기에 선생님은 행복해질까요, 불행해질까요?"

"그야 내가 봤을 땐 뻔하죠. 그이 생각은 다를 수도 있겠지만. 그이는 나와 헤어지면 불행해질 뿐이에요. 어쩌면 살 수 없을지도 모르죠. 이렇게 말하면 자만하는 것 같지만, 나는 지금 그이를 최선을 다해 행복하게 해주고 있다고 믿고 있어요. 누구도 나만큼 그이를 행복하게 해줄 사람은 없다고 확신하고 있어요. 그러니까 이렇게 차분할 수 있죠."

"그 신념이 선생님 마음에 좋게 비칠 거라고 생각합니다."

"그건 또 다른 문제예요."

"역시 선생님이 싫어한다는 말씀인가요?"

"미움을 받고 있다고는 생각지 않아요. 그럴 이유는 없으니까. 하지만 그이는 세상을 싫어해요. 세상이라기보다 인간을 싫어하죠. 그러니 그 인간 중 하나인 나도 좋아할 리가 없잖아요."

선생님은 자신을 싫어한다는 부인의 말뜻을 나는 그제야 이해했다.

18

나는 부인의 이해력에 감탄했다. 부인의 태도가 일본의 구식 여성답지 않은 점도 일종의 자극으로 다가왔다. 그러면서도 부인은 그 무렵 유행하기 시작한 새로운 말 따위는 거의 쓰지 않았다.

나는 여자와 깊이 교제해본 적이 없는 순진한 청년이었

다. 사내로서의 나는 이성을 향한 본능에서 항상 여자를 동경의 대상으로 꿈꿔왔다. 하지만 그건 그리운 봄날의 구름을 바라보는 듯한 마음으로, 그저 막연하게 꿈만 꿀 뿐이었다. 그래서 실제 여자 앞에 서면 내 감정이 갑자기 달라지는 경우가 더러 있었다. 나는 내 앞에 나타난 여성에게 끌리는 대신 오히려 묘한 반발심을 느꼈다. 하지만 부인 앞에서는 그런 마음이 전혀 들지 않았다. 보통의 남녀 사이에 가로놓인 사상의 불균형 같은 것도 거의 느끼지 못했다. 나는 부인이 여자라는 사실을 잊었다. 그저 선생님의 성실한 비평가이자 지지자로서 부인을 바라보았다.

"얼마 전 제가, 선생님은 왜 세상에 나가 좀더 활동을 하지 않느냐고 물었을 때, 부인이 그러셨죠? 원래는 그렇지 않았다고."

"네, 그랬어요. 실제로 그렇진 않았으니까."

"어떠셨는데요?"

"학생이 바라는 대로, 또 내가 원하는 그런 믿음직한 사람이었어요."

"그런데 왜 갑자기 변하셨을까요?"

"갑자기가 아니에요. 서서히 저렇게 바뀐 거죠."

"부인은 그동안 선생님과 함께 계셨지요?"

"물론이죠. 부부니까."

"그럼 선생님이 그렇게 변하신 원인이 무엇인지 잘 아실 텐데요?"

"그래서 난감해요. 학생한테서 그런 말을 들으니 더욱 괴롭긴 한데, 난 아무리 생각해도 모르겠어. 지금까지 몇 번이나 제발 솔직하게 털어놔달라고 부탁했는지 몰라요."

"선생님은 뭐라고 하시는데요?"

"아무것도 할 말이 없다, 아무것도 걱정할 거 없다, 그저 성격이 변한 것뿐이다, 이렇게만 말하고 더는 말해주지 않아요."

나는 잠자코 있었다. 부인도 말을 멈췄다. 자기 방에 있는 하녀도 아무 소리도 내지 않았다. 나는 도둑에 대한 일을 완전히 잊어버렸다.

"학생은 나한테 책임이 있다고 생각하나요?"

부인이 갑작스레 물었다.

"아니요."

내가 대답했다.

"제발 솔직히 말해줘요. 그렇게 생각한다면 창자가 끊어지는 것보다 더 괴로우니까."

부인이 다시 말했다.

"그래도 난 그이를 위해 내가 할 수 있는 건 다 하고 있다고 생각하는데."

"그건 선생님도 인정하셨잖습니까. 괜찮아요. 안심하세요. 제가 보증합니다."

부인은 화로의 재를 판판하게 골랐다. 그러고는 물통의 물을 쇠주전자에 부었다. 주전자의 물 끓는 소리가 잠잠해졌다.

"난 결국 참지 못하고 그이한테 물었어요. 내가 잘못한 게 있으면 뭐든 말해달라, 고칠 수 있는 거면 고치겠다고. 그러자 그이는 당신은 아무 잘못이 없다, 잘못은 자기한테만 있다고 했어요. 그 말을 들으니 너무 슬퍼서 어쩔 줄을 몰랐어요. 눈물이 나면서도 난 여전히 내가 뭘 잘못했는지 듣고 싶었어요."

부인의 눈에 눈물이 그렁그렁했다.

19

처음에 나는 부인을 이해심 있는 여자로 대했다. 그런 마음으로 이야기하는 동안, 부인의 태도가 점점 달라졌다. 부인은 내 두뇌에 호소하는 대신, 내 심장을 움직이기 시작했다. 자신과 남편 사이에는 아무런 앙금도 없다, 없어야 하는데 역시 뭔가 있다, 그런데 눈을 크게 뜨고 보면 역시 아무것도 없다. 부인이 염려하는 요점은 여기에 있었다.

부인은 처음에는 선생님이 세상을 염세적으로 바라보기 때문에 그 결과로 자신도 싫어하는 것이라고 단언했다. 그렇게 단언해 놓고도 전혀 결말을 짓지 못했다. 선생님이 마음을 털어놓자 오히려 그 반대를 생각하고 있었다. 선생님이 자신을 싫어한 결과로 마침내 세상까지 싫어지게 된 거라고 추측했다. 하지만 아무리 애를 써도 그 추측을 사실로 삼을 수는 없었다. 선생님의 태도는 어디까지나 남편다웠다. 친절하고 다정했다. 의심의 덩어리를 그날그날의 애정으로 감싸 가슴 깊이 묻어둔 부인은, 그날 밤 그 보자기를 내 앞에 풀어 보였다.

"어떻게 생각해요?"

부인이 물었다.

"나 때문에 그렇게 된 걸까요, 아니면 학생이 말한 인생관인지 뭔지 때문에 그렇게 된 걸까요, 숨기지 말고 말해줘요."

나는 아무것도 숨길 생각이 없었다. 하지만 내가 모르는 무언가가 존재한다면, 내 대답이 무엇이든 간에 부인이 만족할 리 없었다. 그리고 나는 내가 모르는 무언가가 있다고 믿었다.

"저는 모르겠습니다."

그 순간, 부인은 예상을 벗어났을 때 보이는 가련한 표정을 내비쳤다. 나는 바로 말을 덧붙였다.

"하지만 선생님이 부인을 싫어하지 않는다는 것만은 보증합니다. 저는 선생님의 입에서 들은 대로 부인께 전할 뿐이에요. 선생님은 거짓말을 안 하시는 분이잖아요."

부인은 아무 말도 하지 않았다. 잠시 후 이렇게 말했다.

"사실 짚이는 게 있긴 해요……."

"선생님이 그렇게 된 원인에 대해서요?"

"응, 만약 그게 원인이라면 내 책임은 아닌 거니까. 그럼 나도 마음이 한결 편해질 수 있을 텐데……."

"어떤 일인데요?"

부인은 뜸을 들이며 무릎 위에 둔 자신의 손을 바라보았다.

"학생이 판단해봐요. 말해줄 테니."

"제가 할 수 있는 판단이라면 해보겠습니다."

"다는 말할 수 없어요. 다 말하면 화를 내실 테니까. 화내지 않을 정도만 얘기할게요."

나는 긴장해서 침을 삼켰다.

"그이가 대학에 다닐 때 아주 친한 친구가 한 명 있었어요. 그런데 그분이 졸업을 바로 앞두고 죽었어요. 갑자기 죽었죠."

부인은 내 귀에 대고 속삭이듯 작은 목소리로 "실은 자살이었어요"라고 말했다. "왜요?"라고 되묻지 않을 수 없는 말이었다.

"내가 할 수 있는 얘기는 여기까지예요. 하지만 그 일이 있고 난 후부터예요, 그이가 점점 변하기 시작한 게. 그분이 왜 죽었는지 난 몰라요. 그이도 아마 모를 거예요. 하지만 그 뒤로 달라졌으니까 뭔가 관련이 있다고 봐요."

"그분의 무덤인가요, 조시가야에 있는 게?"

"그것도 말할 수 없어요. 하지만 친한 친구를 하나 잃었다고 해서 사람이 그렇게까지 달라질 수 있을까, 난 그게 알고 싶어 견딜 수가 없어요. 그래서 그것 하나만 학생이 판단해 주면 좋겠어요."

내 판단은 오히려 부정하는 쪽으로 기울어져 있었다.

20

나는 내가 알게 된 사실 선에서 부인을 위로하려고 했다. 부인도 그 선에서 내게 위로를 받은 듯 보였다. 우리는 같은 문제를 두고 한참을 이야기했다. 하지만 나는 애당초 일의 근원을 파악하지 못하고 있었다. 부인의 불안도 실은 거기에 떠돌던 엷은 구름 같은 의혹에서 비롯된 것이었다. 사건의 진상은 부인도 잘 몰랐다. 알고 있는 것도 내게 모두 털어놓을 수는 없었다. 그래서 위로하는 나도, 위로받는 부인도 함께 파도 위를 흔들리며 떠다니고 있었다. 흔들리면서도 부인은 어떻게든 손을 내밀어 불안정한 내 판단에 매달리려고 했다.

10시쯤 되자 선생님의 구두 소리가 현관 쪽에서 들렸다. 부인은 갑자기 지금까지 있던 모든 일을 잊은 듯, 앞에 앉아 있던 나를 내버려 두고 일어섰다. 그리고 격자문을 열고 들어서는 선생님을 맞이했다. 홀로 남겨져 있던 나도 부인을 뒤따라갔다. 하녀는 선잠이 들었는지 끝내 나오지 않았.

선생님은 기분이 좋아 보였다. 부인의 기분은 더욱 좋아 보였다. 방금 전, 부인의 아름다운 눈 속에 맺힌 반짝이는 눈물과 찡그린 검은 눈썹을 기억하는 나는, 그 변화를 이상하게 여기며 유심히 바라봤다. 만일 그게 거짓이 아니라면(실제로 거짓이라고 생각하진 않았지만), 지금껏 한 부인의 호소는 감상에 젖어 나를 상대로 꾸민 여자의 한낱 유희에 불과하다. 하지만 그때 나는 부인을 그렇게까지 비판적으로 바라볼 생각은 없었다. 갑자기 밝아진 부인의 태도에 오히려 안심했다. 그렇다면 그리 걱정할 필요도 없었구나, 하고 생각을 고쳤다.

선생님은 웃으면서 내게 물었다.

"수고했네, 도둑은 안 들었어요?"

그러고는 "안 들어서 김빠진 건 아니지요?"라고 말했다.

집에 돌아갈 때, 부인은 "미안해서 어쩌죠" 하고 가볍게 인사했다. 그 말투는 바쁜데 오게 해서 미안하다기보다는, 모처럼 왔는데 도둑이 들지 않아 미안하다는 농담처럼 들렸다. 부인은 그렇게 말하며 조금 전에 내준 양과자 남은 것을 종이에 싸서 내 손에 쥐여주었다. 나는 그것을 품에 넣고 인적이 드문, 추운 밤의 골목길을 돌아 번화가 쪽으로 서둘러 갔다.

나는 그날 밤의 일을 기억 속에서 꺼내 여기에 자세히 적었다. 필요해서 쓰긴 했으나, 실은 부인에게서 과자를 받아 돌아올 때 그날 밤의 대화를 그리 무겁게 여기지 않았다. 그 다음 날 점심을 먹으러 학교에서 돌아왔다가 어젯밤 책상 위에 올려둔 과자 꾸러미를 보자마자, 그 속에서 초콜릿을 씌운 다갈색 카스텔라를 꺼내 한입 가득 베어 물었다. 그리고 이 과자를 내게 준 두 남녀는 행복한 한 쌍으로 세상에 존재하고 있음을 자각하며 맛있게 먹었다.

가을이 저물고 겨울이 올 때까지 별다른 일은 없었다. 나는 선생님 댁에 가는 김에 옷을 빨아 깁는 일을 부인에게 부탁했다. 그때까지 주반*이라는 걸 입어본 적 없던 내가 셔츠 위에 검은 옷깃이 달린 옷을 겹쳐 입게 된 건 이때부터였다. 아이가 없는 부인은 이런 일을 하는 게 오히려 덜 지루해서 결국 건강에 좋다는 식으로 말했다.

"이건 손으로 짠 옷이네요. 이런 좋은 옷은 아직 바느질해본 적이 없어요. 대신 바느질이 힘들어요. 바늘이 잘 안 들어가서 바늘을 두 개나 부러뜨렸지 뭐예요."

---

* 기모노 속에 받쳐 입는 홑겹 속옷. 당시 학생들은 귀찮아하며 잘 입지 않았다.

이런 불평을 할 때조차 부인은 별로 귀찮다는 표정을 짓지 않았다.

21

겨울이 왔을 때, 나는 고향에 돌아가야 할 일이 생겼다. 어머니가 보낸 편지에 아버지의 병세가 안 좋다는 소식과 함께 지금 당장 걱정할 정도는 아니지만, 아버지 연세도 있으니 가능하면 시간을 내서 집으로 와달라는 부탁이 덧붙여 있었다.

아버지는 전부터 신장병을 앓고 있었다. 중년을 넘긴 사람들이 흔히 그렇듯 아버지의 병은 만성이었다. 그 대신 조심하기만 하면 변고가 생길 일은 없을 거라고 아버지도 가족도 믿어 의심치 않았다. 실제로 손님이 올 때면, 몸 관리를 잘한 덕에 지금까지 그럭저럭 버텨온 거라고 했다. 어머니의 편지에 따르면, 그런 아버지가 정원에 나가 뭔가를 하다가 돌연 현기증으로 쓰러졌다고 한다. 식구들은 가벼운 뇌일혈이라고 잘못 판단해서 곧바로 그에 대한 처치를 했다. 나중에 의사가 "아무래도 그게 아닌 것 같다, 역시 지병의 결과 같다"라고 진단해서 비로소 졸도와 신장병을 연결 지어 생각하게 된 것이다.

겨울방학이 오려면 아직 좀더 있어야 했다. 나는 학기가 끝날 때까지 기다려도 괜찮겠지 싶어 하루 이틀 그대로 있었다. 그러자 그 하루 이틀 사이에 이따금 아버지의 모습이며, 걱정하는 어머니의 얼굴이 문득문득 떠올랐다. 그때마다 마음이 편치 않아서 나는 마침내 돌아갈 결심을 했다. 고향에서 여비를 보내는 수고와 시간을 덜기 위해 나는 고향에 다녀온다는 인사도 할 겸 선생님을 찾아가 돈을 잠시 빌리기로 했다.

선생님은 감기 기운이 있어서, 응접실로 나가기가 좀 그렇다며 나를 서재로 오게 했다. 서재 유리문에서 겨울에 보기 드문 부드러운 햇살이 책상 위로 비쳐들었다. 선생님은 햇살 좋은 방 안에 큰 화로를 놓고 삼발이 위의 놋대야에서 피어오르는 수증기로 숨쉬기 편하도록 해두었다.

"큰 병이 차라리 낫지, 이런 사소한 감기 같은 게 더 싫어요."

선생님은 이렇게 말하고는 쓴웃음을 지으면서 내 얼굴을 봤다.

선생님은 병에 걸려본 적이 없는 사람이었다. 선생님의 말을 들은 나는 웃고 싶었다.

"전 감기 정도면 참겠지만, 그보다 큰 병은 싫은데요. 선생님도 마찬가지일걸요. 한번 걸려보시면 알게 될 겁니다."

"그럴까요. 나는 이왕 병에 걸릴 거면 죽을병에 걸리고 싶은데."

 나는 선생님의 말에 특별히 주의를 기울이지 않았다. 곧 어머니의 편지 이야기를 하고 돈을 좀 빌려달라고 부탁했다.

"곤란하겠네. 그 정도는 지금 수중에 있을 테니 가져가요."

 선생님은 부인을 불러 필요한 금액을 내 앞에 내놓게 했다. 그 돈을 안쪽에 있는 찻장인가 하는 서랍장에서 꺼낸 부인은 하얀 종이로 정성스레 싸며 "걱정되겠어요" 하고 말했다.

"몇 번이나 쓰러지셨나요?"

 선생님이 물었다.

"편지에 그런 말은 없었는데. ……그렇게 몇 번이나 쓰러지는 병인가요?"

"네."

 부인의 어머니도 내 아버지와 같은 병으로 돌아가셨다는 것을 나는 그제야 알았다.

"어차피 힘들겠지요."

 내가 말했다.

"그럴 거예요. 내가 대신할 수만 있다면 그래도 되는데. ……구역질도 하시나요?"

"글쎄요, 그런 얘기는 없었으니 그건 아니지 싶은데요."

"구역질만 안 하면 아직은 괜찮아요."
부인이 말했다.
나는 그날 밤 기차로 도쿄를 떠났다.

22

아버지의 병세는 생각했던 만큼 나쁘진 않았다. 집에 도착했을 때 아버지는 이부자리 위에 책상다리를 하고 앉아 "다들 걱정하니까 그냥 참고 가만히 있었지. 이제 일어나도 돼"라고 말했다. 다음 날은 어머니가 말리는데도 기어이 이부자리를 치우게 했다. 어머니는 마지못해 올이 굵은 비단 이불을 개면서 "네가 돌아오니 갑자기 기운이 나시나 보다"라고 했다. 나는 아버지의 행동이 허세를 부리는 것 같지는 않았다.

형은 직장 때문에 멀리 규슈에 가 있었다. 만일의 경우가 아니면, 부모님의 얼굴을 자유롭게 볼 수 없는 사람이었다. 여동생은 다른 지역으로 시집을 갔다. 이쪽도 위급한 상황에 쉽게 불러들일 만한 처지가 못 되었다. 삼 남매 중 가장 부르기 쉬운 사람은 역시 학생인 나뿐이었다. 그런 내가 어머니 말대로 학교 수업을 내팽개치고 방학 전에 돌아왔다는 게 아버지에게는 크게 만족스러운 일이었다.

"이깟 병 때문에 학교를 쉬게 해서야 되겠냐. 네 어머니가 편지에다 괜한 말을 해서 말이야."

아버지는 입으로는 그렇게 말했다. 말만 그렇게 한 게 아니라 지금까지 누워 있던 이부자리를 치우게 하고 평소처럼 행동하셨다.

"너무 대수롭지 않게 여기시는 거 아녜요? 또 쓰러지면 어쩌시려고."

내가 이렇게 주의 주는 것을 아버지는 유쾌한 듯, 아주 가볍게 받아들였다.

"뭐, 괜찮다. 평소처럼 조심하기만 하면 돼."

실제로 아버지는 괜찮은 것 같았다. 집 안을 자유롭게 다녀도 숨차 하지 않았고 현기증을 느끼지도 않았다. 단지 안색만은 보통 사람보다 더 나빴으나, 이 증상 또한 새삼스럽지 않아 우리는 크게 신경 쓰진 않았다.

나는 돈을 빌려준 일에 대해 선생님에게 감사 편지를 썼다. 정월에 상경하면 갚을 테니 그때까지만 기다려달라고 양해를 구했다. 그리고 아버지의 병세가 생각만큼 위독하지 않다, 이 상태라면 당분간은 안심이다, 현기증이나 구역질도 전혀 없다는 이야기 들을 적었다. 마지막으로 선생님의 감기는 어떤지 한마디 문안 인사도 덧붙였다. 선생님의 감기를 가볍게 여겼기 때문이다.

나는 그 편지를 보낼 때만 해도 결코 선생님의 답장을 기대하지 않았다. 보낸 뒤에 아버지, 어머니와 선생님에 대한 얘기를 나누면서 아득히 먼 선생님의 서재를 머릿속에 그렸다.

"이번에 도쿄에 갈 때 표고버섯이라도 갖다 드려라."

"네, 그런데 선생님이 말린 표고버섯을 드시려나 모르겠네요."

"맛은 없어도 딱히 싫어하는 사람은 없을 거다."

표고버섯과 선생님을 연관 지어 생각하는 게 이상하게 느껴졌다.

선생님에게서 답장이 왔을 때 나는 조금 놀랐다. 더구나 그 내용이 특별한 용건을 담고 있지 않아서 더욱 놀라웠다. 선생님은 그저 친절한 마음에서 답장을 보낸 것이다. 그렇게 생각하니 그 짧은 편지 한 통이 내게는 엄청난 기쁨이었다. 이건 내가 선생님께 받은 첫 번째 편지나 다름없었기 때문이다.

첫 번째 편지라고 하니 나와 선생님이 서로 편지를 자주 주고받은 것처럼 들리겠지만, 사실은 전혀 그렇지 않았음을 미리 밝혀두고 싶다. 나는 선생님 생전에 단 두 통의 편지밖에 받지 못했다. 한 통은 방금 말한 짧은 답장이고, 나머지 한 통은 선생님이 죽기 전에 특별히 내 앞으로 쓴 아주 긴 편지다.

아버지는 병의 특성상 운동을 삼가야 했기 때문에 자리를 털고 일어나서도 거의 집 밖으로 나가지 않았다. 한번은 날씨가 아주 화창한 날 오후에 마당에 내려온 적이 있는데, 그때는 만일을 염려해서 내가 곁에 붙어 있었다. 걱정스러운 마음에 내 어깨를 잡으라고 해도 아버지는 웃기만 할 뿐 대답하지 않았다.

23

나는 심심해하는 아버지를 상대로 자주 장기를 뒀다. 둘 다 꼼짝하기 싫어하는 성격이라 고타쓰* 앉아 위에 장기판을 두고 말을 움직일 때만 이불에서 손을 꺼냈다. 가끔 잡은 말이 없어져도 다음 승부 때까지 둘 다 모르고 있기도 했다. 그것을 어머니가 재 속에서 찾아내 부젓가락으로 집어 올리는 우스운 일도 있었다.

"바둑판은 너무 높은 데다 다리까지 달려 있어서 고타쓰 위에선 두기 힘든데, 그에 비하면 장기판은 좋구나. 이렇게 편하게 둘 수 있으니. 게으름뱅이한테는 안성맞춤이야. 한 판 더 두자."

아버지는 이기면 꼭 한 판 더 두자고 했다. 물론 졌을 때

---

* 나무 탁자 아래 난로나 화로를 두고 그 탁자 위에 이불 등을 덮은 난방 기구.

도 한 판 더 두자고 했다. 한마디로 이기든 지든 고타쓰에 앉아 장기를 두고 싶어 했다. 처음에는 신기하기도 하고, 이 노인네 같은 오락이 내게도 퍽 흥미로웠으나, 시일이 좀 지나자 젊은 혈기의 나는 그 정도 자극에 만족할 수 없게 되었다. 나는 이따금 사(士)나 차(車)를 쥔 주먹을 머리 위로 뻗으며 늘어지게 하품을 했다.

나는 도쿄를 생각했다. 그리고 넘쳐 흐르는 심장의 혈류 속에서 활동, 활동, 하고 뛰는 박동 소리를 들었다. 묘하게도 그 고동 소리가 어떤 미묘한 의식 상태에서 선생님의 힘으로 강해지는 것처럼 느껴졌다.

나는 속으로 아버지와 선생님을 비교해봤다. 둘 다 세상 사람들이 보기에 살았는지 죽었는지 알 수 없을 정도로 조용한 사람들이었다. 다른 사람의 인정을 받는다는 점에서 보면 둘 다 빵점이었다. 하지만 자꾸만 장기를 두고 싶어 하는 아버지는 단순한 오락 상대로서도 내게는 뭔가 아쉬웠다. 유흥을 위해 어울린 적이 없는 선생님은 환락의 교제에서 오는 친밀감 이상으로, 어느새 내 머리에 영향을 주고 있었다. 다만 머리라는 말은 너무 차가우니까 가슴이라는 말로 바꾸고 싶다. 내 살 속에 선생님의 힘이 파고들었다 해도, 핏속에 선생님의 생명이 흐르고 있대도 그때의 내게는 조금도 과장처럼 느껴지지 않았다. 나는 아버지야말로 내 진짜 아버지이고, 선생님은 두말할 나위 없는 생판 남이라는 명백한 사실을 눈으로 본 뒤에야 비로소 큰 진리라도 발견한 것처럼 놀랐다.

내가 지루함을 느끼기 시작할 즈음, 아버지와 어머니의 눈에도 지금까지 반갑게만 비쳤던 내가 익숙한 존재로 변해갔다. 이건 여름방학 같은 때 고향으로 돌아가면 누구나 겪는 기분이겠지만, 첫 일주일 정도는 극진히 환대해주다가도 그 시기가 지나가면, 슬슬 가족의 열기도 식어가고 결국은 있으나 마나 한 사람처럼 무심해지기 마련이다. 나도 머무는 동안 그 시기를 넘겼다. 게다가 나는 고향에 돌아올 때마다 아버지도 어머니도 이해할 수 없는 이상한 것을 도쿄에서 가져왔다. 옛날로 치면 유교 집안에 크리스천 냄새를 들여온 것처럼 내가 가지고 온 것은 아버지와도 어머니와도 조화를 이루지 못했다. 물론 나는 그것을 숨겼다. 하지만 이미 몸에 배어버린 것이라서 꺼내지 않으려 해도 어느새 아버지와 어머니의 눈에 띄었다. 나는 그만 재미가 없어졌다. 빨리 도쿄로 돌아가고 싶어졌다.

다행히 아버지의 병세는 현 상태를 유지했고, 나쁜 쪽으로 진행될 기미는 조금도 보이지 않았다. 혹시 몰라 일부러 멀리서 용한 의사를 불러다 신중히 진찰을 받아봐도 역시 내가 아는 것 외에 다른 이상은 없었다. 나는 겨울방학이 끝나기 얼마 전에 고향을 떠나기로 했다. 가겠다고 하자, 사람의 마음이란 묘한 것이어서 아버지도 어머니도 반대했다.

"벌써 가려고? 아직 이르지 않니?"

어머니가 말했다.

"사오일 더 있다 가도 늦지 않을 텐데."

아버지가 말했다.

나는 내가 정한 날짜를 바꾸지 않았다.

24

도쿄로 돌아와 보니 새해맞이 소나무 장식은 어느새 치워지고 없었다. 거리에는 찬 바람만 불 뿐, 어디를 봐도 새해 분위기는 느껴지지 않았다.

나는 곧장 선생님 댁으로 돈을 갚으러 갔다. 예의 그 표고버섯도 함께 가져갔다. 그냥 쓱 내미는 건 조금 이상할 것 같아 "어머니가 갖다 드리라고 해서요"라고 굳이 덧붙이며 부인 앞에 놓았다. 표고버섯은 새 과자 상자에 담겨 있었다. 공손히 감사 인사를 한 부인은 옆 방으로 가려다 그 상자를 들어보더니 가벼워서 놀랐는지 "이건 무슨 과자예요?" 하고 물었다. 부인은 친해지면 이런 순간에 매우 순수한 아이 같은 모습을 보이곤 했다.

두 분 모두 아버지의 병세에 대해 여러 가지로 걱정 어린 질문을 해주었다. 그리고 선생님은 이렇게 말했다.

"병세를 들어보니 당장 별일은 없을 듯한데, 병이 병인 만큼 정말 조심해야 해요."

선생님은 신장병에 대해 내가 모르는 많은 것을 알고 있었다.

"병에 걸렸는데도 눈치채지 못하고 평소처럼 지내는 게 그 병의 특징이에요. 내가 아는 어떤 장교도 결국 그 병으로 세상을 떠났지요. 정말 거짓말처럼 죽었어요. 바로 곁에서 자고 있던 아내가 돌볼 틈조차 없었다더군요. 한밤중에 좀 답답하다며 아내를 깨운 게 마지막이고, 다음 날 아침에 보니 이미 숨을 거두었더랍니다. 그런데도 아내는 남편이 자는 줄로만 알고 있었다고 해요."

지금까지 낙관적으로만 생각하고 있던 나는 갑자기 불안해졌다.

"저희 아버지도 그렇게 되실까요? 그렇게 안 된다고 장담할 순 없겠지요."

"의사는 뭐라고 하던가요?"

"가망이 없는 병이라고 했습니다. 하지만 당분간은 걱정할 필요 없을 거라는 말도 했어요."

"그럼 다행이군요, 의사가 그렇게 말했으니까. 방금 내가 이야기한 경우는 병에 걸렸다는 사실조차 몰랐던 사람 얘기예요. 더군다나 그는 상당히 거친 군인이었어요."

나는 조금 안심이 되었다. 내 변화를 유심히 바라보던 선생님은 이렇게 덧붙였다.

"하지만 인간이란 건강하든 병들었든, 어쨌든 약한 존재지요. 언제, 어떤 일로, 어떻게 죽게 될지는 아무도 모르니까."

"선생님도 그런 생각을 하세요?"

"내가 아무리 건강하다지만 그런 생각을 전혀 안 할 순 없지요."

선생님 입가에 희미한 미소가 떠올랐다.

"자연스럽게 갑자기 죽는 사람이 있잖습니까. 그리고 순식간에 죽는 사람도 있지요. 부자연스러운 폭력으로."

"부자연스러운 폭력이요?"

"나도 잘은 모르겠지만, 자살하는 사람들은 모두 부자연스러운 폭력을 쓰잖아요."

"그러면 살해당하는 것 역시 부자연스러운 폭력 때문이겠네요."

"살해당하는 경우는 전혀 생각지도 못했네요. 그러고 보니 그렇네."

그날은 그러고 집으로 돌아왔다. 돌아와서도 아버지의 병은 그다지 걱정되지 않았다. 선생님이 말한 자연스럽게 죽는다든가, 부자연스러운 폭력으로 죽는다든가 하는 말도, 그 순간 가볍게 나온 말이라고 여겼을 뿐, 이후로 어떤 찜찜함도 내 머릿속에 남아 있지 않았다. 나는 지금까지 미뤄둔 졸업 논문을 이제는 본격적으로 써야 할 때라고 생각했다.

25

그해 6월에 졸업할 예정이었던 나는, 반드시 이 논문을 규정대로 4월 말일까지 완성해야만 했다. 2, 3, 4 하고 손가락을 꼽아가며 남을 시간을 헤아리고는 나조차 나의 담대함을 믿을 수 없었다. 다른 사람들은 한참 전부터 자료를 모으고 노트를 정리하며 언뜻 봐도 바쁘게 움직이고 있었지만 나만 아직 아무것도 손대지 않은 상태였다. 내게는 그저 새해에는 본격적으로 시작하겠다는 결심만 있었을 뿐이다. 나는 그 결심 하나로 논문을 쓰기 시작했다. 그러나 이내 막혀버렸다. 이때까지 큰 주제만 허공에 그려놓고선 뼈대는 이미 완성되었다고 생각하고 있었다. 하지만 막상 시작하고 보니 골치가 아팠다. 결국은 논문의 주제를 좁혔다. 그러고는 정리된 사고를 체계적으로 구성하는 번거로운 과정을 줄이기 위해 그냥 책 속에 있는 자료를 나열하고, 적당한 결론을 조금 덧붙이기로 했다.

내가 선택한 논제는 선생님의 전공과 관계가 깊었다. 예전에 그 선택에 대해 의견을 물었을 때 선생님은 "좋은데요"라고 말했다. 논문 작업에 당황한 나는 곧장 선생님 댁으로 찾아가 읽어야 할 참고 서적을 물었다. 선생님은 자신이 알고 있는 지식을 흔쾌히 알려주었을 뿐만 아니라, 필요한 책 두세 권도 빌려주었다. 하지만 그렇다고 해서 나를 직접 지도하려 하지는 않았다.

"요새는 책을 거의 읽지 않아서 새로운 건 잘 몰라요. 교수님께 여쭤보는 게 더 좋을 겁니다."

선생님은 한때 굉장한 독서가였지만, 그 후 무슨 연유에서인지 예전만큼 독서에 흥미를 느끼지 않게 된 것 같다고 전에 부인에게서 들은 말이 문득 떠올랐다. 나는 논문을 잠시 제쳐두고, 무심코 입을 열었다.

"선생님은 왜 예전만큼 독서에 흥미를 느끼지 못하세요?"

"왜라고 딱히 이유가 있는 건 아니지만……. 아무리 책을 읽어도 그리 대단해질 게 없다는 생각 때문일 거예요. 그리고……."

"그리고 또 있나요?"

"또 있다고 할 정도는 아니지만, 예전에는 사람들 앞에 나서거나 누군가의 질문에 대답하지 못하면 부끄럽고 민망했는데, 요즘은 모른다는 게 그렇게까지 부끄러운 일이 아니라는 생각이 들더군요. 그래서 억지로 책을 읽으려는 의욕이 점점 사라졌어요. 쉽게 말하면, 나이가 든 거겠지요."

선생님의 말투는 오히려 차분했다. 세상을 등진 사람이 내뿜는 쓸쓸함도 느껴지지 않아서 그 말이 깊이 와닿지는 않았다. 선생님이 늙었다고 생각하지도 않았고, 대단하다고 감탄하지도 않은 채 나는 집으로 돌아왔다.

그 후 나는 마치 논문에 시달리는 정신병자처럼 벌게진 눈으로 고통스러워했다. 나는 일 년 전에 졸업한 친구들에게 이런저런 상황을 물어보기도 했다. 그중 한 친구는 마감일에 인력거를 타고 사무실로 달려가 가까스로 논문을 제출했다고 했다. 또 다른 친구는 마감 시각인 5시보다 십오 분 정도 늦게 제출하는 바람에 거절당할 뻔했지만, 주임 교수의 호의 덕분에 겨우 받아주었다고 했다. 나는 불안을 느끼면서도 마음을 다잡았다. 매일 책상 앞에서 최선을 다해 작업했다. 그렇지 않을 때는 어두컴컴한 서고에 들어가 높은 책장을 여기저기 둘러보았다. 내 눈은 수집가가 골동품을 발굴할 때처럼 책등에 새겨진 금박 글씨를 찾아 헤맸다.

매화가 피면서 차가운 바람은 점차 남쪽으로 방향을 바꾸어 갔다. 그러다가 곳곳에서 벚꽃 소식이 귀에 흘러들었다. 그런데도 나는 마차의 말처럼 앞만 보고 논문에만 매달렸다. 4월 하순이 되어 드디어 예정대로 논문을 완성할 때까지 선생님 댁 문턱을 한 번도 넘지 않았다.

26

내가 자유로워진 건 겹벚꽃이 진 가지에 어느새 푸른 잎이 안개처럼 피어오르기 시작한 여름의 초입이었다. 나는 새장을 벗어난 작은 새처럼 넓은 세상을 한눈에 내려다보며 자유롭게 날갯짓했다. 나는 곧장 선생님 댁으로 향했다. 탱자나무 울타리는 거뭇한 가지 위로 새싹이 돋아나고, 석류나무의 메마른 줄기에서는 반들반들한 다갈색 잎이 부드럽게 햇살을 반사하는 모습이 길목마다 내 눈길을 사로잡았다. 태어나 처음으로 그런 광경을 본 것처럼 새롭게 느껴졌다. 선생님은 환한 내 얼굴을 보고 미소지으며 말했다.

"논문을 다 끝냈나 보군요. 축하해요."

나는 "덕분에 드디어 끝냈습니다. 이제 아무 할 일도 없습니다"라고 말했다.

그때 나는 해야 할 일을 모두 끝마쳐서 이제부터는 마음껏 놀아도 괜찮을 것처럼 홀가분한 기분이었다. 나는 완성된 내 논문에 대해 충분한 자신감과 만족감을 느끼고 있었다. 그래서 선생님 앞에서 그 내용을 조잘거렸다. 선생님은 평소처럼 "그렇군요", "그래요" 하고 답해주었으나 그 이상의 비평은 덧붙이지 않았다. 나는 실망까진 아니어도 조금 맥이 빠지는 기분이었다. 그래도 그날의 내 기세는 머뭇거리는 듯한 선생님의 태도에 맞서기라도 하려는 듯 활기가 넘쳤다. 나는 푸르게 되살아나려고 하는 넓은 자연 속으로 선생님을 끌어내고 싶었다.

"선생님, 산책하러 가시죠! 바깥 공기가 정말 상쾌합니다."

"어디로?"

나는 어디든 상관없었다. 그저 선생님과 함께 교외로 나가고 싶었다.

한 시간 후, 선생님과 나는 도심을 벗어나 마을인지 읍인지 구별되지 않는 한적한 곳을 정처 없이 걸었다. 나는 흥가시나무 울타리에서 여리고 보드라운 잎을 뜯어 풀피리를 불었다. 가고시마 출신인 친구를 통해 자연스럽게 배운 덕분에 이 풀피리를 부는 데 능숙했다. 내가 자신만만하게 풀피리를 계속 불자 선생님은 모르는 척 다른 곳을 보며 걸었다.

얼마 지나지 않아 울창한 언덕에 자리한 집 아래로 좁은 길이 나타났다. 문기둥에 무슨 무슨 원(園)이라는 팻말이 붙어 있어 개인 주택이 아니라는 걸 단번에 알 수 있었다. 선생님은 완만한 오르막길을 바라보며 "들어가 볼까요?"라고 말했다. 나는 곧바로 "화원이네요" 하고 답했다.

나무들 사이로 한차례 굽은 길을 따라 안쪽으로 올라가니 왼편에 집이 있었다. 활짝 열린 미닫이문 안은 휑해서 인기척조차 느껴지지 않았다. 다만 처마 밑에 놓인 큼직한 항아리 속에 붕어만이 움직이고 있었다.

"조용하군. 허락 없이 들어가도 괜찮으려나."

"괜찮을 거예요."

우리는 더 안쪽으로 걸어 들어갔다. 하지만 그곳에도 사람의 모습은 보이지 않았다. 철쭉이 타오르듯 흐드러지게 피어 있었다. 선생님은 그중에서도 주황빛의 키가 큰 꽃을 가리키며 "이건 기리시마 철쭉이겠군요" 하고 말했다.

작약도 열 평 남짓 심겨 있었지만, 아직 일러서인지 꽃을 피운 건 하나도 없었다. 작약밭 옆에 놓인 낡은 평상 같은 곳에 선생님은 대자로 드러누웠다. 나는 그 옆 남은 자리에 걸터앉아 담배를 피웠다. 선생님은 투명한 푸른 하늘을 바라보고 있었다. 나는 나를 감싼 신록의 초록빛에 마음을 빼앗겼다. 그 초록빛을 찬찬히 들여다보니 하나하나가 달랐다. 같은 단풍나무라도 한 가지에 똑같은 색을 띤 잎은 하나도 없었다. 가느다란 삼나무 묘목 위에 툭 걸쳐둔 선생님의 모자가 바람에 날려 떨어졌다.

27

나는 곧장 그 모자를 주워 들었다. 여기저기 묻은 붉은 흙을 손끝으로 털어내며 선생님을 불렀다.

"선생님, 모자가 떨어졌어요."

"고마워요."

몸을 반쯤 일으켜 모자를 받아든 선생님은 일어났다고도 누웠다고도 할 수 없는 어정쩡한 자세로 불현듯 이상한 질문을 던졌다.

"갑작스러운 질문이지만, 집에 재산이 좀 있나요?"

"있다고 할 정도는 아닙니다."

"실례될 수도 있지만, 대략 얼마나?"

"산과 논이 조금 있을 뿐, 돈은 전혀 없다고 보면 될 거예요."

선생님이 우리 집안 경제 상황에 대해 질문다운 질문을 던진 것은 이때가 처음이었다. 나는 선생님의 형편에 대해 아무것도 물어본 적이 없었다. 처음 선생님을 알게 되었을 때, 아무 일도 하지 않고 어떻게 생활할 수 있는지 의아했었다. 그 후로도 그 의문은 마음속에서 좀처럼 사라지지 않았다. 하지만 그런 얘기를 선생님 앞에서 노골적으로 꺼내는 건 실례라는 생각에 늘 묻지 않았다. 초록빛에 지친 눈을 쉬고 있던 내 마음에 우연히 다시 그 의문이 떠올랐다.

"선생님은 어떠신데요? 재산이 어느 정도 되나요?"

"내가 부자로 보이나요?"

선생님의 평소 옷차림은 검소했다. 식구 수도 적었고 집도 결코 넓다고는 할 수 없었다. 하지만 물질적으로 풍족하다는 것은 집안 사정을 깊이 알지 못하는 내 눈에도 또렷이 보였다. 요컨대 선생님의 생활은 사치스럽지는 않아도 궁색한 형편은 아니었다.

"그러신 것 같아요."

내가 말했다.

"어느 정도야 있지. 하지만 부자는 아니에요. 부자였으면 더 큰 집을 지었겠지요."

선생님은 몸을 일으켜 평상 위에 책상다리를 하고 앉았는데, 말을 마치고는 대나무 지팡이 끝으로 땅바닥에 동그라미 같은 것을 그리기 시작했다. 그러더니 이번에는 지팡이를 땅에 찌르듯이 수직으로 세웠다.

"이래 봬도 원래는 자산가였는데."

선생님의 말은 반쯤 혼잣말 같았다. 그래서 나는 곧바로 반응하지 못하고 그냥 잠자코 있었다.

"이래 봬도 원래는 자산가였어요."

선생님은 다시 말하고는 내 얼굴을 보며 미소 지었다. 그러나 나는 여전히 아무런 대답도 하지 못했다. 어떻게 반응해야 할지 몰랐기 때문이었다. 그러자 선생님은 화제를 다시 다른 데로 돌렸다.

"아버님 병세는 그 후로 어떠신가요?"

나는 정월 이후로 아버지의 병에 대해 아무것도 알지 못했다. 매달 고향에서 돈과 함께 보내오는 짧은 편지는 여느 때와 다름없이 아버지의 글씨체였지만 병에 대한 얘기는 거의 없었다. 게다가 글씨체도 또렷했다. 이런 종류의 병을 앓는 환자에게서 보이는 손 떨림이 글씨를 전혀 흐트러뜨리지 않았다.

"아무 말 없으신 걸 보면, 이제 괜찮으신 거겠죠."

"괜찮으시다면 다행이지만… 그 병 자체가 위험한 병이니까."

"역시 안 좋으신 걸까요? 그래도 당분간은 괜찮으시겠죠. 별다른 말씀도 없으시니."

"그래요."

나는 선생님이 우리 집안의 재산이며 아버지의 병세를 묻는 것을 그저 스쳐 지나가는 일상적인 대화려니 생각했다. 그러나 선생님의 말 속에는, 이 두 가지를 연결 짓는 더 깊은 의미가 담겨 있었다. 선생님 자신의 경험을 알지 못했던 나로서는 당연히 그 뜻을 알아챌 리 없었다.

28

"집에 재산이 있다면 지금 잘 정리해두는 게 좋을 거예요. 물론, 쓸데없는 참견일 수도 있지만. 아버님이 건재하실 때 받을 건 확실히 받아두는 게 어떨까요. 만약 무슨 일이 생기면 가장 골치 아픈 문제가 결국은 재산이니까."

"네……."

나는 선생님 말에 크게 신경 쓰지 않았다. 우리 집안에서는 그런 걱정을 하는 사람이 나뿐만 아니라 아버지도 어머니도 단 한 사람도 없으리라 확신했기 때문이다. 게다가 선생님이 이런 말을 한다는 것 자체가 평소 선생님답지 않게 너무 현실적인 이야기 같아서 조금 놀랐다. 하지만 연장자에 대한 평소의 예의가 나를 침묵하게 만들었다.

"아버님이 돌아가실 것처럼 얘기한 게 불쾌했다면 용서해요. 하지만 인간은 결국 죽게 되니까. 아무리 건강한 사람이라도 언제 죽을지 모르는 거니까."

선생님의 말투는 드물게 쓸쓸했다.

"그런 건 전혀 개의치 않습니다."

나는 서둘러 변명했다.

"형제가 몇이랬지요?"

선생님이 물었다. 그리고 우리 가족 수와 친척이 있는지, 작은아버지와 작은어머니의 형편을 자세히 물었다. 그러고는 마지막에 이렇게 말했다.

"다들 좋은 사람인가요?"

"딱히 나쁘다고 할 만한 사람은 없는 것 같아요. 거의 다 시골 사람들이라서요."

"시골 사람들은 왜 나쁘지 않지요?"

나는 이 추궁에 당황했다. 그러나 선생님은 대답을 생각할 틈조차 주지 않았다.

"시골 사람이 오히려 도시 사람보다 더 나쁠 수도 있어요. 그리고 방금 친척 중에 딱히 나쁜 사람은 없는 것 같다고 했지요. 하지만 나쁜 사람이라는 유형의 인간이 이 세상에 따로 있다고 생각해요? 틀에 찍어낸 듯한 악인은 세상에 존재하지 않아요. 평소엔 다 선한 사람들이에요. 적어도 다들 평범한 사람들이지요. 그런데 결정적인 순간이 되면 갑자기 악인으로 돌변하니까 무서운 겁니다. 그러니 방심하면 안 돼요."

선생님의 말은 아직 끝날 기미가 없었다. 나는 뭔가 말을 꺼내려 했다. 그러자 뒤쪽에서 갑자기 개가 짖기 시작했다. 선생님과 나는 놀라서 뒤를 돌아보았다.

평상 옆에서 뒤쪽으로 심어진 삼나무 묘목 옆에 얼룩조릿대가 땅을 뒤덮듯이 세 평쯤 무성하게 자라 있었다. 개는 얼굴과 등을 그 얼룩조릿대 위로 내밀고 사납게 짖어댔다.

그때, 열 살 남짓한 아이가 달려와 개를 혼냈다. 아이는 휘장이 달린 검은 모자를 쓴 채 선생님 앞으로 다가와 공손히 인사를 했다.

"아저씨, 들어올 때 집에 아무도 없었어요?"
"아무도 없었어."
"누나랑 어머니가 부엌 쪽에 있었을 텐데."

"그래? 있었구나."

"아저씨도 참, 인사하고 들어오셨으면 좋았잖아요."

선생님은 쓴웃음을 지었다. 그러고는 품속에서 지갑을 꺼내 오 전짜리 백동화를 아이 손에 쥐여주었다.

"어머니께 가 말씀드리렴. 잠시 여기서 쉬다 가겠다고."

아이는 총명해 보이는 눈빛으로 웃으며 고개를 끄덕였다.

"지금 전 정찰대장이거든요."

소년은 이렇게 말하고는 철쭉 사이를 가로질러 아래쪽으로 뛰어 내려갔다. 개도 꼬리를 높이 말아 올린 채 아이 뒤를 쫓아갔다. 잠시 후 또래 아이들 두어 명도 정찰대장이 내려간 쪽으로 뛰어갔다.

29

선생님의 이야기는 개와 아이 때문에 결론까지 이어지지 못했고, 나는 끝내 그 말의 요지를 알지 못한 채 끝이 났다. 선생님이 염려하는 재산 문제 따위는 그 당시 내 관심 밖이었다. 내 성격으로 보나, 내 처지로 보나, 그때의 나는 그런 이해득실을 고민할 여유가 없었다. 돌이켜보면, 그건 내가 아직 사회에 나간 적이 없는 탓이기도 했고, 실제로 그런 상황을 겪어보지 않은 탓이기도 했겠지만, 어쨌든 젊은 나에게 돈 문제는 어쩐지 멀게만 느껴졌다.

선생님의 이야기 중에서 한 가지 끝까지 듣고 싶었던 건 사람은 결정적인 순간이 되면 갑자기 악인으로 돌변한다는 말의 의미였다. 단순히 말 자체만 놓고 보면 그 뜻을 이해하지 못할 건 없었다. 하지만 나는 이 말에 담긴 더 깊은 의미를 알고 싶었다.

개와 아이가 떠난 후, 넓게 펼쳐진 신록의 화원은 다시 원래의 고요함을 되찾았다. 그리고 우리는 침묵 속에 갇힌 사람들처럼 한동안 가만히 있었다. 아름답던 하늘빛이 점차 빛을 잃어갔다. 눈앞에 보이는 나무들은 대부분 단풍나무였는데, 그 가지에 싱그럽게 움튼 연둣빛 새순이 점점 어두워지는 것처럼 보였다. 멀리 길 위에서 짐수레 구르는 소리가 덜컹덜컹 들려왔다. 나는 동네 사람이 화분이나 뭔가를 싣고 사찰 장터로 향하는 것이라 상상했다. 선생님은 그 소리를 듣자 명상에서 깨어난 사람처럼 갑자기 자리에서 일어섰다.

"이제 슬슬 돌아갈까요. 해가 제법 길어진 것 같아도 이렇게 한가롭게 있다 보니 어느새 저물어가네요."

선생님의 등에는 조금 전 평상 위에 누웠던 자국이 잔뜩 붙어 있었다. 나는 두 손으로 그것을 털어냈다.

"고마워요. 나무진 같은 게 붙지는 않았어요?"

"말끔히 떨어졌습니다."

"이 겉옷은 바로 얼마 전에 장만한 것이라서요. 더럽혀서 돌아가면 아내한테 혼날 테니까. 고마워요."

우리 두 사람은 다시 완만한 언덕길 중간에 자리한 집 앞에 이르렀다. 들어올 때는 인기척이 없었던 마루에 부인이 열대여섯 살쯤 되어 보이는 딸을 마주하고 실패에 실을 감고 있었다. 우리는 붕어 항아리 옆에서 "실례했습니다"라고 인사했다. 부인은 "아뇨, 아무 대접도 못 해드렸는데요"라고 답하더니 아까 아이에게 건넨 백동화에 대한 감사 인사를 했다. 대문을 나와 이삼백 미터쯤 지났을 때 나는 마침내 선생님을 향해 입을 열었다.

"아까 선생님이 말씀하신, 사람은 결정적인 순간이 되면 갑자기 악인으로 돌변한다는 것 말인데요. 그건 무슨 뜻인가요?"

"뜻이랄 것도 없어요. ……그냥 사실일 뿐이지. 이건 이론이 아니니까요."

"사실이라 해도 상관은 없지만, 제가 여쭙고 싶은 건 결정적인 순간의 의미입니다. 대체 어떤 경우를 얘기하시는 건지."

선생님은 웃음을 터뜨렸다. 마치 때가 지나버린 지금은 더는 애써 설명할 의욕이 사라졌다는 듯이.

"돈이지요, 돈. 돈을 보면 어떤 군자라도 바로 악인이 되고 마니까."

나에게는 선생님의 대답이 너무 평범해서 시시했다. 선생님이 흥미를 보이지 않는 것처럼 나도 김이 빠진 기분이었다. 나는 떨떠름해져서 성큼성큼 걸어갔다. 선생님은 자연스레 조금 뒤처졌다. 선생님이 뒤에서 "저기" 하고 나를 불렀다.

"거봐요."

"뭘 말입니까?"

"그쪽 기분도 내 대답 하나로 금세 바뀐 것 같은데."

마주 보기 위해 걸음을 멈춰 돌아선 내 얼굴을 보며 선생님이 말했다.

30

그때 나는 내심 선생님이 미웠다. 어깨를 나란히 하고 걸으면서도 묻고 싶은 말을 애써 묻지 않았다. 하지만 선생님은 눈치를 챘는지 못 챘는지 내 태도를 전혀 신경 쓰지 않았다. 평소처럼 침묵을 지키며 차분한 걸음걸이로 태연히 걷고 있어서 나는 조금 화가 났다. 뭐라도 한마디해서 선생님을 당황하게 만들고 싶어졌다.

"선생님."

"네."

"선생님, 아까 조금 흥분하셨죠? 아까 화원 뜰에서 쉬었을 때요. 전 선생님이 흥분하신 모습을 거의 못 본 것 같은데, 오늘은 평소와 다르신 것 같아서요."

선생님은 선뜻 대답하지 않았다. 나는 그것이 반응을 불러일으켰다고 생각했으나, 한편으로는 헛다리를 짚은 듯도 했다. 어쩔 수 없이 더는 말을 잇지 않기로 했다. 그러자 선생님이 갑자기 길 가장자리로 가서는 잘 다듬어진 나무 울타리 아래서 옷자락을 걷어 올리고 소변을 보았다. 나는 선생님이 볼일을 보는 동안 멍하니 서 있었다.

"아, 실례."

선생님은 그렇게 말하고서 다시 걸음을 옮겼다. 나는 결국 선생님에 대한 도발을 단념했다. 우리가 지나가는 길은 점점 번화해졌다. 지금껏 드문드문 보이던 넓은 비탈밭과 평지는 시야에서 완전히 사라지고 좌우로 집들이 줄지어 이어졌다. 그래도 군데군데 택지 한구석에서 완두콩 넝쿨이 대나무에 감긴 모습이나 철조망 안에 닭을 기르는 풍경이 한가로워 보였다. 시내에서 돌아오는 짐 마차가 쉴 새 없이 스쳐 지나갔다. 이런 것들에 자꾸만 정신이 팔려 아까까지 가슴속에 품고 있던 문제를 어딘가에 떨어뜨리고 말았다. 선생님이 갑자기 그 얘기로 돌아갔을 때 나는 실제로 잊고 있었다.

"내가 아까 그렇게 흥분한 것처럼 보였어요?"

"그렇게까지는 아니지만, 조금……."

"아니, 그렇게 보였어도 상관없어. 실제로 흥분했으니까. 난 재산 얘기만 나오면 꼭 흥분하거든요. 그쪽 눈에는 어떻게 보일지 모르지만, 이래 봬도 난 아주 집념이 강한 남자예요. 남에게 받은 굴욕이나 손해는 십 년이 지나도, 이십 년이 지나도 절대 잊지 않지요."

선생님은 아까보다 더 흥분한 말투였다. 하지만 내가 놀란 건 그 말투 때문이 아니었다. 오히려 선생님의 말이 내 귀에 호소하는 의미 자체였다. 선생님의 입에서 이런 고백을 듣게 되다니 의외였다. 그동안 선생님의 성품으로 보아 이렇게 집착하는 면이 있으리라고는 상상도 못 했다. 선생님을 훨씬 더 약한 사람이라고 믿고 있었다. 그리고 그 약하면서도 고고한 모습에 내 그리움의 뿌리를 두고 있었다. 한때의 기분으로 선생님에게 조금 대들어보려고 했던 나는, 그 말 앞에서 작아졌다. 선생님은 이렇게 말했다.

"나는 사람들에게 속았어요. 그것도 피가 섞인 친척들한테. 난 결코 잊을 수 없어. 아버지 앞에서는 선했던 사람들이 아버지가 세상을 떠나자마자 용서할 수 없는 뻔뻔한 인간들로 변해버렸거든요. 나는 어린 시절부터 지금까지, 그들에게서 받은 굴욕과 손해를 짊어지고 살아왔어요. 죽을 때까지도 잊을 수 없겠지. 하지만 아직 복수는 하지 않았어요. 생각해보면, 개인에 대한 복수 이상의 일을 이미 한 셈이지요. 난 그들만 증오하는 게 아니라 그들을 대표하는 인간이라는 존재를 증오하는 법을 배웠으니까. 그걸로 충분하다고 생각해요."

나는 위로의 말조차 꺼낼 수 없었다.

31

그날의 대화도 결국 그 이상 발전하지 못했다. 오히려 선생님의 태도에 움츠러들어 더는 나아갈 마음이 들지 않았던 것이다.

우리는 시 외곽에서 전철을 탔지만, 전철 안에서는 거의 말을 하지 않았고, 내리니 곧 헤어져야 했다. 헤어질 때 선생님은 또 달라져 있었다. 평소보다 밝은 어조로 말했다.

"이제부터 6월까지가 가장 홀가분한 시기지요. 어쩌면 사는 동안 가장 편안한 때인지도 몰라. 실컷 놀아요."

나는 웃으며 모자를 벗었다. 그때 선생님의 얼굴을 보면서 과연 그의 마음속 어디에서 모든 사람을 증오하는 것일까, 그런 의문이 들었다. 그 눈, 그 입, 어디에도 염세적인 그림자는 드리워져 있지 않았다.

나는 사상적 문제에 대해 선생님으로부터 큰 도움을 받았다는 사실을 고백한다. 그러나 같은 문제에 대해 도움을 받고 싶어도 받지 못하는 일이 더러 있었노라 말하지 않을 수 없다. 선생님과의 대화는 때때로 요령부득으로 끝나곤 했다. 그날 우리 두 사람 사이에 오간 교외에서의 대화도 그런 요령부득의 일화로 내 가슴속에 남았다.

솔직한 나는 어느 날 마침내 그것을 선생님 앞에서 털어놓았다. 선생님은 웃고 있었다. 나는 이렇게 말했다.

"요점을 파악하지 못하는 건 제가 둔해서 그런 거니 어쩔 수 없지만, 알고 계시면서도 분명히 말씀해주지 않는 건 곤란합니다."

"난 아무것도 숨기지 않았는데."

"숨기고 계시잖아요."

"그쪽은 내 사상과 의견과 과거를 뒤섞어 생각하는 거 아닌가요? 나는 빈약한 사상가지만 내 머리로 정리한 생각을 무턱대고 남에게 숨기지는 않습니다. 숨길 필요가 없으니까. 하지만 내 과거를 모조리 그쪽한테 이야기해야 한다면, 그건 또 다른 문제겠지요."

"다른 문제라고 생각지 않습니다. 선생님의 과거가 만들어낸 사상이니 저는 거기에 중점을 둔 거예요. 두 가지를 분리해버린다면 제게는 거의 가치 없는 것이 되고 맙니다. 저는 영혼을 불어넣지 않은 인형을 받는 것만으로 만족할 수 없어요."

선생님은 어이없다는 듯이 나를 바라보았다. 담배를 들고 있던 그 손이 살짝 떨렸다.

"대범하군요."

"그저 진솔한 겁니다. 진솔하게 인생에서 교훈을 얻고 싶을 뿐이에요."

"내 과거를 들추어내서라도 말인가요?"

들추어낸다는 말이 별안간 무서운 울림으로 내 귀를 때렸다. 지금 내 앞에 앉아 있는 사람이 늘 존경하던 선생님이 아니라 한 명의 죄인처럼 느껴졌다. 선생님의 얼굴이 창백했다.

"정말로 진솔한가요?"

선생님이 재차 물었다.

"나는 과거 일 때문에 사람을 의심하는 버릇이 생겼어요. 그래서 사실은 당신도 의심하고 있지요. 그래도 당신만은 의심하고 싶지 않군요. 당신은 의심하기엔 너무 단순한 것 같으니까. 난 죽기 전에 단 한 사람이라도 좋으니, 누군가를 믿어보고 죽고 싶습니다. 당신이 그 단 한 사람이 될 수 있을까? 되어줄 건가요? 정말로 진솔한가요?"

"만일 제 목숨이 진솔한 것이라면, 제가 지금 한 말도 진솔합니다."

내 목소리가 떨리고 있었다.

"좋아요."

선생님이 말했다.

"말하지요. 내 과거를 숨김없이, 그쪽한테 모두 다 털어놓겠습니다. 그 대신…… 아니, 그건 상관없겠군요. 하지만 내 과거가 그리 유익하진 않을지도 모릅니다. 그리고…… 지금은 얘기할 수 없어요. 그 점을 이해해주세요. 적당한 때가 오면 얘기할 테니까."

나는 하숙집으로 돌아간 뒤에도 모종의 압박감을 느꼈다.

32

내 논문은 내가 평가했던 만큼 교수의 눈에 그리 훌륭해 보이지는 않은 모양이었다. 그래도 예상대로 통과했다. 졸업식 날, 곰팡내 나는 낡은 겨울옷을 고리짝에서 꺼내 입었다. 졸업식장에 줄지어 서 보니 모두가 더워했다. 나는 바람 한 점 통하지 않는 두툼한 모직 천 아래 갇힌 몸을 주체하기 힘들었다. 한참을 서 있었더니 손에 쥔 손수건이 축축해졌다.

나는 졸업식이 끝나자마자 곧장 돌아와 옷을 벗고 알몸이 되었다. 하숙집 2층 창문을 열고 망원경처럼 동글게 말린 졸업장의 구멍으로 세상을 내다보았다. 그러고는 졸업장을 책상 위에 휙 던지고 방 한가운데에 벌렁 드러누웠다. 누운 채로 내 과거를 돌아보았다. 그리고 내 미래를 상상했다. 그러자 과거와 미래 사이의 경계를 짓는 이 졸업장이라는 것이, 의미가 있는 듯도 하고, 전혀 의미가 없는 듯도 한, 묘한 종잇장처럼 느껴졌다.

그날 저녁, 나는 선생님 댁에서 식사를 하기로 했다. 졸업하면 그날 저녁은 다른 데서 먹지 말고 선생님의 식탁에서 함께 먹자고 전부터 약속했기 때문이다.

식탁은 약속대로 응접실 마루 옆에 놓여 있었다. 무늬가 있는 빳빳한 식탁보가 아름답고 청결하게 전등 불빛을 반사하고 있었다. 선생님 댁에서 밥을 먹을 때면, 언제나 서양식 레스토랑에서나 볼 법한 새하얀 리넨 위에 젓가락과 밥그릇이 놓였다. 모두 반드시 갓 세탁한 새하얀 것들로 한정되었다.

"칼라나 커프스와 마찬가지예요. 더러운 걸 쓸 바에야 차라리 처음부터 색깔 있는 걸 쓰는 게 낫지. 하얀 건 순백이어야 해요."

듣고 보니 역시나 선생님은 결벽증이었다. 서재 같은 곳도 아주 깔끔하고 정리정돈이 잘 되어 있었다. 무심한 성격인 나에게는, 선생님의 그런 성향이 때때로 유난히 눈에 띄곤 했다.

"선생님은 결벽증이 있으신 것 같아요."

예전에 부인에게 물었을 때, 부인은 "그런데 옷 같은 건 그렇게까지 신경 쓰지 않아서요"라고 대답한 적이 있다. 옆에서 듣고 있던 선생님은 "사실 난 정신적으로 결벽증이 있어요. 그래서 늘 괴로워. 생각해보면 정말 어리석은 성격이지"라며 웃었다. 정신적으로 결벽증이 있다는 말이 흔히 말하는 신경질적이라는 의미인지, 아니면 도덕적으로 결벽하다는 의미인지는 알 수 없었다. 부인도 잘 이해하지 못한 듯 보였다.

그날 밤 나는 선생님과 예의 그 새하얀 식탁보 앞에 마주 앉았다. 부인은 우리 둘을 양옆에 두고 홀로 정원을 마주 보는 자리에 앉았다.

"축하해요."

선생님은 나를 위해 잔을 들어주었다. 나는 이 잔이 별로 기쁘지 않았다. 물론 내 마음이 그 말에 반응하여 날아오를 듯 기쁘지 않았다는 것이 하나의 원인이었다. 하지만 선생님의 말투 또한 결코 내 기쁨을 북돋듯이 들뜨진 않았다. 선생님은 웃으며 잔을 들었다. 그 웃음 속에 비꼬는 듯한 아이러니는 느끼지 못했다. 동시에 진심으로 축하해주려는 감정도 읽어낼 수 없었다. 선생님의 웃음은 '사람들은 이런 자리에서 흔히 축하한다고들 하지요'라고 내게 얘기하고 있었다.

부인은 내게 "참 좋겠어요. 부모님도 기뻐하시겠네요"라고 말했다. 나는 문득 병든 아버지가 떠올랐다. 어서 저 졸업장을 가지고 가서 보여드려야겠다는 생각이 들었다.

"선생님은 졸업장을 어떻게 하셨어요?"

내가 물었다.

"어떻게 했더라……. 어딘가 넣어뒀으려나?"

선생님이 부인에게 물었다.

"네, 아마 어딘가에 넣어뒀을 거예요."

졸업증이 어디 있는지, 두 사람 다 알지 못했다.

33

밥 먹을 때, 부인은 곁에 있던 하녀를 물러나게 하고 직접 시중을 들었다. 이것은 손님을 대하는 선생님 댁의 관례였다. 처음 한두 번은 나도 어색함을 느꼈지만, 횟수가 늘어날수록 밥그릇을 부인에게 내미는 일이 아무렇지도 않게 되었다.

"차? 밥? 정말 잘 먹네요."

부인도 스스럼없이 말하곤 했다. 하지만 그날은 계절이 계절인지라 그렇게 놀림을 받을 정도로 식욕이 나진 않았다.

"벌써 그만? 요즘 소식하나 보죠."

"소식하는 게 아니라요. 더워서 많이 안 들어가네요."

부인은 하녀를 불러 식탁을 치우게 한 뒤, 아이스크림과 과일을 내오게 했다.

"집에서 만든 거예요."

부인은 손수 만든 아이스크림을 손님에게 대접할 만큼 여유가 있어 보였다. 나는 두 그릇 더 받아 먹었다.

"드디어 졸업했네요. 앞으로 뭘 할 건가요?"

선생님이 물었다. 선생님은 반쯤 마루 쪽으로 자리를 옮겨 문턱 가까이에서 등을 장지문에 기대고 있었다.

내게는 그저 졸업했다는 자각만 있을 뿐, 앞으로 무엇을 하겠다는 목적도 없었다. 대답을 망설이자 부인이 "교사?" 하고 물었다. 그 말에도 대답하지 않자 이번에는 "그럼 관리?" 하고 다시 물었다. 나도, 선생님도 웃음을 터뜨렸다.

"솔직히 아직 생각해본 적 없습니다. 직업에 대해 한 번도 고민해본 적이 없어서요. 어떤 일이 좋고 나쁜지는 직접 경험해보기 전에는 알 수 없으니까 선택하기가 어렵네요."

"그 말도 맞아요. 하지만 학생은 집에 재산이 있으니까 그런 한가한 소리를 할 수 있는 거예요. 정말 절박한 사람이라면 학생처럼 태평하게 있을 수 없겠죠."

내 친구 중에는 졸업 전부터 중학교 교사 자리를 알아보는 이가 있었다. 나는 속으로 부인의 말이 옳다고 인정했다. 하지만 나는 이렇게 말했다.

"선생님의 영향을 조금 받은 거겠지요?"

"제대로 된 영향을 받아야 할 텐데요."

선생님은 쓴웃음을 지었다.

"영향을 받아도 상관없지만, 대신 저번에 말했던 대로 아버님이 살아 계신 동안에 재산을 미리 나누어 받아둬요. 그렇지 않으면 결코 안심할 수 없어."

나는 선생님과 함께 교외 화원의 넓은 정원에서 이야기했던, 철쭉이 핀 5월 초의 일이 떠올랐다. 그날 돌아오는 길에 선생님이 흥분한 어조로 내게 강조했던 말이 다시 귓가에 맴돌았다. 그것은 강렬했을 뿐 아니라, 오히려 무서운 말이었다. 그러나 내막을 알지 못하는 내게는 동시에 모호한 말이기도 했다.

"부인 댁에는 재산이 많으신가요?"

"왜 그런 걸 묻는지."

"선생님께 여쭤봐도 알려주시지 않으니까요."

부인은 웃으며 선생님의 얼굴을 바라보았다.

"알려줄 만큼은 아니니까 그렇겠죠."

"그래도 선생님처럼 지내려면 어느 정도 있어야 하는지, 집에 돌아가서 아버지와 상의할 때 참고할 테니 좀 알려주세요."

선생님은 정원 쪽을 바라보며 태연하게 담배를 피우고 있었다. 상대는 자연히 부인이 될 수밖에 없었다.

"그렇게 많지도 않아요. 뭐 그럭저럭 살 수 있을 정도지. ……그보다 학생, 앞으로 뭐라도 해야죠. 선생님처럼 빈둥거리기만 하면……."

"빈둥거리지만은 않지."

선생님은 잠시 얼굴을 돌려 부인의 말을 부정했다.

34

그날 밤, 나는 10시가 넘어서야 선생님 집을 나왔다. 이삼일 안에 고향으로 돌아갈 예정이었기에 자리를 뜨기 전에 짧은 작별 인사를 건넸다.

"한동안 또 못 뵙겠네요."

"9월에는 오려나?"

나는 이미 졸업했으니 9월에 꼭 다시 올 필요는 없었다. 하지만 한창 더운 8월을 도쿄에서 보내고 싶지도 않았다. 나에게는 일자리를 구하기 위한 귀중한 시간이라는 절박함이 없었다.

"한 9월쯤이면 오지 않을까요."

"그럼, 잘 지내다 와요. 우리도 올여름에는 어딘가로 떠나지 싶은데. 꽤 더울 것 같으니까. 가게 되면 그림엽서라도 보낼게요."

"어디로 가시게요? 만약 가신다면요."

선생님은 이 대화를 싱긋 웃으며 듣고 있었다.

"아직 갈지 말지도 안 정했어요."

내가 자리를 뜨려 하자 선생님은 갑자기 나를 붙잡고 물었다.

"아버님 병세는 어떤가요?"

나는 아버지의 건강에 대해 거의 아는 바가 없었다. 별다른 소식이 없는 걸 봐서 딱히 나쁘지는 않나 보다, 정도로만 생각하고 있었다.

"그렇게 쉽게 생각할 병이 아닌데. 요독증이 나타나면 정말 가망이 없으니까."

나는 요독증이란 말의 뜻도 전혀 몰랐다. 지난 겨울방학 때 고향에서 의사를 만났을 때도 그런 용어는 한 번도 들어보지 못했다.

"정말 잘 돌봐드려야 해요."

부인도 말했다.

"독이 뇌로 퍼지면 끝이에요. 웃을 일이 아니야."

경험이 없는 나는 어쩐지 무서우면서도 실실 웃고 있었다.

"어차피 낫지 않는 병이라니까 걱정해봐야 아무 소용 없어요."

"그렇게 단념하고 있다면 어쩔 수 없겠지만……."

부인은 같은 병으로 돌아가신 자신의 어머니를 떠올렸는지 침울한 목소리로 말하고는 고개를 숙였다. 나도 아버지의 운명이 정말로 안쓰럽게 느껴졌다.

그러자 선생님이 갑자기 부인을 바라보며 말했다.

"시즈, 당신이 나보다 먼저 죽을까?"

"왜요?"

"그냥 한번 물어본 거야. 아니면 내가 당신보다 먼저 갈까? 요즘 세상은 남편이 먼저 가고, 아내가 뒤에 남는 게 당연한 일처럼 되었으니."

"꼭 그렇다고 할 순 없죠. 하지만 아무래도 남자 쪽이 나이가 많잖아요."

"그래서 남자가 먼저 죽는다는 이치인가? 그럼 나도 당신보다 먼저 저세상으로 가야 한다는 거네."

"아뇨, 당신은 특별하죠."

"그래?"

"당신은 건강하잖아요. 거의 병치레한 적도 없고. 그러니까 아무래도 내가 먼저."

"먼저 갈까?"

"네, 틀림없이 내가 먼저 갈 거예요."

선생님은 내 얼굴을 보았다. 나는 웃었다.

"하지만 만일 내가 먼저 간다면 말이야. 그럼 당신은 어떻게 할 거야?"

"어떻게 하냐니……."

부인은 거기서 머뭇거렸다. 선생님의 죽음에 대한 상상의 비애가 잠시 부인의 가슴을 덮친 듯했다. 하지만 다시 고개를 들었을 때는 이미 기분이 바뀌어 있었다.

"어떻게 하냐니, 어쩔 수 없죠. 사람 일은 모른다잖아요."
부인은 일부러 나를 보며 농담처럼 말했다.

35

나는 자리를 뜨려다 다시 앉아 이야기가 마무리될 때까지 두 사람의 말 상대가 되어주었다.
"어떻게 생각해요?"
선생님이 내게 물었다. 선생님이 먼저 세상을 떠날지, 부인이 먼저 세상을 떠날지는 애초에 내가 판단할 문제가 아니었다. 나는 웃기만 했다.
"수명은 알 수 없죠."
"그래, 정말 타고난 수명이 있지. 태어날 때부터 정해진 시간을 받고 오는 거니 어쩔 수 없어요. 이이 부모님도 거의 같았어요, 그죠? 돌아가신 시기가."
"돌아가신 날짜가 같다는 건가요?"
"설마 날짜까지 같았으려고. 그래도 엇비슷해요. 연이어 돌아가셨으니까."
이 얘기는 처음 듣는 소리였다. 나는 신기하다고 생각했다.
"어떻게 그렇게 한꺼번에 돌아가셨어요?"

부인은 내 질문에 대답하려 했다. 하지만 선생님이 가로막았다.

"그런 얘기는 그만두지. 그다지 재미없는 얘기니까."

선생님은 손에 든 부채를 일부러 펄럭였다. 그리고 나서 다시 부인을 돌아보았다.

"시즈, 내가 죽으면 이 집을 당신한테 줄게."

부인은 웃음을 터뜨렸다.

"그럼 땅도 주세요."

"땅은 남의 것이니 어쩔 수 없어. 대신 내가 가진 건 모두 당신한테 줄게."

"고맙긴 한데, 영어책 같은 건 받아도 쓸 데가 없잖아요."

"헌책방에 팔면 되지."

"팔면 얼마나 받을 수 있는데요?"

선생님은 얼마라고 말하지 않았다. 하지만 선생님의 얘기는, 자신의 죽음이라는 먼 문제에서 쉽게 벗어나려 하지 않았다. 그리고 그 죽음은 반드시 부인보다 먼저 찾아온다고 가정하고 있었다. 부인도 처음에는 일부러 가벼운 농담처럼 대꾸하는 듯 보였다. 그러나 그 대화는 어느 순간 감상적인 여자의 마음을 무겁게 만들었다.

"내가 죽으면, 내가 죽으면……, 대체 몇 번이나 얘기하는 거예요? 제발 그만 좀 해요. 불안하잖아요. 당신이 죽으면 뭐든 당신 생각대로 해줄 테니까. 그러면 되잖아요?"

선생님은 정원 쪽을 바라보며 웃을 뿐, 부인이 싫어하는 말을 더는 하지 않았다. 나도 너무 오래 머물렀다는 생각에 곧 자리에서 일어났다. 선생님과 부인은 현관까지 나를 배웅해주었다.

"아버님 잘 보살펴드려요."

부인이 말했다.

"그럼 9월에 또 보지요."

선생님이 말했다.

인사를 하고 격자문 밖으로 발을 내디뎠다. 현관과 대문 사이에 무성한 박달목서 한 그루가 내 길을 가로막듯이 어둠 속에서 가지를 뻗고 있었다. 두세 걸음 옮기면서 거뭇한 잎으로 덮인 가지를 보고 다가올 가을의 꽃과 향기를 떠올렸다. 나는 예전부터 선생님 집과 이 박달목서를 뗄 수 없는 것으로 기억하고 있었다. 그 나무 앞에 서서 다시 이 집 현관을 밟을 다음 가을을 떠올리고 있을 때, 격자문 사이로 새어 나오던 현관 불이 꺼졌다. 선생님 부부는 안으로 들어간 듯했다. 나는 홀로 어두운 길가로 나왔다.

하숙집으로 곧장 돌아가지 않았다. 고향으로 돌아가기 전에 사야 할 물건도 있고, 소화도 좀 시켜야 했기에 번화가 쪽으로 걸어갔다. 거리는 아직 밤의 초입이었다. 한가한 남녀들이 오가는 가운데 오늘 나와 함께 졸업한 친구를 만났다. 그는 나를 억지로 술집에 데려갔다. 나는 그곳에서 맥주

거품처럼 토해내는 그의 기염을 들어주었다. 하숙집으로 돌아온 건 자정을 넘긴 뒤였다.

36

나는 그다음 날도 더위를 무릅쓰고 부탁받은 물건들을 사러 다녔다. 편지로 주문을 받았을 때는 별일 아니라고 생각했는데, 막상 하려니 몹시 귀찮았다. 전철 안에서 땀을 훔치면서 남의 시간과 수고를 전혀 고려하지 않는 시골 사람들이 얄밉게 느껴졌다.

이 여름을 헛되이 보내고 싶지 않았다. 고향에 돌아간 뒤의 일정 같은 것을 미리 짜두었기에 그 계획을 실행하는 데 필요한 책들도 마련해야 했다. 반나절은 마루젠 서점 2층*에서 보내기로 마음먹었다. 나는 관심 분야의 서가 앞에 서서 구석구석 한 권씩 점검해나갔다.

사야 할 물건 중에서도 나를 가장 곤란하게 한 건 여성용 옷깃이었다. 점원에게 말하면 얼마든지 보여주었지만, 막상 사려고 하면 어떤 것을 사야 할지 망설여졌다. 가격도 들쑥날쑥했다. 싸겠지 싶어서 물어보면 엄청 비싸고, 비싸겠지

---

* 마루젠은 일본의 유서 깊은 대형 서점으로 특히 2층은 일본 근대문학 속에서 학문을 탐구하는 지식인들의 공간으로 자주 등장한다.

싶어서 물어보지도 않은 물건이 오히려 아주 싸기도 했다. 또 아무리 비교해봐도 어디서 가격 차이가 나는지 알 수 없는 물건도 있었다. 무척 난감해졌다. 그래서 속으로 왜 선생님의 부인에게 부탁하지 않았을까 후회했다.

나는 가방을 샀다. 물론 싸구려 국산이었지만 그래도 금장식이 반짝거려 시골 사람들에게 뽐내기에 충분했다. 가방을 사 오라는 건 어머니의 주문이었다. 졸업하면 새 가방을 사서 그 안에 선물을 잔뜩 넣어 오라는 내용이 편지에 적혀 있었다. 나는 그 문장을 읽고 웃음을 터뜨렸다. 어머니의 생각을 이해하지 못해서라기보다 그 말이 나에게는 해학으로 다가왔기 때문이다.

작별 인사를 할 때 선생님 부부에게 말한 대로, 나는 그로부터 사흘 뒤에 기차를 타고 도쿄를 떠나 고향으로 돌아갔다. 지난겨울 이후 아버지 병에 대해 여러 가지 조언을 들었던 나는, 가장 걱정해야 할 입장에 있으면서도 어째서인지 크게 힘들지 않았다. 오히려 아버지가 돌아가신 뒤 홀로 남겨질 어머니를 떠올리며 안쓰럽게 생각했다. 그만큼 마음속 어딘가에서 아버지는 이미 세상을 떠날 운명이라고 각오하고 있었던 게 틀림없었다. 규슈에 있는 형에게도 아버지가 더는 건강을 회복할 가능성이 없음을 편지로 전했다. 회사 일로 바쁘겠지만 가능하면 이번 여름에는 한번 보러 오는 게 어떻겠느냐고까지 썼다. 그뿐만 아니라 연로하신 부모님 단둘이 시골에 계시면 분명 적적할 것이다, 우리도 자식으로서 한없이 유감스러운 일이다, 라는 감상적인 표현까지 덧붙였다. 실제로 나는 마음에 떠오르는 대로 적었다. 하지만 편지를 쓰고 난 후의 기분은 쓸 당시와는 사뭇 달랐다.

나는 기차 안에서 그런 모순에 대해 생각했다. 생각하는 사이에 나 자신이 변덕스럽고 경박한 인간처럼 느껴졌다. 나는 불쾌해졌다. 다시 선생님 부부를 떠올렸다. 특히 이삼일 전 저녁 식사에 초대받았을 때 나눈 대화가 기억났다.

'누가 먼저 죽을까?'

그날 밤, 선생님과 부인 사이에 오간 질문을 혼자 입속으로 되풀이해 보았다. 그리고 이 질문에는 아무도 확답할 수 없으리라 생각했다. 하지만 누가 먼저 죽을지 분명히 알 수 있다면, 선생님은 어떻게 할까? 부인은 어떻게 할까? 선생님과 부인도 지금처럼 지내는 수밖에는 달리 도리가 없지 않을까. (죽음이 가까워지고 있는 아버지를 고향에 두고도, 내가 아무것도 할 수 없는 것처럼.) 인간은 참으로 덧없는 존재라고 느껴졌다. 인간의 타고난 경박함이 덧없다는 것을 실감했다.

중

부모님과 나

1

 고향에 돌아와 뜻밖이었던 건, 아버지의 건강이 예전과 크게 다르지 않다는 점이었다.
 "그래, 왔니. 어찌 됐든 졸업해서 다행이구나. 잠깐만 기다려라, 세수 좀 하고 오마."
 아버지는 마당에서 뭔가를 하고 있었다. 허름한 밀짚모자 뒤에 햇볕을 가리려고 동여맨 때 묻은 수건을 펄럭이면서 우물이 있는 뒤뜰로 갔다.
 대학 졸업을 당연하게 여기고 있던 나는 예상보다 더 기뻐하는 아버지 앞에서 왠지 민망한 기분이 들었다.
 "졸업해서 다행이다."
 아버지는 이 말을 몇 번이고 되풀이했다. 나는 속으로 아버지의 기쁨과 졸업식 날 밤 선생님 댁 식탁에서 '축하해요'라고 말하던 선생님의 표정을 비교했다. 입으로는 축하한다고 하면서도 속으로는 비웃는 듯한 선생님이, 그리 대단한 것도 없는 일을 호들갑스럽게 기뻐하는 아버지보다 훨씬 고상해 보였다. 그러다 무지에서 비롯된 아버지의 촌스러움이 불쾌해지기 시작했다.

"대학쯤 졸업했다고 해서 그리 대단할 것도 없어요. 졸업자가 해마다 몇백 명씩 나오는데요."

나는 결국 이런 말을 하고야 말았다. 그러자 아버지가 이상하다는 표정을 지었다.

"졸업했다고 마냥 대단하다고 하는 게 아니야. 물론 좋은 일인 건 분명하지만, 내 말뜻은 좀더 다른 의미였다. 그걸 네가 이해해준다면······."

나는 아버지의 그다음 말이 듣고 싶었다. 아버지는 말하고 싶지 않은 눈치였지만 마침내 이렇게 말했다.

"그러니까 나는 다행이라는 말이 하고 싶었어. 알다시피 내가 병을 앓고 있잖니. 작년 겨울에 널 만났을 때, 어쩌면 길어야 서너 달일 거라 생각했다. 그런데 어찌 된 일인지 오늘까지 이렇게 살아 있으니. 지내는 데도 별 불편함 없이 말이야. 그런 와중에 네가 졸업을 해줬어. 그래서 기쁜 거다. 금이야 옥이야 키운 아들이 내가 떠난 뒤에 졸업하는 것보다야 내가 살아 있는 동안 학교를 마치는 게 부모 입장에서는 더 기쁘지 않겠니. 큰 뜻을 품은 너로서는 고작 대학 졸업한 것 가지고 기쁘다, 다행이다, 하는 게 시시할지도 모르지. 하지만 내 처지에서 생각해보면 입장이 조금 다르지 않겠니? 그러니 졸업은 너보다 내게 더 기쁜 일이야. 알겠니?"

나는 한마디도 할 수 없었다. 사과도 할 수 없을 정도로 죄송한 마음에 고개를 떨궜다. 아버지는 괜찮은 동안에도 이미 자신의 죽음을 각오하고 있었던 것이다. 그리고 내가 졸업하기 전에 세상을 떠날 거라고 내다보고 있었던 것이다. 그런 아버지의 마음속에 내 졸업이 얼마나 큰 기쁨인지 헤아리지 못한 나는 참으로 어리석은 인간이었다. 나는 가방에서 졸업장을 꺼내 소중한 물건인 양 아버지와 어머니께 보여드렸다. 졸업장은 뭔가에 짓눌려 원래 형태를 잃어버렸다. 아버지는 그것을 정성스레 폈다.

"이런 건 말아서 들고 오는 거다."

"안에 심지라도 넣었으면 좋았을 텐데."

어머니도 곁에서 일깨워주었다. 아버지는 졸업장을 물끄러미 바라보더니 자리에서 일어나 도코노마*로 가 모두의 눈에 쉽게 띌 수 있도록 정면에 올려두었다. 평소 같으면 당장 뭐라고 했겠지만 그때의 나는 평소와 완전히 달랐다. 아버지와 어머니를 조금도 거스를 마음이 들지 않았다. 나는 말없이 아버지가 하자는 대로 따랐다. 한번 구겨진 연한 황색의 종이는 아버지의 뜻처럼 펴지지 않았다. 적당한 위치에 놓이자마자 금세 쓰러지려 했다.

---

* 다다미방과 거실 등의 일본식 방에 마련된, 족자와 꽃, 서화 등을 장식하는 공간.

2

나는 어머니를 조용히 불러 아버지의 병세를 물었다.

"아버지, 정원에 나가서 뭘 막 하시던데, 저러셔도 괜찮아요?"

"이제 괜찮으신 모양이야. 다 나으셨나 보지."

어머니는 의외로 태연했다. 도시에서 멀리 떨어진 산골에서 사는 여느 여자들처럼 어머니는 이런 일에 대해 전혀 지식이 없었다. 그래도 전에 아버지가 쓰러졌을 때는 그렇게 놀라며 걱정했었는데, 내심 의아하다는 생각이 들었다.

"그때 의사가 도저히 가망이 없다고 선고했잖아요."

"그래서 사람 몸처럼 신기한 것도 없지 싶더라니까. 의사가 그렇게 심각한 병이라고 겁줬는데 지금까지 이렇게 멀쩡하시잖아. 나도 처음에는 걱정이 돼서 최대한 못 움직이게 했지. 근데 아버지 성미 알지? 조심하긴 해도 고집이 웬만하셔야지. 본인이 괜찮다고 생각하면 내 말은 들으려고 하지 않으니."

지난번 집에 돌아왔을 때 아버지가 억지로 이부자리를 털고 일어나 수염을 깎던 모습을 떠올렸다. '이제 괜찮아. 네 어머니가 유난이지'라고 했던 그때의 말을 생각해보면 꼭 어머니만 탓할 수도 없다는 생각이 들었다. '하지만 옆에서 좀더 말리셔야죠'라고 말하려던 나는 결국 조심스러워 입을 다물었다. 대신 아버지의 병에 대해 내가 아는 지식을 설명해주었다. 하지만 대부분은 선생님과 부인에게 들은 이야기일 뿐이었다. 어머니는 무덤덤했다. 다만 "어머, 같은 병인가 보다. 참 안됐네. 연세가 몇일 때 돌아가셨다던, 그분은?" 하고 물을 뿐이었다.

나는 어쩔 수 없이 어머니는 두고 직접 아버지에게 향했다. 아버지는 어머니보다 내 말을 좀더 진지하게 들어주었다.

"그래, 네 말이 맞다. 하지만 결국 내 몸이니까 어떻게 관리해야 하는지는 오랜 경험을 통해 내가 가장 잘 알지."

그 말을 들은 어머니는 "거봐라" 하며 쓸쓸한 미소를 지었다.

"하지만 말씀은 저러셔도 나름대로 각오를 하고 계세요. 이번에 제가 졸업하고 돌아온 걸 무척 기뻐하신 것도 바로 그 때문이에요. 살아 있는 동안에는 졸업을 못 볼 줄 알았는데 아직 괜찮을 때 졸업장을 받아 봐서 그게 기쁘다고 아버지가 직접 말씀하셨어요."

"입으로만 그리 말씀하시는 거야. 속으로는 아직 괜찮다고 생각하시는 게지."

"그래요?"

"아직도 십 년, 이십 년은 더 사실 줄 알고 계셔. 물론 종종 나한테도 불안한 말을 하시긴 하지. 이 상태로 오래는 못

살겠지, 내가 죽으면 어떻게 할 거냐, 혼자 이 집에 남을 거냐, 같은 말을 하시니까."

문득 나는 아버지 없이 어머니 혼자 남겨진, 낡고 넓은 이 시골집을 상상해보았다. 아버지 없이도 이 집이 유지될 수 있을까? 형은 어떻게 할까? 어머니는 뭐라고 하실까? 이런 생각을 하는 나는 고향을 떠나 도쿄에서 아무렇지 않게 살아갈 수 있을까? 어머니를 눈앞에 두고 선생님이 하신 조언—아버지가 건강하실 때 받을 수 있는 건 미리 받아두라는 조언—이 불쑥 떠올랐다.

"뭐, 스스로 죽는다고 말하는 사람치고 진짜 죽은 사람은 없으니까 걱정 마라. 아버지도 죽는다, 죽는다 하셔도 앞으로 몇 년은 더 사실 게다. 오히려 조용히 있는 건강한 사람이 더 위험하지."

어떤 논리에서 나왔는지, 어떤 통계에 근거했는지 알 수 없는, 진부한 어머니의 말을 나는 묵묵히 듣고 있었다.

3

아버지와 어머니 사이에서 나를 위해 팥밥을 지어 잔치를 벌이자는 이야기가 나왔다. 안 그래도 집에 돌아온 날부터 혹시 이런 일이 벌어질까 봐 속으로 은근히 겁을 먹고 있었다. 나는 단숨에 거절했다.

"너무 거창하게 그러지 마세요."

나는 시골 손님이 싫었다. 먹고 마시기 위해 오는 그들은 무슨 일만 생기면 좋다고 몰려왔다. 어릴 때부터 그들의 시중을 드는 것이 힘들었다. 하물며 그들이 나를 생각해서랍시고 모이면 더욱 불편할 것 같았다. 그렇다고 아버지와 어머니 앞에서 그런 촌사람들을 모아 떠들지 말라고 할 수도 없는 노릇이었다. 그래서 너무 거창하다는 주장만 반복했다.

"거창하다니, 전혀 거창할 것 없다. 평생 딱 한 번뿐인데 당연히 손님들을 불러야지. 너무 사양하지 마라."

어머니는 내 대학 졸업을 마치 며느리라도 들인 양 중하게 여기는 듯했다.

"부르지 않아도 괜찮다만, 안 부르면 또 수군댈 텐데."

이건 아버지의 말이다. 아버지는 주변 사람들의 뒷말을 신경 쓰고 있었다. 실제로 그들은 이런 경우에 자기들 예상대로 굴러가지 않으면 입이 근질거리는 사람들이었다.

"도쿄랑은 달라서 시골은 말들이 많으니까."

아버지는 이렇게도 말했다.

"아버지 체면도 있잖아" 하고 어머니가 또 덧붙였다.

내 고집만 부릴 순 없었다. 아무래도 두 분 사정에 맞춰드리는 게 좋겠다는 생각이 들었다.

"제 말은 저를 위해 꼭 그러지 않으셔도 된다는 거예요. 뒷말이 나올까 걱정이신 거라면 그건 또 다른 문제니까요. 아버지와 어머니께 안 좋은 일을 제가 우겨서 좋을 게 뭐가 있겠어요."

"그리 일일이 따지고 드니 피곤하구나."

아버지는 쓸쓸한 표정을 지었다.

"아버지가 꼭 널 위해서 하는 건 아니라고 말씀하시는 건 아니지만, 너도 세상에 대한 도리 정도는 알고 있을 게 아니냐."

어머니는 다소 두서없는 말들을 했다. 하지만 말수로만 따지면, 아버지와 나를 합쳐도 당해낼 재간이 없어 보였다.

"공부를 시키면 괜히 논리만 따지게 되어 탈이다."

아버지는 그저 이렇게만 한마디했다. 하지만 그 짧은 한마디 속에 아버지가 평소 나에게 품고 있던 불만을 전부 느낄 수 있었다. 그때 나는 내 말투가 모난 줄은 모르고 아버지의 불만만을 억지스럽게 여겼다.

그날 밤, 아버지는 마음을 가다듬고 손님을 부른다면 언제가 좋을지 내 사정을 물었다. 사정이랄 것도 없이 그저 낡은 집에서 빈둥거리는 내게 그런 질문을 한 건 아버지가 한 발 양보한 것이나 다름없었다. 나는 이 온화한 아버지 앞에서 더는 고집을 부리지 않고 머리를 숙였다. 그리고 아버지와 상의하여 잔칫날을 정했다. 그런데 그날이 오기도 전에 큰일이 터졌다. 바로 메이지 천황의 병환 소식이었다. 신문을 통해 일본 전역으로 퍼져나간 이 사건은 약간의 우여곡절 끝에 겨우 성사된 시골집의 졸업 축하 잔치를 먼지처럼 날려버렸다.

"이럴 땐 삼가는 게 좋겠지."

안경을 끼고 신문을 보던 아버지가 이렇게 말했다. 말없이 자신의 병에 대해서도 생각하는 듯했다. 나는 바로 얼마 전 졸업식에서 예년과 같이 행차한 천황을 떠올렸다.

4

식구는 적은데 지나치게 넓고 오래된 집에서 나는 고리짝을 열어 책을 꺼내 읽기 시작했다. 왠지 싱숭생숭했다. 정신없는 도쿄의 하숙집 2층에서 멀리 달리는 전철 소리를 들으며 책장을 한 장 한 장 넘길 때가 오히려 긴장감이 있어 공부가 잘되었다.

나는 툭하면 책상에 기대어 선잠을 잤다. 때로는 아예 베개까지 가져다 제대로 낮잠을 즐기기도 했다. 눈을 뜨면 매미 소리가 들렸다. 꿈에서 연결된 듯한 그 소리는 갑자기 귓속을 어지럽혔다. 가만히 그 소리를 들으면 이따금 슬픔이 가슴에 스며들었다.

나는 펜을 들어 친구들에게 짧은 엽서나 긴 편지를 썼다. 어떤 친구들은 도쿄에 남아 있었고, 또 어떤 친구들은 머나먼 고향으로 돌아갔다. 답장을 주는 이도 있었고, 소식이 끊긴 이도 있었다. 무엇보다 선생님을 잊지 않았다. 원고지에 작은 글씨로 석 장쯤, '고향에 돌아온 이후의 나 자신'이란 제목으로 써서 보내기로 했다. 편지를 봉하면서 선생님이 과연 아직도 도쿄에 있을지 궁금했다. 선생님 부부가 집을 비울 때면 쉰 살 남짓한 기리사게 머리*를 한 아주머니가 와 집을 봐주곤 했다. 전에 선생님에게 누구냐고 묻자 선생님은 누구로 보이냐며 되물었다. 나는 그 사람을 선생님의 친척으로 착각하고 있었다. 선생님은 "난 친척이 없어요"라고 했다. 선생님은 고향에 있는 친척들과 전혀 소식을 주고받지 않았다. 내가 궁금해했던 아주머니는 선생님이 아닌 부인 쪽 친척이었다. 선생님에게 편지를 보낼 때, 문득 폭 좁은 띠를 느슨하게 뒤로 묶은 그 사람의 모습이 떠올랐다. 만일 선생님 부부가 어디론가 피서를 떠난 뒤에 이 편지가 도착한다면 그 아주머니가 즉각 그 피서지로 보내줄 만큼의 기지와 친절함이 있을까 하고 생각했다. 하지만 그 편지에는 그 정도로 중요한 용건이 담겨 있지 않다는 것을 나도 잘

---

* 에도 시대에 유행한, 목덜미 부분에서 머리를 가지런히 잘라 묶어 뒤로 늘어뜨린 머리 모양. 중국의 풍습에서 유래했으며 세상을 떠난 남편에게 정절을 지킨다는 의미가 담겨 있다.

알고 있었다. 나는 외로웠을 뿐이다. 선생님에게서 답장이 오기를 기대했다. 그러나 답장은 끝내 오지 않았다.

아버지는 지난겨울 집에 돌아왔을 때처럼 장기를 두려고 하지 않았다. 장기판은 먼지가 쌓인 채로 도코노마 구석에 치워져 있었다. 특히 천황의 병환 소식을 접한 이후로 멍하니 생각에 잠겨 있는 듯 보였다. 아버지는 매일 신문이 오기를 기다렸다가 맨 먼저 읽었다. 그러고는 다 읽은 신문을 굳이 내가 있는 곳까지 가져다주었다.

"이봐라, 오늘도 천자님 소식이 소상히 실렸구나."

아버지는 천황을 항상 천자(天子)님이라고 불렀다.

"불경스러운 이야기일 수도 있지만, 천자님의 병환도 내 병과 비슷한 게야."

이렇게 말하는 아버지의 얼굴에 깊은 근심이 서려 있었다. 이런 말을 들은 내 가슴에는 또 아버지가 쓰러질지 모른다는 불안감이 몰아쳤다.

"하지만 괜찮으실 거다. 나처럼 별 볼 일 없는 사람도 아직 이렇게 살아 있으니."

아버지는 스스로 자신의 건강을 보증하면서도 금방이라도 자신에게 닥쳐올 위험을 예감하는 듯했다.

"아버지는 진심으로 병을 걱정하고 계세요. 어머니 말처럼 십 년, 이십 년 더 살 거라고는 생각지 않으시는 것 같아요."

어머니는 내 말을 듣고 난처한 표정을 지었다.
"다시 장기라도 좀 두자고 해봐."
나는 도코노마에서 장기판을 꺼내 먼지를 닦아냈다.

5

아버지는 점점 쇠약해져 갔다. 나를 놀라게 했던 수건을 동여맨 허름한 밀짚모자는 자연스레 방치되었다. 낡은 선반 위에 놓인 그 모자를 볼 때마다 아버지가 안쓰러웠다. 전에 가볍게 돌아다닐 때는 조금 더 조심해주었으면 하고 걱정했다. 그런데 멍하니 앉아만 있는 모습을 보니 역시 예전이 더 건강했던 것 같다. 나는 아버지의 건강에 대해 어머니와 자주 이야기를 나누었다.

"너무 예민하게 굴 것 없어."

어머니가 말했다. 어머니는 천황의 병환과 아버지의 병을 연관 지어 생각하고 있었다. 나로서는 그렇게만 두고 볼 수는 없었다.

"예민한 게 아니라요. 진짜 안 좋으신 거 같은데요? 아무래도 점점 나빠지는 것 같아요."

나는 이렇게 말하면서 내심 또 먼 데서 용한 의사를 불러다 진찰을 받아보게 해야 하나, 하고 고민했다.

"올여름은 너도 따분했겠구나. 졸업도 했는데 제대로 축하도 못 해주고, 아버지도 저러시니. 거기다 천자님 병환까지……. 차라리 너 오자마자 잔치를 할 걸 그랬다."

내가 고향에 돌아온 건 7월 5일인가 6일이었고, 아버지와 어머니가 내 졸업을 축하하기 위해 손님을 부르자고 한 건 그로부터 일주일 후였다. 그러다 마침내 정해진 날짜는 그 후로 다시 일주일쯤 지나서였다. 시간에 쫓기지 않는 한적한 시골로 돌아온 나는 내키지 않는 사교의 고통에서 벗어난 것이나 마찬가지였지만, 나를 이해하지 못하는 어머니는 조금도 그걸 알아채지 못한 눈치였다.

폐하의 붕어 소식이 전해졌을 때, 아버지는 신문을 손에 들고 "아아, 아아" 하고 탄식했다.

"아아, 아아, 천자님도 결국 떠나셨구나. 나도……."

아버지는 다음 말을 잇지 못했다. 나는 검은 천을 사러 읍내로 나갔다. 그 천으로 깃대의 봉을 감싸고, 그 깃대 끝에 9센티 폭의 검은 천 조각을 달아 대문 옆길 쪽으로 비스듬히 내걸었다. 국기도, 검은 천 조각도, 바람 없는 공기 속에 축 늘어졌다. 우리 집의 낡은 지붕은 짚으로 이엉을 엮어 얹은 것이었다. 비바람을 맞은 짚단은 점점 바래 옅은 회색을 띠고 있었고, 곳곳에 울퉁불퉁 패인 흔적까지 눈에 띄었다. 나는 문밖으로 나와 검은 천 조각과 하얀 천 위에 빨갛게 물들인 동그라미를 바라보았다. 낡고 초라한 지붕 위의 짚과 어우러지는 모습도 바라보았다. 예전에 선생님이 내게 물었던 말이 떠올랐다.

"학생 집 구조는 어떤 모습인가요? 우리 고향 쪽과는 많이 다를까?"

나는 내가 태어난 이 낡은 집을 선생님에게 보여주고 싶기도 했고, 한편으로는 보여주기 부끄럽기도 했다.

나는 다시 혼자 집 안으로 들어왔다. 내 책상이 놓인 방으로 가서 신문을 읽으며 머나먼 도쿄의 모습을 상상했다. 내 상상은 일본에서 가장 큰 도시가 이토록 어두운 공기 속에서 어떻게 움직이고 있을까 하는 장면에 맞춰졌다. 나는 그 어둠 속에서 어쩔 수 없이 움직여야만 하는 도시의 불안과 소란 속에서 한 점 등불처럼 선생님의 집을 봤다. 나는 그때 그 등불이 소리 없는 소용돌이 속으로 빨려 들어가고 있다는 것을 알아차리지 못했다. 조만간 그 등불마저 훅 꺼져버릴 운명을 앞두고 있다는 사실 또한 전혀 알지 못했다. 나는 이번 사건에 대해 선생님에게 편지를 쓰려고 펜을 들었다. 그러나 열 줄쯤 쓰다 멈추었다. 쓴 부분은 잘게 찢어 쓰레기통에 던져버렸다(선생님에게 이런 얘기를 써 보내봤자 딱히 의미도 없을뿐더러 지난번에도 그랬듯 답장을 보내줄 리 없었기 때문이다). 나는 외로웠다. 그래서 편지를 쓰려 한 것이다. 그리고 답장이 오면 좋겠다고 생각했다.

6

 8월 중순쯤 한 친구로부터 편지를 받았다. 편지에는 중학교 교사 자리가 났는데 가지 않겠느냐는 내용이 적혀 있었다. 경제적 필요 때문에 직접 그런 일자리를 찾아다니는 친구였다. 이 교사 자리도 원래는 친구에게 먼저 들어온 것이었지만, 좀더 나은 지역에서 제안이 들어와 남은 자리를 내게 넘겨줄 요량으로 일부러 소식을 전해준 것이었다. 나는 곧바로 거절의 답장을 보냈다. 내 주변에 애를 쓰며 교사 자리를 구하려는 친구가 있으니, 그쪽에 소개해주면 좋겠다고 썼다.

 나는 답장을 보낸 후, 아버지와 어머니에게 이 이야기를 전했다. 두 분 모두 내가 그 제안을 거절한 것에 대해 이의를 제기하지 않았다.

 "그런 데 가지 않아도 더 좋은 자리가 있겠지."

 이 말 속에서 나는 두 분이 나에게 품고 있는 과분한 기대감을 읽었다. 세상 물정에 어두운 아버지와 어머니는 이제 갓 졸업한 내게 걸맞지 않은 지위와 수입을 기대하는 눈치였다.

 "더 좋은 자리라뇨, 요즘엔 그런 자리도 쉽게 안 나와요. 특히 형님과 저는 전공도 다르고 시대도 다르니, 우리 둘을 똑같이 생각하시면 곤란해요."

"하지만 어쨌든 졸업했으니 적어도 독립해서 살 정도는 돼야 우리도 난처하지 않지. 남들이 당신네 둘째 아들은 대학 졸업하고 무엇을 하고 있느냐고 물었을 때, 대답을 못 해서야 나도 체면이 서지 않으니까."

아버지는 얼굴을 찌푸렸다. 아버지의 생각은 오랫동안 살아온 고향에서 벗어나지 못했다. 대학을 졸업하면 월급을 얼마나 받느냐, 한 백 엔쯤은 되지 않겠냐, 하는 고향 사람들의 말들을 들은 아버지는 이런 사람들 앞에서 체면을 구기지 않기 위해서라도 내가 얼른 취업하길 바랐던 것이다. 아버지와 어머니의 눈에는 넓은 도시를 거점으로 삼으려는 내가 마치 허공을 걸어가는 기인으로 보였을 것이다. 나 자신도 때로는 실제로 그런 사람이 된 것 같았다. 솔직하게 내 생각을 털어놓기에는 부모님과 나 사이에 괴리감이 너무나 컸기에 나는 잠자코 있었다.

"네가 늘 선생님, 선생님, 하는 분에게 부탁해보면 좀 좋니. 이럴 때야말로."

어머니는 선생님을 이렇게밖에 받아들이지 못했다. 그 선생님은 내게 고향에 돌아가면 아버지가 살아 계실 때 얼른 재산을 나눠 받으라고 권한 사람이다. 졸업했다고 자리를 알아봐줄 사람이 아니었다.

"그 선생님이란 사람은 무슨 일을 하시냐?"

아버지가 물었다.

"아무 일도 안 하세요."

내가 대답했다.

이미 오래전에 선생님이 아무 일도 하지 않는다는 사실을 아버지와 어머니에게 얘기했었다. 아버지도 분명 그것을 기억하고 있을 터였다.

"아무 일도 하지 않는다는 게 또 무슨 말이냐? 네가 그렇게까지 존경하는 사람이라면 뭐라도 하고 있을 것 같은데."

아버지는 이렇게 말하며 나를 은근히 비꼬았다. 아버지 생각으로는 유능한 사람은 모두 한자리 차지해 일해야 마땅했다. 필시 놀고먹는 한량이라고 결론을 내린 듯했다.

"월급을 받진 않지만 나 같은 사람도 마냥 놀기만 하는 건 아니다."

아버지는 이런 말도 했다. 나는 여전히 잠자코 있었다.

"네가 말하는 것처럼 훌륭한 분이라면 분명 일자리를 알아봐주실 거야. 부탁이라도 해봤니?"

어머니가 물었다.

"아뇨."

나는 대답했다.

"그럼 그렇지, 왜 부탁을 안 해? 편지라도 좀 보내봐."

"네……."

나는 건성으로 대답하고 자리에서 일어났다.

7

아버지는 분명 자신의 병을 두려워하고 있었다. 그렇다고 의사가 올 때마다 이것저것 물어보며 상대를 못살게 구는 성격도 아니었다. 의사 역시 조심스러워하며 아무 말도 하지 않았다.

아버지는 죽음 이후의 일을 생각하고 있는 듯했다. 최소한 자신이 떠난 뒤의 집을 상상해보는 것 같았다.

"자식 공부시킨 것도 다 장단점이 있구나. 힘들게 가르쳐 놓으면 뭐하냐. 고향에도 안 오는데. 이래서야 부모 자식 떨어져 살라고 가르친 게 아니고 뭐냐."

가르쳐 놓은 결과, 형은 지금 먼 타지에 가 있다. 기껏 가르쳐 놨더니 나는 또 도쿄에 가 살기로 마음먹었다. 그런 자식들을 키운 아버지의 푸념은 물론 터무니없는 게 아니었다. 아버지는 긴 세월 살아온 시골집에 홀로 남겨질 어머니를 떠올리고 허무함을 느꼈을 것이다.

집은 옮길 수 없는 것이라고 아버지는 굳게 믿고 있었다. 그 집에서 사는 어머니 또한 살아 있는 동안은 움직일 수 없는 존재라고 믿고 있었다. 자신이 죽은 후, 외로운 어머니를 텅 빈 집에 홀로 남겨두는 건 아버지로서는 극심한 불안 그 자체였다. 그런데도 내게 도쿄에서 좋은 일자리를 구하라고 강요하는 아버지의 생각에는 모순이 있었다. 나는 그 모습이 우스우면서도 그 덕에 다시 도쿄로 나갈 수 있다는 사실이 기뻤다.

나는 아버지와 어머니 앞에서 최선을 다해서 일자리를 구하는 척해야 했다. 선생님에게 집안 사정을 자세히 설명하는 편지를 썼다. 능력 닿는 데까지 할 수 있는 건 뭐든 할 테니 주선해달라고 부탁했다. 선생님이 내 부탁을 들어줄 리 없다고 생각하면서도 편지를 썼다. 또 들어주고 싶어도 세상과 교류가 적은 선생님으로서는 어떻게 할 도리가 없으리라 생각하면서도 편지를 썼다. 하지만 이 편지만큼은 답장이 오리라 생각하며 썼다.

나는 편지를 보내기 전에 어머니에게 말했다.

"선생님 앞으로 편지를 썼어요. 어머니 말씀대로요. 한번 읽어보세요."

어머니는 내 예상대로 그것을 읽지 않았다.

"그래, 그럼 어서 부쳐라. 그런 일은 누가 챙기지 않아도 알아서 해야지."

어머니는 아직도 나를 어린애처럼 생각하고 있었다. 나도 실제로 어린애가 된 듯한 기분이 들었다.

"하지만 편지만으로 될 일이 아니에요. 어차피 9월쯤 되면 도쿄에 가봐야죠."

"그야 그렇지만 혹시 좋은 자리가 날지도 모르니 미리 부탁해두는 게 좋지."

"네, 어쨌든 답장은 꼭 올 테니까, 그때 다시 말씀드릴게요."

나는 이런 일에는 매사 꼼꼼한 선생님을 믿었다. 답장이 오기만을 애타게 기다렸다. 하지만 내 예상은 보기 좋게 빗나갔다. 일주일이 지나도 아무런 소식이 없었다.

"아무래도 피서 가셨나 봐요."

나는 어머니에게 변명 같은 말을 해야 했다. 그리고 그 말은 어머니에 대해서뿐 아니라 내 마음에 대한 변명이기도 했다. 억지로 무슨 사정을 들어서라도 선생님의 태도를 변명하지 않으면 불안해질 것 같았다.

나는 이따금 아버지의 병을 잊었다. 차라리 빨리 도쿄로 가버릴까 하는 생각도 들었다. 아버지도 자신의 병을 잊을 때가 있었다. 미래를 걱정하면서도 미래에 대한 어떤 조치도 취하지 않았다. 결국 선생님의 조언대로 아버지에게 재산을 분배해달라고 얘기할 기회를 놓쳐버렸다.

8

9월 초, 드디어 나는 다시 도쿄로 가려고 했다. 아버지에게 여태껏 그래왔던 것처럼 당분간은 학비를 보내달라고 부탁했다.

"여기 이렇게 있어봤자 아버지가 말씀하신 자리를 얻을 수 있는 건 아니니까요."

나는 아버지가 바라는 자리를 얻기 위해 도쿄로 간다는 듯이 말했다.

"물론 일자리를 구할 때까지만요"라는 말도 덧붙였다.

속으로는 그 일자리가 결코 내게 떨어질 리 없다고 생각했다. 하지만 사정을 잘 모르는 아버지는 끝까지 그 반대로 믿고 있었다.

"그야 잠깐일 테니 어떻게든 마련해주마. 대신 길게는 안 된다. 적당한 자리를 얻는 대로 독립해야 해. 학교를 졸업했으면, 원래는 당장 그다음 날부터 스스로 꾸려가야지. 요새 젊은것들은 돈을 쓸 줄만 알지, 버는 건 전혀 생각을 안 한다니까."

아버지는 이 외에도 이런저런 잔소리를 늘어놓았다. 그중에는 옛날 부모는 자식들이 먹여 살렸는데 요즘 부모는 자식한테 등골을 파먹힌다는 말도 있었다. 그 모든 말을 나는 그저 묵묵히 듣고만 있었다.

한바탕 잔소리가 끝났다 싶었을 때 나는 조용히 자리에서 일어나려 했다. 아버지는 언제 가느냐고 내게 물었다. 나로서는 빠를수록 좋았다.

"어머니에게 날짜를 좀 봐달라 해라."

"그럴게요."

그때 나는 아버지 앞에서 고분고분하게 굴었다. 최대한 아버지의 기분을 거스르지 않고 고향을 떠나려고 했다. 아버지는 다시 나를 붙잡았다.

"네가 도쿄에 가면 집이 또 적적하겠구나. 나와 네 어머니뿐이니. 나도 몸만 건강하면 좋겠다만, 이대로는 언제 무슨 일이 날지 모르겠다."

나는 애써 아버지를 위로하고 내 책상이 있는 곳으로 돌아왔다. 어질러진 책들 사이에 앉아 불안해하던 아버지의 모습과 태도와 말을 거듭 되새겼다. 그때 매미 소리가 들렸다. 그 소리는 이제껏 들어왔던 것과는 달리 말매미 울음소리였다. 여름에 고향으로 돌아와 뜨겁게 타들어가는 듯한 매미 소리 속에 가만히 앉아 있을 때면, 묘하게 슬퍼지곤 했다. 나의 애수는 언제나 이 격렬한 매미 소리와 함께 가슴 깊숙이 스며드는 듯했다. 그럴 때마다 가만히 앉아서 나 자신을 응시했다.

이번 여름 고향에 온 후로 나의 애수는 차츰 감정의 결이 달라졌다. 애매미 소리가 말매미 울음소리로 변해가듯이 나를 둘러싼 사람들의 운명도 거대한 윤회의 흐름 속에서 서서히 움직이고 있는 듯했다. 쓸쓸해 보이는 아버지의 모습과 말을 되새기며 편지를 보내도 답장을 주지 않는 선생님을 떠올렸다. 선생님과 아버지는 완전히 반대되는 인상을 준다는 점에서 비교를 할 때도 연상을 할 때도 함께 떠오르곤 했다.

  나는 아버지에 대해 거의 모든 것을 알고 있었다. 만약 아버지를 떠난다면 부자간의 감정적 미련만 남을 뿐이었다. 그러나 선생님에 대해서는 아직도 모르는 게 많았다. 얘기해주겠다고 약속했던 선생님의 과거도 아직 들을 기회를 얻지 못했다. 한마디로 선생님은 나에게 흐릿하게 존재했다. 나는 기어이 그 흐릿함을 지나 밝은 데까지 나아가야만 직성이 풀릴 것 같았다. 선생님과의 관계가 끊기는 것은 내게 큰 고통이었다. 나는 어머니에게 좋은 날을 받아 도쿄로 떠날 날짜를 정했다.

9

  드디어 떠날 날을 며칠 앞두고(아마도 이틀 전 저녁 무렵이었을 것이다), 아버지가 또 돌연 쓰러졌다. 그때 나는 책과 옷가지를 가득 채운 고리짝을 묶고 있었다. 아버지는 목욕 중이었다. 아버지 등을 씻어주러 갔던 어머니가 큰 소리로 나를 불렀다. 나는 알몸인 채로 어머니에게 뒤에서 안겨 있는 아버지의 모습을 보았다. 그런데도 아버지를 방으로 옮겼을 때, 아버지는 이제 괜찮다고 말했다. 혹시나 하는 마음에 나는 머리맡에 앉아 젖은 수건으로 아버지의 이마를 식혀주었다. 그리고 밤 9시가 되어서야 겨우 형식적인 저녁 식사를 마쳤다.

다음 날이 되자 아버지는 생각보다 기운이 좋아 보였다. 말렸는데도 기어코 혼자 걸어 변소에 다녀오기도 했다.

"이제 괜찮다."

아버지는 작년 연말에 쓰러졌을 때 나에게 했던 말을 또 똑같이 했다. 그때는 정말 아버지 말처럼 그럭저럭 괜찮아졌다. 어쩌면 이번에도 그럴지 모른다고 생각했다. 하지만 의사는 그저 조심해야 한다고 주의를 줄 뿐, 아무리 물어도 명확한 답을 주지 않았다. 나는 불안해서 떠나야 할 날이 되어도 끝내 도쿄로 갈 결심이 서지 않았다.

"좀더 상황을 지켜보고 떠날까요?"

나는 어머니에게 상의했다.

"그렇게 해주렴."

어머니가 부탁했다.

어머니는 아버지가 마당에 나가거나 뒷문을 내려갈 수 있을 정도로 기운이 있을 때는 태연하다가, 이런 일이 벌어지니 또 필요 이상으로 걱정하며 애를 태웠다.

"오늘 도쿄로 떠난다 하지 않았나?"

아버지가 물었다.

"네, 좀 미뤘어요."

내가 대답했다.

"나 때문에?"

아버지가 다시 물었다.

나는 순간 망설였다. 그렇다고 하면 아버지의 병이 위중하다고 인정하는 것이나 다름없었다. 아버지의 신경을 예민하게 만들고 싶지 않았다. 하지만 아버지는 이미 내 마음을 꿰뚫어 보고 있는 듯했다.

"미안하게 됐구나."

그렇게 말하며 아버지는 마당으로 시선을 돌렸다.

나는 내 방에 들어가 그곳에 팽개쳐진 고리짝을 보았다. 언제든 들고 나갈 수 있게 단단히 묶인 채였다. 멍하니 그 앞에 서서, 다시 끈을 풀어야 할지 고민했다.

이러지도 저러지도 못하는 불안한 심정으로 다시 사나흘을 보냈다. 그러다 아버지가 또 쓰러졌다. 의사는 절대 안정을 취하라고 했다.

"대체 이게 무슨 일이라니."

어머니는 아버지에게 들리지 않도록 작은 소리로 내게 말했다. 어머니의 얼굴엔 불안한 기색이 역력했다. 나는 형과 여동생에게 전보를 칠 준비를 했다. 그러나 누워 있는 아버지에겐 거의 아무런 고통도 보이지 않았다. 대화하는 모습을 보면 감기에 걸렸을 때와 다를 바가 없었다. 더구나 식욕은 평소보다 더 왕성했다. 옆에서 아무리 조심하라 일러도 소용없었다.

"어차피 죽을 거, 맛있는 거라도 먹고 죽어야지."

맛있는 거라는 아버지의 말이 우습기도 하고, 처량하기도 했다. 아버지는 맛있는 음식을 실컷 먹을 수 있는 도시에서 살아본 적이 없다. 밤이 되자 아버지는 찰떡을 구워달라고 해서 우적우적 씹어 먹었다.

"왜 저리 소갈 걸린 사람처럼 자시는지. 역시 아직 괜찮으신 모양이야."

어머니는 걱정해야 할 일에 오히려 희망을 품으려 했다. 그러면서도 병증에만 쓰는 소갈이라는 옛날 말을 아버지가 뭔가를 자꾸 먹으려 한다는 뜻으로 사용하고 있었다.

큰아버지가 병문안을 왔을 때 아버지는 좀처럼 돌려보내려 하지 않았다. 서운하니 좀더 머물다 가라는 게 주된 이유였지만, 어머니와 내가 먹고 싶은 민큼 먹게 두지 않는다고 하소연하는 것 또한 이유 중 하나인 것 같았다.

10

아버지의 병세는 일주일 이상 고만고만한 상태였다. 그동안 나는 규슈에 있는 형에게 긴 편지를 보냈다. 여동생에게는 어머니가 쓰도록 했다. 나는 속으로 이 편지가 아버지의 건강과 관련하여 두 사람에게 보내는 마지막 소식이 될 것이라 생각했다. 그래서 최악의 경우에는 전보를 칠 테니 곧장 와달라는 말도 써두었다. 형은 직장에 다니느라 바쁘고 여동생은 임신 중이었다. 그러니 아버지가 당장 위태롭지 않은 상황에서는 부르기가 쉽지 않았다. 그렇다고 어렵게 시간 내서 왔는데 결국 임종을 지키지 못했다는 말을 듣는 것도 괴롭다. 전보를 언제 쳐야 할지, 남모를 책임감을 느꼈다.

"그렇게 정확히는 나도 모릅니다. 다만 위험이 언제 닥칠지 모른다는 것만 알아두세요."

정거장이 있는 읍내에서 데려온 의사는 내게 이렇게 말했다. 나는 어머니와 상의해 그 의사 소개로 읍내 병원에서 간호사를 한 명 부르기로 했다. 아버지는 머리맡에 와 인사를 건네는 하얀 옷차림의 여자를 보더니 표정이 안 좋아졌다.

아버지는 자신이 죽을병에 걸렸음을 오래전부터 자각하고 있었다. 그러면서도 성큼성큼 다가오는 죽음 자체는 깨닫지 못했다.

"이번에 병이 나으면 한 번 더 도쿄에 가 놀다 오고 싶구나. 사람은 언제 죽을지 모르니까. 하고 싶은 건 뭐든 살아 있을 때 해둬야지."

어머니는 어쩔 수 없이 "그때는 나도 함께 가야겠어요"라며 맞장구를 쳐주었다.

때로는 또 몹시 쓸쓸해했다.

"내가 죽거든 부디 네 어머니를 잘 돌봐다오."

나는 '내가 죽거든'이라는 아버지의 말에서 어떤 기억을 떠올렸다. 도쿄를 떠날 때 선생님이 부인에게 몇 번이고 그 말을 되풀이했던 건 내가 졸업한 날 저녁의 일이었다. 나는 미소 띤 선생님의 얼굴과 불길한 소리 하지 말라며 귀를 막던 부인의 모습이 떠올랐다. 그때의 '내가 죽으면'은 단순한 가정이었다. 방금 내가 들은 말은 언제가 될지 모를 사실이었다. 나는 선생님에 대한 부인의 태도를 배울 순 없었다. 하지만 말로라도 어떻게든 아버지의 기분을 풀어주어야 했다.

"그렇게 약한 말씀 하지 마세요. 병이 나으면 도쿄로 놀러 가시면 되죠. 어머니하고 함께요. 이번에 가시면 깜짝 놀라실 거예요. 정말 많이 변했거든요. 전철 노선만 해도 엄청나게 늘었어요. 전철이 다니면 자연히 거리 풍경도 바뀌고, 거기다 도시 정비까지 돼서 도쿄가 가만히 있는 시간은 24시간 중에 단 1분도 없을 정도라니까요."

나는 어쩔 수 없이 하지 않아도 될 말까지 늘어놓았다. 아버지는 다시 만족스러운 얼굴을 그 말을 듣고 있었다. 환자가 있으니 자연스레 집을 드나드는 사람들도 많아졌다. 근방에 사는 친척들은 이틀에 한 명꼴로 번갈아 가며 병문안을 왔다. 그중에는 꽤 멀리 살아서 평소에는 왕래가 거의 없던 이들도 있었다.

"걱정했는데, 저 정도면 괜찮아. 말도 잘하고, 무엇보다 얼굴이 전혀 수척하지 않잖아."

그렇게 말하며 돌아가는 이도 있었다.

내가 돌아왔을 당시에는 너무 조용해서 적막했던 집 안이 이런 일들로 점점 시끌벅적해졌다.

그런 가운데에서도 꼼짝없이 누워 있는 아버지의 병세는 점점 더 나쁜 쪽으로 흐를 뿐이었다. 나는 어머니, 큰아버지와 상의한 끝에 마침내 형과 여동생에게 전보를 보냈다. 형에게서는 곧장 오겠다는 답장이 왔다. 여동생의 남편한테서도 곧 출발한다는 연락이 왔다. 여동생은 지난번 임신 때 유산한 터라 이번만큼은 습관성 유산이 되지 않도록 조심해야 한다고 얘기했기 때문에 동생 대신 오려는 것인지도 모른다.

11

이렇게 어수선한 와중에도 나는 아직 조용히 앉아 있을 여유가 있었다. 가끔은 책을 펼쳐 한 번에 열 페이지나 연달아 읽을 시간도 생겼다. 단단히 묶어 놓았던 내 고리짝은 어느새 풀려 있었다. 나는 필요에 따라 그 속에서 여러 가지 물건을 꺼내 썼다. 도쿄를 떠날 때 계획했던 이번 여름의 일과를 되짚어보았다. 내가 해낸 일은 그 일과의 3분의 1에도 미치지 못했다. 지금까지 이런 불쾌함을 거듭 되풀이해 왔다. 하지만 이번 여름처럼 뜻대로 일이 풀리지 않은 적은 드물었다. 이런 게 세상의 이치인가 싶으면서도 불쾌한 감정에 사로잡혔다.

이런 불쾌함 속에서 한편으로는 아버지의 병환을 생각했다. 아버지가 돌아가신 후의 일들을 상상했다. 그리고 동시에 선생님을 떠올렸다. 나는 이 불쾌함의 양 끝에서 지위도 교육도 성격도 전혀 다른 두 사람의 모습을 바라보았다.

아버지의 머리맡을 떠나 혼자 어질러진 책들 사이에서 팔짱을 끼고 있자니 어머니가 얼굴을 내밀었다.

"낮잠이라도 좀 자지 그러니. 너도 피곤할 텐데."

어머니는 내 기분을 이해하지 못했다. 나 또한 어머니에게 그런 걸 기대할 만큼 어린애는 아니었다. 나는 간단히 감사 인사를 했다. 어머니는 아직 방문 앞에 서 있었다.

"아버지는요?"

내가 물었다.

"지금 푹 주무셔."

어머니가 대답했다.

어머니는 갑자기 안으로 들어와 내 옆에 앉더니 이렇게 물었다.

"선생님에게서는 아직 아무 소식도 없니?"

어머니는 그때 내가 한 말을 믿고 있었다. 그때 나는 선생님에게서 꼭 답장이 올 거라고 어머니에게 장담했었다. 하지만 아버지와 어머니가 바라는 답장이 오리라고는 전혀 기대하지 않고 있었다. 나는 의도치 않게 결과적으로 어머니를 속인 꼴이 되고 말았다.

"한 번 더 편지를 보내보지 그래."

어머니가 말했다.

소용없는 편지를 몇 통이나 쓰는 게 어머니에게 위안이 된다면 그 수고를 마다할 내가 아니었다. 하지만 그런 용건으로 선생님에게 부담을 주는 건 큰 고통이었다. 아버지의 꾸중을 듣거나 어머니의 기분을 상하게 하는 것보다 선생님에게 경멸당하는 게 훨씬 두려웠다. 그동안 선생님으로부터 아무런 답장을 받지 못한 것도 어쩌면 그런 이유 때문이 아닐까 하는 의구심도 들었다.

"편지 쓰는 게 어려운 일은 아니지만, 우편으로 해결될 문제가 아니에요. 제가 직접 도쿄에 가서 부탁하러 다녀야 해요."

"아버지가 저러신데 네가 언제 도쿄에 갈 줄 알고?"

"그러니까요. 병이 낫든 낫지 않든 확실해지기 전까지는 여기 있을 생각이에요."

"그야 당연하지. 지금 이렇게 위중한 환자를 내버려두고, 마음 편히 도쿄에 갈 수 있겠니?"

처음에는 아무것도 모르는 어머니가 안쓰럽게 느껴졌다. 그러나 어머니가 왜 하필 이렇게 어수선한 시점에 그 문제를 꺼내는지 이해할 수 없었다. 내가 아버지의 병을 뒤로하고 조용히 앉아 책을 읽는 여유를 부리는 것처럼, 어머니도 눈앞의 환자를 잊고 다른 일을 생각할 만큼 마음에 여유가 생겼나 싶었다. 그때 "실은 말이야" 하며 어머니가 입을 열었다.

"실은 아버지가 살아 계신 동안에 네 앞길이 정해지면 아버지도 한시름 놓지 않을까 해서. 지금 상황으로 봐선 그때까지 힘들지도 모르겠지만, 그래도 아직 저렇게 말씀도 잘 하시고 정신도 또렷하니 이럴 때 기쁘게 해드리는 게 효도가 아니겠니."

딱히 게도 나는 효도를 할 수 없는 처지에 있었다. 결국 나는 선생님에게 단 한 줄의 편지도 보내지 않았다.

12

형이 돌아왔을 때 아버지는 누운 채로 신문을 보고 있었다. 아버지는 평소에도 신문부터 찾는 습관이 있었는데 병상에 눕고 난 후로는 무료한지 더 읽으려 했다. 어머니도 나도 굳이 말리지 않고 되도록 환자 뜻대로 하게 두었다.

"그럴 기운도 있으시고 다행이네요. 상태가 많이 안 좋을까 걱정하며 왔는데 훨씬 좋아 보이세요."

형은 이렇게 말하며 아버지와 이야기를 나눴다. 형의 말투가 지나치게 밝아서 오히려 어색하게 들렸다. 그런데 아버지 앞을 떠나 나와 마주했을 때는 오히려 침울한 기색을 보였다.

"신문 같은 거 못 읽게 해야 하는 거 아니냐?"

"나도 그렇게 생각하는데, 읽고 싶어 하시니까 별수 없지."

형은 내 변명을 묵묵히 듣고 있었다. 이윽고 "읽으면서 이해는 하실까?" 하고 말했다. 형은 아버지가 병 때문에 평소보다 이해력이 훨씬 둔해졌다고 판단한 모양이었다.

"정신은 또렷하셔. 아까 이십 분 정도 아버지 머리맡에 앉아서 이런저런 얘기를 나눠봤는데 이상한 건 전혀 못 느꼈어. 저 상태라면 어쩌면 아직 한참은 더 버티실 수도 있을 것 같은데."

형과 비슷하게 도착한 매제의 의견은 우리보다 훨씬 더 낙관적이었다. 아버지는 매제에게 동생에 대해 이것저것 물었다. "홀몸도 아닌데 흔들리는 기차는 타지 않는 게 좋지. 무리해서 문병 오면 되레 내가 걱정된다"라고 말했다. "뭐, 곧 나으면 아기 얼굴 보러 직접 갈 테니 걱정할 필요 없어"라는 말도 했다.

노기 대장*이 세상을 떠났을 때도 아버지는 신문으로 가장 먼저 그 소식을 알았다.

"큰일 났다, 큰일 났어!"

아무것도 모르고 있던 우리는 아버지의 갑작스러운 말에 깜짝 놀랐다.

"그때는 드디어 정신이 좀 이상해지셨나 싶어 철렁했지."

나중에 형이 내게 말했다.

"저도 사실 놀라긴 했어요."

매제도 동감하는 듯한 어투였다.

그 무렵 신문에는 실제로 시골 사람들도 매일 기다릴 만한 기사들로 가득했다. 나는 아버지 머리맡에 앉아 꼼꼼히 신문을 읽었다. 읽을 틈이 없을 때는 내 방으로 슬쩍 가져와 빠짐없이 훑어보았다. 군복을 입은 노기 대장과 궁녀 같은 복장을 한 부인의 모습이 한동안 잊히지 않았다.

비통한 바람이 시골 구석구석까지 불어와 졸린 나무와 풀잎들을 뒤흔드는 가운데, 나는 갑자기 선생님으로부터 한 통의 전보를 받았다. 양복 입은 사람만 봐도 개가 짖어대는 이곳에서는 전보 한 통조차 큰 사건이었다. 전보를 받아든 어머니는 아니나 다를까 놀란 모습으로 굳이 나를 사람들이 없는 곳으로 불러냈다.

---

* 일본 육군 대장으로 러일전쟁 당시 뤼순 공략을 지휘한 인물이다. 충성심과 희생정신으로 유명하며, 메이지 천황 서거 후 순절했다.

전보에는 잠시 만나고 싶은데 올 수 있겠느냐는 내용이 간단히 적혀 있었다. 나는 고개를 갸웃했다.

"분명 전에 부탁해둔 일자리에 관한 걸 거야."

어머니는 그렇게 추측했다.

나도 어쩌면 그럴 수도 있겠다고 생각했다. 하지만 그렇다고 해도 뭔가 이상하다는 느낌이 들었다. 형과 매제까지 불러들인 내가 아버지를 내버려둔 채 도쿄로 갈 수는 없는 노릇이었다. 나는 어머니와 상의한 끝에, 갈 수 없다는 답신을 보내기로 했다. 최대한 간략하게 아버지의 병세가 위독해지고 있다는 사실도 덧붙였으나, 그래도 마음이 놓이지 않아 자세한 사정을 편지로 써서 그날 중으로 우편을 보냈다. 부탁했던 일자리 얘기라고 굳게 믿고 있던 어머니는 "상황이 안 좋을 때라 어쩔 수가 없구나" 하고 안타까운 얼굴로 말했다.

13

내가 쓴 편지는 꽤 긴 글이었다. 어머니도 나도 이번엔 꼭 선생님에게서 어떤 답변이 오리라고 기대했다. 그러나 편지를 보낸 지 이틀째 되던 날, 내 앞으로 다시 전보가 왔다. 거기에는 오지 않아도 괜찮다는 말만 적혀 있었다. 나는 그 전보를 어머니에게 보여주었다.

"아마 편지로 얘기해주시려나 보다."

어머니는 여전히 선생님이 나를 위해 일자리를 소개해주려 한다고 해석하는 듯했다. 나도 어쩌면 그럴지도 모른다고 생각했지만, 평소의 선생님을 떠올려보니 아무래도 이상했다.

선생님이 나를 위해 일자리를 알아봐준다, 그건 있을 수 없는 일이라고 느껴졌다.

"어쨌든 제 편지는 아직 선생님께 도착하지 않았을 테니, 이 전보는 그전에 보낸 게 틀림없어요."

나는 어머니에게 그런 당연한 말을 했다. 어머니도 그렇게 생각했는지 "그렇겠네" 하고 대답했다. 내가 보낸 편지를 읽기도 전에 전보를 보냈다는 사실이, 선생님을 이해하는 데 아무런 도움이 되지 않는데도.

그날은 마침 주치의가 시내에서 원장을 데려오기로 했기에 어머니와 나는 그 일에 대해 더는 이야기할 기회가 없었다. 두 의사가 나란히 들어와 아버지에게 관장 등의 처치를 한 후 돌아갔다.

아버지는 의사로부터 절대 안정하라는 지시를 받은 후, 대소변도 자리에 누운 채 다른 사람의 도움을 받아 해결해야 했다. 깔끔한 성격의 아버지는 처음에는 질색했지만, 몸이 말을 듣지 않으니 마지못해 자리에서 용변을 보았다. 그러다 병세가 깊어지면서 정신이 둔해진 탓인지, 날이 갈수록 그런 상황을 딱히 신경 쓰지 않았다. 종종 이불을 더럽혀서 곁에 있는 사람이 얼굴을 찌푸리는데도 정작 본인은 아무렇지 않아 했다. 병의 특성상 소변의 양은 아주 적어졌다. 식욕도 점점 잃었다. 가끔 뭔가를 원해도 혀가 원할 뿐, 거의 삼키질 못했다. 그토록 좋아하던 신문을 손에 들 힘조차 사라졌다. 베개 옆에 놓인 돋보기안경은 늘 검은 안경집에 넣어진 채로 있었다. 어릴 때부터 친하게 지냈던, 지금은 십 리쯤 떨어진 곳에 사는 사쿠 아저씨가 문병을 왔을 때, 아버지는 "어어, 사쿠, 자넨가" 하면서 탁한 눈으로 그를 바라보았다.

"잘 왔네, 자네는 건강해서 부러워. 난 이제 틀렸네."

"그런 소리 말게. 자식 둘을 대학까지 졸업시켜 놓고, 병 좀 들었기로서니 뭐가 걱정인가. 날 좀 보게. 마누라 먼저 보내고 자식도 없잖아. 그냥 마지못해 사는 거지. 건강해봤자 무슨 낙이 있겠나."

관장을 한 건 사쿠 아저씨가 다녀가고 이삼일 뒤였다. 아버지는 의사 덕분에 한결 편해졌다면서 기뻐했다. 자신의 수명에 대해 담담해졌는지 기분이 밝아졌다. 곁에 있던 어머니는 그 기운에 휩쓸린 건지, 아니면 병든 아버지의 기운을 북돋아주려는 건지, 선생님에게서 전보가 왔다는 소식을 마치 아버지 바람대로 내 일자리가 도쿄에 마련된 것처럼 이야기했다. 옆에서 듣고 있던 나는 입이 근질거렸지만, 어머니의 말을 자를 수도 없어서 그저 조용히 듣고 있었다. 병든 아버지는 기쁜 표정을 지었다.

"잘됐네요."

매제도 말했다.

"무슨 자리인지는 아직 모르고?"

형이 물었다.

나는 이제 와 그것을 부정할 용기가 없었다. 나조차 알 수 없는 애매한 대답을 하고 일부러 자리를 피했다.

14

아버지의 병은 최후의 일격을 가하는 순간까지 진행되었다가, 그 자리에서 잠시 주춤하는 듯 보였다. 가족들은 운명의 선고가 오늘 떨어질지, 내일 떨어질지 노심초사하며 매일 밤 잠자리에 들었다.

아버지는 곁에 있는 사람들을 힘들게 할 만큼 고통스러워하지는 않았다. 그런 점에서 간병은 수월했다. 혹시 모를 상황에 대비해 한 사람씩 돌아가며 깨어 있기는 했지만, 나머지 사람들은 각자 적당한 시간에 잠자리에 들어도 별 지장이 없었다. 어쩌다 잠을 설쳤을 때, 얼핏 아버지의 신음 소리를 들었다고 착각하고, 혹시나 해서 한밤중에 잠자리를 빠져나와 아버지의 머리맡에 가본 적이 있었다. 그날 밤은 어머니가 간병할 차례였다. 그러나 어머니는 아버지 옆에서 팔베개를 하고 잠들어 있었다. 아버지도 깊은 잠 속에 가만히 놓인 사람처럼 조용했다. 나는 발소리를 죽이고 조용히 다시 내 침대로 돌아왔다.

나는 형과 한 모기장 안에서 잤다. 매제는 손님 대접을 받고 있어서인지, 혼자만 떨어진 방에서 잤다.

"세키 씨도 딱하지. 저렇게 며칠씩 붙잡혀서 집에도 못 가고 있으니."

세키는 매제의 성이다.

"그래도 아주 바쁘진 않으니까 있는 거겠지. 세키 씨보다 형이 더 곤란하겠다. 이렇게 오래 있으면."

"곤란해도 어쩌겠냐. 다른 일도 아니고."

형과 나란히 누워 이런 대화들을 나누었다. 형의 머릿속에도, 내 마음속에도 아버지의 병은 어차피 가망이 없다는 생각이 자리 잡고 있었다. 한편으론 어차피 가망이 없다면, 하는 생각도 있었다. 우리는 자식으로서 부모의 죽음을 기다리는 꼴이 되었다. 그러나 자식으로서 차마 그런 말은 내뱉지 못했다. 그렇지만 서로가 어떤 생각을 하고 있는지 잘 알고 있었다.

"아버지는 아직도 나을 거라고 믿으시는 눈치야."

형이 말했다.

실제로 형의 말처럼 보이는 부분도 없지는 않았다. 이웃 사람들이 문병을 오면 아버지는 한사코 만나려 했다. 만나면 꼭 내 졸업 잔치에 부르지 못한 일을 아쉬워했다. 그 대신 내 병이 나으면, 이라는 말도 한 번씩 덧붙였다.

"네 졸업 잔치는 취소되어 다행이지. 나 때는 아주 난처해서 혼났다."

형의 말에 기억이 되살아났다. 술에 흠뻑 취해 있던 그날의 왁자한 풍경을 떠올리며 나는 쓴웃음을 지었다. 술과 음식을 억지로 권하며 돌아다니던 아버지의 모습도 눈앞에 씁쓸하게 비쳤다.

우리는 사이가 그리 좋은 형제는 아니었다. 어릴 때는 툭하면 싸웠고, 더 어렸던 나는 매번 형한테 당해 울기 일쑤였다. 학교에 들어가고 나서 전공이 달라진 것도 온전히 성격 차이에서 비롯되었다. 대학교 시절엔 특히 선생님과 가까이 지내는 동안 멀리서 형을 바라보며 늘 동물적이라고 생각했다. 나는 오랫동안 형을 만나지 않았고, 또 서로 너무 멀리 떨어져 살았기에 시간상으로나 거리상으로나 형은 항상 먼 존재였다. 그런데도 오랜만에 이렇게 만나보니 형제간의 우애가 어디선가 절로 솟아났다. 물론 지금 상황이 큰 영향을 미쳤다. 우리 둘에게 공통된 아버지, 그 아버지가 죽음을 앞둔 머리맡에서 형과 나는 손을 맞잡은 것이다.

"넌 앞으로 어떻게 하게?"

형이 물었다. 나는 또 나대로 형에게 뜬금없는 질문을 던졌다.

"대체 우리 집 재산은 얼마나 될까?"

"나야 모르지. 아버지가 아직 아무 말씀도 안 하셨으니까. 재산이라고 해봐야 돈으로 따지면 얼마 안 될 것 같은데."

어머니는 또 어머니대로 선생님의 답장이 오기를 초조하게 기다리며 "편지 아직 안 왔니?" 하고 다그치듯 물었다.

15

"그나저나 선생님, 선생님, 하는 사람은 대체 누구냐?"

형이 물었다.

"지난번에 얘기했잖아."

나는 그렇게 대답했다. 자기가 물어놓고도 기껏 답해준 말을 금방 잊어버리는 형을 보고 불쾌함을 느꼈다.

"듣긴 들었는데……."

형은 듣기는 했는데 결국 이해할 수 없다는 태도였다. 나로서는 군이 형에게 선생님을 이해시킬 필요는 없었다. 그렇지만 화는 났다. 또다시 형다운 모습이 드러났다고 생각했다.

내가 선생님, 선생님 하며 존경하는 이상, 그 사람은 반드시 저명인사여야 한다고 형은 생각했다. 적어도 대학교수쯤은 되지 않을까 추측하고 있었다. 이름 없는 사람, 아무 일도 하지 않는 사람, 그런 사람이 무슨 가치가 있는가? 그런 점에서 형의 사고방식은 아버지와 완전히 같았다. 그러나 아버지가 능력이 없어서 노는 것이라고 속단했던 것과 달리, 형은 능력이 있는데도 빈둥거리는 인간은 한심한 존재라는 식으로 말했다.

"에고이스트는 안 돼. 아무 일도 안 하고 살겠다니 너무 뻔뻔하잖아. 사람은 자신이 가진 재능을 최대한 발휘해야지, 안 그럼 다 헛소리야."

나는 형에게 에고이스트라는 말뜻을 제대로 알고 쓰는 거냐고 되묻고 싶었다.

"그래도 그 사람 덕에 일자리가 구해진다면야 다행이고. 아버지도 기뻐하실 테니까."

형은 나중에야 이런 말을 했다. 선생님에게서 분명한 답장이 오지 않는 한, 나는 일자리가 구해진다고 보장할 수 없었고, 또 그런 말을 꺼낼 용기도 없었다. 어머니가 성급하게 그 얘기를 모두에게 퍼뜨려버린 지금에 와서 갑자기 그것을 부정할 수도 없었다. 어머니가 재촉하지 않아도 나는 선생님의 편지를 기다렸다. 그리고 그 편지에 모두의 기대대로 일자리에 관한 내용이 적혀 있기를 간절히 바랐다. 죽음을 앞둔 아버지 앞에서, 그런 아버지를 조금이라도 안심시켜 주자는 어머니 앞에서, 일하지 않으면 인간이 아니라는 형 앞에서, 그 밖에 매제나 큰아버지와 큰어머니 앞에서, 정작 나는 전혀 관심 없는 그 일로 끊임없이 시달려야 했다.

아버지가 정체 모를 누런 것을 토했을 때, 나는 전에 선생님과 부인에게서 들은 위험한 징조를 떠올렸다.

"저리 오래 누워만 계시니 위도 나빠진 거겠지."

아무것도 모르고 그렇게 말하는 어머니의 얼굴을 보니 눈물이 핑 돌았다.

형과 거실에서 마주쳤을 때, 형은 나를 보며 "들었냐?"라고 말했다. 의사가 돌아가기 전에 형에게 한 말을 들었느냐는 의미였다. 나는 굳이 설명을 듣지 않아도 그 말뜻을 잘 알고 있었다.

"너 아예 여기로 들어와 집안을 돌볼 생각은 없어?"

형이 나를 돌아보며 물었다. 나는 아무런 대답도 하지 않았다.

"어머니 혼자서는 감당하기 힘드실 거야."

형이 다시 말했다. 형에게 비친 나는 흙냄새나 맡으며 서서히 썩어가는 삶을 살아도 아깝지 않은 존재였다.

"책이야 시골에서도 실컷 읽을 수 있고, 게다가 딱히 일할 필요도 없으니 좋잖아."

"형이 돌아오는 게 순서지."

나는 말했다.

"내가 어떻게 그러고 있나?"

형은 단박에 내 말을 부정했다. 형의 마음속에는 앞으로 세상에서 일하며 살아가겠다는 의욕이 가득 차 있었다.

"네가 정 싫다면 큰아버지께라도 부탁할 순 있겠지만, 어쨌든 어머니는 너나 나나 둘 중 누구는 모셔야 해."

"어머니가 이 집을 떠나려고 하시겠어?"

형제는 아버지가 아직 살아 있는데도 아버지의 사후 문제를 놓고 이런 식으로 이야기했다.

16

아버지는 종종 헛소리를 하기 시작했다.

"노기 대장님께 죄송하다. 정말 면목이 없구나. 아니, 나도 곧 뒤따라갈 테니……."

이런 말들을 불쑥불쑥 내뱉었다. 어머니는 불길하게 여기며 되도록 가족들을 아버지 곁에 모아두려고 했다. 정신이 멀쩡할 때는, 자꾸만 적적해하는 환자에게도 그것이 희망처럼 보였다. 특히 방 안을 둘러보고는 어머니가 보이지 않으면 아버지는 꼭 "네 어머니는?" 하고 물었다. 묻지 않아도 눈빛이 그걸 말하고는 했다. 나는 자주 어머니를 부르러 갔다.

"왜 찾았어요?"

어머니가 하던 일을 내버려둔 채 방으로 들어와 물으면, 아버지는 어머니의 얼굴을 물끄러미 바라볼 뿐, 아무 말 없이 있을 때도 있었다.

그러다가 전혀 엉뚱한 소리를 하기도 했다.

"당신한테도 여러모로 신세를 졌어."

갑자기 다정한 말을 건넬 때도 있었다. 어머니는 그런 말을 들을 때마다 눈물이 맺혔다. 그리고 그 후에는 어김없이 건강했던 시절의 아버지를 떠올리며 깊이 생각에 잠기는 것 같았다.

"지금은 저런 소리를 하셔도, 옛날엔 얼마나 모질었는지 모른다."

어머니는 아버지에게 빗자루로 등을 맞았던 일을 말했다. 나와 형은 그 이야기를 지금껏 몇 번이고 들어왔지만, 이날만큼은 평소와는 전혀 다른 심정으로, 어머니의 말을 아버지의 마지막 흔적처럼 귀담아들었다.

아버지는 자신의 눈앞에 드리운 죽음의 그림자를 바라보면서도 아직 유언 같은 말을 꺼내지 않았다.

"지금이라도 뭔가 들어둬야 하지 않을까?"

형이 내 얼굴을 보며 말했다.

"그러게……."

나는 대답했다. 이런 이야기를 우리 쪽에서 먼저 꺼내는 것이 과연 병든 아버지를 위해 좋은 일일까, 하고 고민했다. 우리 두 사람은 결정을 내리지 못하고 결국 큰아버지에게 상의했다. 큰아버지도 고개를 갸웃하며 말했다.

"하고 싶은 말이 있는데 남기지 못하고 돌아가시는 것도 안타까운 일이지만, 그렇다고 우리가 먼저 재촉하는 것도 좀 그렇잖아."

이야기는 결국 흐지부지 끝나버렸다. 그러던 차에 아버지는 혼수상태에 빠졌다. 늘 그렇듯 아무것도 모르는 어머니는 그것을 단순히 잠으로 착각하고 오히려 기뻐했다.

"저리 편안히 주무시기만 하면 곁에 있는 사람도 얼마나 편하니."

어머니는 말했다.

아버지는 가끔 눈을 뜨고 아무개는 어디 갔느냐고 갑자기 물었다. 그 아무개는 늘 방금 전까지 곁에 앉아 있던 이들 중 한 사람이었다. 아버지의 의식에는 어두운 곳과 밝은 곳이 있어서 그 밝은 곳만이 어둠을 잇는 하얀 실처럼 드문드문 이어져 있는 듯 보였다. 어머니가 혼수상태를 단순한 잠으로 착각한 것도 무리는 아니었다.

그러는 동안 혀가 점점 꼬이기 시작했다. 뭔가 말을 하다가도 말끝이 흐려져서 알아듣지 못하는 일이 많았다. 그런데도 말을 꺼낼 때는 위독한 환자라고 생각할 수 없을 만큼 목소리가 쩌렁쩌렁했다. 우리는 평소보다 더욱 목소리를 높이고 귓가에 입을 대듯이 말해야 했다.

"머리를 시원하게 해드리면 기분이 좋으세요?"

"응."

나는 간호사와 함께 아버지의 물베개를 바꾸고 새 얼음을 채운 얼음주머니를 이마에 올려놓았다. 대충 깨뜨린 모난 얼음 조각들이 주머니 속에서 자리를 잡는 동안, 나는 아버지의 벗어진 이마 가장자리에 얼음주머니를 살며시 눌러주고 있었다. 그때 형이 복도를 따라 들어와 편지 한 통을 말없이 내게 건넸다. 비어 있던 왼손을 내밀어 그 우편물을 받아든 나는 곧바로 이상하다는 느낌을 받았다.

그것은 보통 편지보다 훨씬 묵직했다. 일반적인 봉투에 넣어진 것도 아니었다. 또 보통 봉투에 들어갈 만한 분량도 아니었다. 반지(半紙)에 감싼 후 봉하는 부분을 꼼꼼히 풀로 붙여 놓았다. 나는 그것을 형의 손에서 받아들었을 때, 곧 등기우편이라는 것을 알아차렸다. 뒷면을 보니 선생님의 이름이 단정한 필체로 적혀 있었다. 손을 뗄 수 없던 나는 바로 봉투를 열어보지 못하고 잠시 품속에 넣어 두었다.

17

그날은 아버지의 병세가 유독 나빠 보였다. 내가 변소에 가려고 자리를 떴을 때 복도에서 마주친 형이 "어디 가는데?" 하고 보초병 같은 말투로 따지듯 물었다.

그러고는 "상태가 아무래도 심상치 않으니까 되도록 곁에 붙어 있어라" 하고 주의를 주었다.

나도 그렇게 생각하고 있었다. 품속에 넣은 편지는 그대로 둔 채 다시 방으로 돌아왔다. 아버지는 눈을 뜨고 그곳에 있는 사람들의 이름을 어머니에게 물었다. 어머니가 이 사람은 누구, 저 사람은 누구, 하고 하나하나 설명해주자, 아버지는 그때마다 고개를 끄덕였다. 끄덕이지 않을 때는 어머니가 목소리를 높여 누구라고요, 아시겠어요, 하고 다시 확인시켜 주었다.

"정말 여러모로 신세가 많네."

아버지는 그렇게 말했다. 그리고 다시 혼수상태에 빠졌다. 머리맡을 둘러싸고 있던 사람들은 한동안 말없이 환자의 모습을 지켜보았다. 이윽고 그중 한 사람이 일어나 옆방으로 갔다. 그러자 또 한 사람이 일어섰다. 나도 세 번째로 마침내 자리를 떠나 내 방으로 돌아왔다. 아까 품속에 넣어둔 우편물을 열어볼 생각이었다. 그건 환자의 머리맡에서도 충분히 할 수 있는 일이었다. 하지만 그 자리에서 단숨에 읽을 수 있는 분량이 아니었다. 나는 따로 시간을 내어 읽어야지 싶었다.

질긴 섬유질의 봉투를 긁어내듯 찢었다. 안에서 나온 건, 가로와 세로로 그어진 선 안에 단정하게 쓰인 원고였다. 그리고 봉하기 쉽게 네 번 접혀 있었다. 나는 접힌 서양 종이를 반대로 접어 읽기 편하도록 평평하게 폈다.

이 엄청난 양의 종이와 잉크가 내게 무슨 이야기를 하려는 건가 싶어서 놀랐다. 동시에 아버지 일이 걱정되었다. 이 글을 읽기 시작하면 다 읽기도 전에 아버지에게 분명 무슨 일이 일어날 것만 같았다. 적어도 형이나 어머니, 아니면 큰아버지가 날 부를 게 틀림없다는 예감이 들었다. 차분히 선생님의 편지를 읽을 수 있는 상태가 아니었다. 불안한 마음으로 첫 장만 읽었다. 다음과 같은 글이 적혀 있었다.

당신이 내 과거를 물었을 때 대답할 용기가 없었던 나는, 이제야 당신에게 분명히 털어놓을 자유를 얻었다고 믿고 있습니다. 하지만 이 자유는 당신이 상경하기를 기다리는 동안, 다시 사라져버리고 말 세속적인 자유에 지나지 않습니다. 그러니 그것을 이용할 수 있을 때 이용하지 않으면, 내 과거를 당신의 머릿속에 간접 경험으로 남길 기회를 영원히 잃게 될 것입니다. 그러면 그때 그토록 굳게 약속했던 말이 모두 거짓이 되고 맙니다. 나는 어쩔 수 없이, 말로 해야 할 이야기를, 글로 전하기로 했습니다.

나는 여기까지 읽고 나서야, 이 긴 글이 왜 쓰였는지 그 이유를 명확히 알 수 있었다. 애초에 나는 내 일자리 따위로 선생님이 편지를 보내줄 리 없다고 확신하고 있었다. 하지만 글쓰기를 싫어하는 선생님이, 왜 그 이야기를 이렇게까지 길게 써서 내게 보여주려 한 걸까? 선생님은 왜 내가 상경할 때까지 기다릴 수 없었을까?

'자유를 얻었으니 이야기하겠다. 하지만 이 자유는 다시 영원히 사라질 것이다.'

나는 마음속으로 이 문장을 곱씹으며, 그 의미를 이해하려 애썼다. 돌연 불안감이 엄습해왔다. 곧바로 다음 장을 읽으려 했다. 그때 아버지 방 쪽에서 형이 나를 부르는 큰 소리가 들려왔다. 깜짝 놀라 일어섰다. 복도를 내달리듯 모두가 있는 방으로 갔다. 끝내 아버지에게 마지막 순간이 다가온 것이라고 직감했다.

18

방에는 어느새 의사가 와 있었다. 환자를 되도록 편안하게 해주자는 뜻에서 다시 관장을 시도하려는 참이었다. 간호사는 지난밤의 피로를 풀기 위해 다른 방에서 자고 있었다. 익숙하지 않은 형은 일어선 채 허둥대고 있었다. 나를 보자마자 "좀 도와줘라"라고 말한 뒤 주저앉았다. 나는 형을 대신해 기름종이를 아버지 엉덩이 아래에 받쳐주었다.

아버지는 조금 편해진 듯 보였다. 삼십 분쯤 머리맡에 앉아 있던 의사는 관장 결과를 확인한 후 다시 오겠다 하고 자리를 떠났다. 돌아가기 직전에 혹시라도 무슨 일이 생기면 언제든 부르라고 당부했다.

나는 금방이라도 무슨 일이 벌어질 것 같은 방을 뒤로하고, 다시 선생님의 편지를 읽으려 했다. 그러나 조금도 마음을 가라앉힐 수 없었다. 책상 앞에 앉자마자 다시 형이 큰 소리로 부를 것만 같았다. 그리고 이번에 불려 나가면, 그게 마지막이 될 것이라는 두려움이 내 손을 떨리게 했다. 나는 선생님의 편지를 무의미하게 넘겼다. 내 눈은 칸 안을 질서정연하게 채운 글자들을 보았다. 그러나 찬찬히 읽기는커녕 대충 훑어볼 여유조차 없었다. 마지막 장까지 차례대로 넘겨 보고, 다시 원래대로 접어 책상 위에 놓으려 했다. 그때 문득 마지막 부분쯤에서 한 문장이 눈에 들어왔다.

이 편지가 당신 손에 들어갈 때쯤이면 나는 이미 이 세상에 없을 것입니다. 아마 죽었을 테지요.

나는 순간 멈칫했다. 지금까지 소란스럽게 요동치던 마음이 한순간에 얼어붙는 느낌이었다. 다시 편지를 거꾸로 넘겼다. 그러고는 한 장에 한 문장씩 읽어나갔다.

나는 그 순간 반드시 알아야 할 것들을 알기 위해 흩날리는 글자를 눈으로 꿰뚫어 보려 했다. 그때 내가 알고 싶은 건 오직 선생님의 안부뿐이었다. 선생님의 과거, 전에 내게 얘기해주겠노라 약속했던 어슴푸레한 과거, 그런 건 이제 내게 하나도 중요하지 않았다. 거꾸로 편지를 넘기면서 내게 필요한 정보를 쉽게 주지 않는 이 장문의 편지를 애타는 마음으로 접어버렸다.

나는 다시 아버지의 상태를 살피기 위해 방문 앞까지 갔다. 아버지의 머리맡은 의외로 조용했다. 피곤한 얼굴로 맥없이 앉아 있는 어머니를 손짓으로 불러 "좀 어떠세요?" 하고 물었다.

"이제 좀 괜찮으신 모양이야."

어머니가 대답했다.

나는 아버지 눈앞에 얼굴을 내밀고 물었다.

"어떠세요? 관장을 하니까 좀 괜찮으세요?"

아버지는 고개를 끄덕였다. 그리고 또렷하게 "고맙다"라고 했다. 아버지의 정신은 의외로 흐릿하지 않았다.

나는 다시 내 방으로 돌아왔다. 시계를 보며 기차 시간표를 확인했다. 벌떡 일어나 허리띠를 다시 조여 매고 소매 속에 선생님의 편지를 집어넣었다. 그러고는 뒷문을 통해 밖으로 나왔다. 나는 의사 집으로 정신없이 내달렸다. 아버지가 앞으로 이삼일은 버틸 수 있을지 확실히 듣고 싶었다. 주사를 놓든, 어떤 방법을 써서라도 아버지를 더 버티게 해달라고 부탁하려 했다. 그러나 공교롭게도 의사는 외출 중이었다. 그가 돌아오기를 가만히 기다릴 시간이 없었다. 마음이 진정되지 않았다. 나는 곧바로 인력거를 타고 역으로 향했다.

나는 기차역 벽에 종잇조각을 대고, 그 위에 연필로 어머니와 형 앞으로 편지를 썼다. 편지 내용은 아주 간단했지만, 아무 말 없이 사라지는 것보다 낫겠다 싶어서, 그것을 급히 집으로 전해달라고 인력거꾼에게 부탁했다. 그리고 주저 없이 도쿄행 기차에 올라탔다. 덜컹거리는 3등석 열차 안에서 다시 소매 속에 든 선생님의 편지를 꺼내 마침내 처음부터 끝까지 읽어 내려갔다.

하

선생님과 유서

1

 ……나는 올여름 당신에게서 두세 차례 편지를 받았습니다. 도쿄에서 적당한 일자리를 얻고 싶으니 잘 부탁한다고 쓰여 있었던 건, 아마 두 번째 받은 편지였던 것으로 기억합니다. 나는 그 편지를 읽고 뭐라도 해주고 싶었습니다. 최소한 답장은 해야 한다고 생각했습니다. 하지만 고백하자면 나는 당신의 부탁에 대해 아무런 노력도 하지 않았습니다. 당신도 알다시피 교류 범위가 좁다기보다 세상에서 오롯이 혼자 살아가고 있다고 하는 편이 더 적절한 나로서는 그런 노력을 감행할 여지가 전혀 없었으니까요. 하지만 그런 게 문제는 아니었습니다. 사실 나는 이제 나 자신을 어떻게 하면 좋을지 고민하던 참이었습니다. 이대로 인간 사회에 버려진 미라처럼 존재할 것인가, 아니면…… 그 무렵의 나는 '아니면'이라는 말을 속으로 되뇔 때마다 섬뜩했습니다. 절벽 끝까지 내달려 문득 바닥이 보이지 않는 골짜기를 내려다보는 사람처럼.

나는 비겁했습니다. 그리고 수많은 비겁한 사람들처럼 번민했습니다. 유감스럽게도 그때의 나에게는 당신이라는 사람이 거의 존재하지 않았다 해도 지나치지 않습니다. 한 걸음 더 나아가 말하자면, 당신의 지위, 당신의 생계, 그런 것들은 나에게 무의미했습니다. 어떻게 되든 상관없었습니다. 물론 그럴 경황도 없었습니다. 당신의 편지를 꽂아둔 채, 여전히 팔짱을 끼고 생각에 잠겨 있었습니다. 집에 재산도 웬만큼 있는 사람이 졸업한 지 얼마 되지도 않았는데 왜 그토록 일자리에 목매며 허둥대는 걸까. 오히려 씁쓸한 마음으로 멀리 있는 당신에게 잠깐 시선을 던진 게 다입니다. 답장을 보내지 않은 미안함에 변명이라도 하기 위해 이런 이야기를 털어놓습니다. 당신을 화나게 하려고 일부러 털어놓는 건 아닙니다. 이 편지를 다 읽고 나면 내 진심을 이해하리라 믿습니다. 어쨌든 답장을 했어야 하는데 침묵하고 말았으니, 그 태만의 죄를 당신에게 사과하고 싶습니다.

그 후 나는 당신에게 전보를 보냈습니다. 솔직히 말하면, 그때 잠시 당신을 만나고 싶었습니다. 그리고 당신이 원했던 대로 내 과거를 당신에게 얘기하고 싶었습니다. 당신은 지금은 도쿄에 올 수 없노라고 거절하는 답신을 보내왔지만, 나는 실망해서 한참이나 그 전보를 바라보았습니다. 당신도 전보만으로는 뭔가 부족하다고 느꼈는지, 나중에 다시 긴 편지를 보내줘서 도쿄에 올 수 없는 사정을 충분히 이해했습니다. 당신을 무례한 사람이라거나 어떤 식으로든 탓할 생각은 전혀 없습니다. 하나뿐인 아버님의 병환을 뒤로한 채 어떻게 당신이 집을 비울 수 있었을까요. 아버님의 생사를 잊고 있었던 내 태도야말로 경솔했습니다. ……나는 사실 그 전보를 보낼 때, 당신 아버님에 대한 일을 잊고 있었습니다. 당신이 도쿄에 있을 때 심각한 병이니 각별히 주의해야 한다고 충고했던 건 바로 나인데……. 나는 이렇게 모순적인 인간입니다. 어쩌면 내 뇌보다 내 과거가 나를 짓누른 결과, 이런 모순된 인간으로 변했는지도 모릅니다. 그런 점에서도 충분히 나 자신의 이기심을 인정합니다. 그러니 당신에게 용서를 구합니다.

당신의 편지, 그러니까 당신에게서 온 마지막 편지를 읽었을 때, 나는 잘못을 저질렀다고 생각했습니다. 그래서 그 뜻을 담아 답장을 보낼까 고민하며 펜을 들었으나, 한 줄도 쓰지 못한 채 그만두었습니다. 어차피 쓸 거라면, 이 편지를 쓰고 싶었으므로, 그리고 이 편지를 쓰기에는 아직은 좀 이르다고 판단했기에 멈춘 것입니다. 내가 올 필요 없다고 간단한 전보를 다시 보낸 건 바로 그 때문입니다.

2

 그 후, 나는 이 편지를 쓰기 시작했습니다. 평소 펜을 잘 들지 않는 나로서는, 사건이든 사상이든 뜻대로 풀어나갈 수 없는 게 큰 고통이었습니다. 하마터면 당신에 대한 이 의무를 내던져버릴 뻔했습니다. 그러나 아무리 그만두려고 펜을 내려놓아도 소용없었습니다. 한 시간도 채 지나지 않아 다시 쓰고 싶어졌습니다. 당신의 눈에는 이것이 의무의 수행을 중시하는 내 성격 탓으로 보일지도 모릅니다. 나도 그건 부정하지 않겠습니다. 당신도 알겠지만, 나는 세상과 거의 교류가 없는 고독한 인간이라서, 의무라고 할 만한 게 내 주변 어디를 둘러봐도 뿌리내리고 있지 않습니다. 의도적이었는지, 자연스레 그렇게 됐는지, 나는 그것을 최소한으로 줄이는 생활을 해왔습니다. 하지만 내가 의무에 무관심해서 그렇게 된 건 아닙니다. 오히려 너무 예민하여 자극을 견딜 만한 정신적 힘이 부족했기에, 보다시피 소극적인 삶을 살게 된 것입니다. 그래서 일단 약속한 이상, 그것을 지키지 않으면 몹시 불편해집니다. 나는 당신에 대한 이런 불편한 감정을 피하기 위해서라도, 내려놓았던 펜을 다시 들어야만 했습니다.
 그리고 나는 쓰고 싶습니다. 의무와는 별개로 내 과거를 쓰고 싶습니다. 내 과거는 나만의 경험이므로, 내 소유라고 해도 상관없겠지요. 그것을 남에게 전하지 않은 채 죽는 건 아쉬운 일입니다. 나 역시 조금은 그런 마음이 듭니다. 다만 받아들일 수 없는 사람에게 내주느니, 차라리 내 경험을 내 목숨과 함께 묻어버리는 편이 낫다고 생각합니다. 여기 당신이라는 한 사람이 존재하지 않았다면, 내 과거는 끝내 나만의 과거로 남을 뿐, 간접적으로라도 타인의 지식이 되진 않았을 것입니다. 수천만 명의 일본인 중 오직 당신 한 사람에게만 내 과거를 이야기하고 싶습니다. 당신은 진솔한 사람이니까. 당신은 진솔하게 인생 그 자체에서 살아 있는 교훈을 얻고 싶다고 했으니까.

나는 인간 세상의 어두운 그림자를 거침없이 당신의 머리 위에 드리우려 합니다. 그렇다고 두려워할 건 없습니다. 어둠을 똑바로 응시하고, 그 속에서 참고가 될 만한 것을 붙잡으세요. 내가 말하는 어둠이란, 어디까지나 윤리적인 어둠을 말합니다. 나는 윤리적으로 태어난 사람입니다. 또 윤리적으로 길러진 사람입니다. 그 윤리적인 사고방식은 요즘 젊은 사람들과는 꽤 다를지도 모릅니다. 그러나 어떻게 다르든 나 자신의 것입니다. 임시로 빌린 남의 옷이 아닙니다. 그러니 이제 막 나아가려는 당신에게 어느 정도 참고가 되리라고 생각합니다.

당신은 현대의 사상 문제에 대해, 이따금 나와 논쟁을 벌였던 일을 기억할 테지요. 내가 그에 대해 보인 태도도 잘 알고 있을 것입니다. 나는 당신의 의견을 경멸까진 하지 않았으나, 그렇다고 존중해줄 정도는 아니었습니다. 당신의 생각에는 아무런 배경도 없었고, 자신만의 과거를 가지기엔 너무 어렸기 때문입니다. 나는 때로 웃었습니다. 그럴 때마다 당신은 어딘가 채워지지 못한 표정을 내게 보였습니다. 결국 당신은 흡사 두루마리 그림처럼 내 과거를 당신 앞에 펼쳐 보여달라고 요구했습니다. 그 순간, 나는 처음으로 당신을 존경했습니다. 내 마음속에서 살아 있는 무언가를 붙잡아내려는 결심을 보였기 때문입니다. 내 심장을 가르고 뜨겁게 흐르는 피를 빨아들이려 했습니다. 그때 나는 아직 살아 있었습니다. 죽는 게 두려웠습니다. 그래서 훗날을 기약하며 당신의 요구를 거절했습니다. 나는 지금 스스로 내 심장을 갈라 그 피를 당신의 얼굴에 끼얹으려 합니다. 내 심장의 고동이 멈췄을 때, 당신 가슴에 새 생명이 깃들 수만 있다면, 나는 그걸로 족합니다.

3

내가 부모님을 여읜 건, 아직 스무 살이 되지 않았을 때였습니다. 언젠가 아내가 얘기했던 것으로 기억하는데, 두 분은 같은 병으로 세상을 떠났습니다. 더구나 당신이 의아해했던 것처럼 거의 동시에 연이어 돌아가셨습니다. 아버지의 병은 무서운 장티푸스였습니다. 그게 곁에서 간호하던 어머니에게 전염된 것입니다.

나는 두 분 사이에서 태어난 단 하나뿐인 외아들이었습니다. 집에는 상당한 재산이 있었기에 여유롭게 자랐습니다. 돌이켜보건대, 그때 부모님이 돌아가시지 않고 살아 계셨더라면, 적어도 아버지와 어머니 중 한 분만이라도 살아 계셨더라면, 그 여유로운 마음을 지금까지도 품고 살지 않았을까요.

두 분이 떠난 뒤, 나는 망연히 홀로 남겨졌습니다. 내게는 지식도, 경험도, 또 분별력도 없었습니다. 아버지가 돌아가실 때, 어머니는 곁에 있을 수 없었습니다. 어머니가 돌아가실 때, 아버지가 세상을 떠났다는 사실조차 알리지 못했습니다. 어머니는 이미 눈치채셨는지, 혹은 주변에서 말하는 대로 정말로 아버지가 회복기에 접어들었다고 믿고 있었는지, 그건 모르겠습니다. 다만, 어머니는 모든 것을 작은아버지에게 맡겼습니다. 그 자리에 있던 나를 가리키며 "저 아이를 부디 잘 부탁합니다"라고 말했습니다. 나는 전부터 부모님의 허락을 받아 도쿄로 떠날 예정이었기에, 그것도 함께 부탁하려고 하셨던 것 같습니다. 그래서 어머니가 "도쿄에"라고 덧붙이자마자 작은아버지가 "알겠습니다. 아무 염려 마세요"라고 답했습니다. 어머니가 고열에도 잘 버텨내서인지 작은아버지는 어머니를 두고 "대단한 분이네"라고 내게 칭찬하듯 말했습니다. 그러나 이 말이 과연 어머니의 유언이었는지는, 지금 다시 생각해봐도 잘 모르겠습니다. 물론 어머니는 아버지가 걸린 병의 무서운 병명을 알고 있었습니다. 그리고 자신도 그 병에 전염되었음을 알고 있었습니다. 하지만 자신이 그 병으로 목숨을 잃게 될 것이라고 확신했는지는 여전히 의심의 여지가 남아 있습니다. 게다가 고열에 시달릴 때 나오는 말은, 아무리 조리 있고 명확하다 한들 어머니의 머릿속에 그림자조차 남아 있지 않은 일이 많았습니다. 그래서…… 하지만 그런 건 문제가 아닙니다. 단지 이런 식으로 문제를 풀어헤쳐 빙빙 돌려보며 고민하는 습관은, 이미 그때부터 나에게 깊이 자리 잡고 있었습니다. 처음부터 당신에게 이 점을 밝혀뒀어야 했는데, 어쩌면 이렇게 당면한 문제와 직접적인 관계가 없는 얘기가, 오히려 도움이 되지 않을까 싶습니다. 당신도 그 점을 염두에 두고 읽어주기 바랍니다. 이러한 성향이 윤리적으로 개인의 행동이나 태도에까지 영향을 미쳐, 시간이 갈수록 타인의 도덕심을 더욱 의심하게 된 것 같습니다. 그런 성향이 나의 번민과 고뇌를 더욱 깊게 만들었다는 건 분명하니, 부디 그 점을 기억해주십시오.

얘기가 본줄기를 벗어나면 알기 어려울 테니, 다시 원래 이야기로 돌아가겠습니다. 이렇게 긴 편지를 쓰고 있는 나를, 나와 같은 처지에 놓인 다른 사람과 비교해본다면, 좀더 침착하지 않나 싶습니다. 세상이 잠들고 들려오는 전차의 울림도 이미 끊겼습니다. 덧문 밖에서는 어느새 가련한 벌레 소리가 이슬 맺힌 가을을 고요히 떠올리게 하려는 듯 희미하게 울려옵니다. 아무것도 모르는 아내는 옆방에서 아이처럼 새근새근 잠들어 있습니다. 한 글자 한 획이 그어질 때마다 펜 끝에서 소리가 납니다. 나는 오히려 차분한 마음으로 종이를 마주하고 있습니다. 익숙지 않아서 펜이 엉뚱한 곳으로 빗나갈지언정 정신이 혼란스러워 펜 끝이 흐트러지는 일은 없을 것입니다.

4

어쨌든 홀로 남겨진 나는 어머니의 말씀대로 작은아버지에게 의지하는 것 말곤 다른 길이 없었습니다. 작은아버지 또한 모든 일을 도맡아 돌봐주었습니다. 그리고 내가 바라던 도쿄로 갈 수 있도록 준비해주었습니다.

나는 도쿄로 와서 고등학교에 입학했습니다. 그 당시 고등학교 학생들은 지금보다 훨씬 살벌하고 거칠었습니다. 내가 아는 사람 중에는 한밤중에 노동자와 싸움을 벌여 상대의 머리를 나막신으로 다치게 한 자도 있었습니다. 그것도 술에 취해 벌어진 일이라 정신없이 싸우는 동안 그만 학교 모자를 상대에게 빼앗기고 말았습니다. 그런데 그 모자 안쪽 하얀 마름모꼴 천 위에 당사자의 이름이 또렷하게 적혀 있었습니다. 그것 때문에 일이 복잡해져서 자칫하면 경찰에서 학교로 연락이 갈 뻔했습니다. 그러나 한 친구가 힘써준 덕에 결국 일이 더 커지지 않고 무마되었습니다. 요즘같이 점잖은 환경에서 자란 당신이 듣는다면 이런 난폭한 행동이 어처구니없게 느껴질 것입니다. 나 역시 어처구니없다고 생각했으니까요. 대신 그들은 요즘 학생들에게 없는 일종의 순박한 면이 있었습니다. 당시 내가 작은아버지에게 다달이 받았던 돈은 지금 당신이 아버지에게서 받는 학비에 비하면 훨씬 적은 금액이었습니다(물론 물가가 달라졌겠지만). 그래도 난 조금도 부족하다고 느끼지 않았습니다. 그뿐만 아니라 수많은 동급생 중에서 경제적으로 결코 남을 부러워할 만큼 딱한 처지에 놓여 있지도 않았습니다. 지금 돌아보면 오히려 남들이 부러워하는 쪽에 가까웠습니다. 매달 정해진 송금 외에도, 책값(나는 그때부터 책을 사는 것을 좋아했습니다)과 기타 임시 비용을 작은아버지에게 자주 청구해서 원하는 대로 자유롭게 쓸 수 있었습니다.

  아무것도 모르는 나는, 작은아버지를 믿었을 뿐 아니라 항상 감사하는 마음을 가지고 존경했습니다. 작은아버지는 사업가였습니다. 현직 의회 의원이기도 했습니다. 그래서겠지요, 정당과도 인연이 있었던 것으로 기억합니다. 작은아버지는 아버지의 동생이었지만 성격적으로는 아버지와 전혀 다른 쪽으로 발전한 듯했습니다. 아버지는 대대로 물려받은 유산을 소중히 지켜나가는 성실한 사람이었습니다. 취미로는 다도와 꽃꽂이를 즐겼습니다. 시집을 읽는 일도 좋아했습니다. 서화나 골동품 같은 것에도 관심이 많았습니다. 우리 집은 시골에 있었지만, 이십 리쯤 떨어진 시내─그곳에 작은아버지가 살고 있었습니다─에서 때때로 골동품상이 족자나 향로 등을 들고 찾아와 아버지에게 보여주었습니다. 아버지는 한마디로 'Man of means'*였달까요. 비교적 고상한 취향을 가진 시골 신사였던 겁니다. 그래서 성격으로 말하자면, 활달한 작은아버지와는 몹시 달랐습니다. 그런데도 두 사람은 묘하게 사이가 좋았습니다. 아버지는 작은아버지를 자신보다 훨씬 활동적이고 믿음직한 사람이라고 평하곤 했습니다. 나처럼 부모에게서 재산을 물려받은 사람은 아무래도 타고난 재능이 무뎌진다, 말하자면 세상과 겨룰 필요가 없으니 발전하지 못하는 것이다, 라고도 말했습니다. 이 말은 어머니도 들었습니다. 나도 들었습니다. 아버지는 오히려 내게 교훈이 되길 바라는 마음에서 이 말을 했던 것 같습니다.

* 재력가를 뜻한다.

"너도 잊지 말거라."

아버지는 그때 일부러 내 얼굴을 보며 말했습니다. 그래서 나는 아직도 그 말을 잊지 않고 있습니다. 이렇게 아버지에게서 신뢰받고 칭찬받았던 작은아버지를, 내가 어떻게 의심할 수 있었을까요. 내게 작은아버지는 자랑스러운 존재였습니다. 아버지와 어머니가 돌아가시고 모든 것을 의지해야만 했을 때는 단순히 자랑스러운 존재를 벗어났지요. 내 존재에 꼭 필요한 사람이 되었습니다.

5

여름방학을 이용해 처음으로 고향에 돌아갔을 때, 부모님이 돌아가시고 없는 우리 집에는 작은아버지 부부가 새로운 주인으로 들어와 살고 있었습니다. 이건 내가 도쿄로 떠나기 전부터 정해진 약속이었습니다. 홀로 남겨진 내가 그 집을 돌보지 않는 한, 그렇게 하는 것밖에는 달리 방법이 없었습니다.

작은아버지는 그 무렵 시내에 있는 여러 회사와 관계하고 있었던 듯합니다. 업무를 보기에는 그때까지 살던 집에서 계속 생활하는 게 이십 리나 떨어진 우리 집으로 이사하는 것보다 훨씬 편리하다고 하며 웃었습니다. 이건 부모님이 돌아가신 후, 집은 어떻게 처리할 것인지, 내가 도쿄로 갈 것인지에 대해 의논하던 자리에서 작은아버지가 무심코 뱉은 말이었습니다. 우리 집안은 유서 깊은 가문이라서 그 근방에서는 조금 유명합니다. 당신 고향에서도 마찬가지겠지만, 시골에서는 유서 깊은 고택을 상속자가 있음에도 허물거나 파는 일은 큰 사건입니다. 지금의 나라면 그런 일은 대수롭지 않게 여길 테지만, 그때 나는 아직 어렸기에, 도쿄로 가고 싶으면서도 집을 그대로 유지해야 한다는 생각 사이에서 심각하게 고민했습니다.

작은아버지는 어쩔 수 없이 빈집에 들어오기로 해주었습니다. 그러나 시내에 있는 집과 고택을 오가게 하는 편의를 봐주지 않으면 곤란하다고 했습니다. 나로서는 당연히 이의가 있을 리 없었습니다. 어떤 조건이든 도쿄에만 갈 수 있으면 된다고 생각했으니까요.

아이 같던 나는 고향을 떠나서도 아직 마음의 눈으로 그리운 고향 집을 바라보고 있었습니다. 물론 그곳에 아직 내가 돌아갈 집이 있다는, 여행자의 마음으로 바라본 것입니다. 아무리 도쿄를 동경하며 떠나왔어도 방학 때는 꼭 돌아가리라 결심했습니다. 열심히 공부하고 즐겁게 놀면서도 방학이 되면 돌아갈 수 있는 그 고향 집을 꿈에서 자주 보곤 했습니다.

내가 집을 비운 동안, 작은아버지가 두 집을 어떻게 오가며 생활했는지는 알지 못합니다. 내가 도착했을 때는 가족들이 모두 한집에 모여 있었습니다. 학교에 다니는 아이는 평소에는 시내 쪽 집에 있었겠지만, 방학을 맞아 시골에서 놀며 지내게 하려고 데려온 모양이었습니다.

모두가 내 얼굴을 보고 반가워했습니다. 나도 아버지와 어머니가 계셨을 때보다 오히려 더 활기차고 명랑해진 집안 분위기를 보니 흐뭇했습니다. 작은아버지는 원래 내 방이었던 방을 차지하고 있던 큰아들을 내보내고 내게 내주었습니다. 나는 방이 여러 개 있으니 다른 방을 써도 괜찮다고 사양했으나, 작은아버지는 너희 집이잖냐, 라면서 한사코 내 말을 들어주지 않았습니다.

때때로 돌아가신 아버지와 어머니를 떠올리긴 했지만, 그 외에는 아무런 불편함 없이 그해 여름을 작은아버지 가족과 함께 보내고 다시 도쿄로 돌아갔습니다. 다만 한 가지, 그 여름의 일 가운데 내 마음에 어두운 그림자를 드리운 건, 작은아버지 부부가 한목소리로, 이제 막 고등학교에 입학한 내게 결혼을 권한 것이었습니다. 서너 번이나 같은 이야기를 반복했습니다. 처음에는 갑작스러워서 놀라긴 했지만, 두 번째는 분명하게 거절했습니다. 세 번째에는 마침내 그 이유를 되묻지 않을 수 없었습니다. 그들의 주장은 단순했습니다. 빨리 아내를 맞이해 이 집으로 돌아와, 돌아가신 아버지의 뒤를 이어 상속하라는 것뿐이었습니다. 집은 그저 방학 때 돌아오기만 하면 되는 줄 알았습니다. 아버지의 뒤를 이어 상속한다, 그러려면 아내가 필요하니 결혼한다, 둘 다 이치로 따지면 맞는 말이었습니다. 특히 시골 사정을 알고 있는 나로서는, 그들의 말이 이해되지 않는 것은 아니었습니다. 나도 그 말을 절대로 받아들일 수 없다는 건 아니었습니다. 하지만 이제 막 도쿄로 온 내게는 결혼이 마치 망원경 너머로 사물을 보는 듯, 아득한 일로만 느껴졌습니다. 나는 작은 아버지의 바람을 받아들이지 않은 채, 다시 고향 집을 떠나왔습니다.

6

결혼 얘기는 잊어버렸습니다. 내 주변에 있는 학생들을 봐도 가정을 꾸렸을 법한 사람은 한 명도 없었습니다. 모두 자유로웠고 다들 독신처럼 보였습니다. 이렇게 태평한 사람 중에도 집안 사정으로 어쩔 수 없이 벌써 아내를 맞은 사람이 있었는지도 모르지만, 어렸던 나는 전혀 눈치채지 못했습니다. 그리고 그런 특별한 사정을 가진 사람들도 주변을 의식하며 학생들에게 그런 사적인 얘기를 되도록 하지 않으려 조심했을 것입니다. 돌이켜보면 나 자신도 이미 그런 처지에 속해 있었지만, 나는 그것조차 깨닫지 못한 채 그저 아이처럼 즐겁게 학업의 길을 걸어갔습니다.

한 학년이 끝나고, 다시 짐을 꾸려 부모님의 묘가 있는 시골로 돌아왔습니다. 그리고 작년과 마찬가지로 부모님이 계셨던 우리 집에서 작은아버지 부부와 사촌의 변함없는 얼굴들을 보았습니다. 나는 그곳에서 또 한 번 고향의 냄새를 느꼈습니다. 그 냄새는 여전히 내게 그리운 것이었습니다. 학년 내내 이어진 단조로움을 깨는 변화로서도 분명 반가운 일이었습니다.

그런데 나를 키워낸 것이나 다름없는 냄새 속에서 작은아버지는 다시 결혼 문제를 내 앞에 들이밀었습니다. 작은아버지는 작년과 똑같은 권유를 되풀이하였습니다. 이유도 작년과 같았습니다. 다만, 이전에 결혼을 권유받았을 때는 구체적인 상대가 없었는데, 이번에는 분명한 상대가 있다는 점에서 나는 더욱 난처해졌습니다. 상대는 다름 아닌 작은아버지의 딸, 즉 내 사촌 여동생이었습니다. 그러면서 그 애와 혼인하면 서로를 위해 좋을 거다, 네 아버지도 생전에 그런 얘기를 하셨다고 했습니다. 나 역시 그렇게 하면 좋을 것 같다는 생각이 들었습니다. 또 아버지가 작은아버지에게 그런 이야기를 했다는 것도 충분히 있을 법한 일이라고 생각했습니다. 하지만 그건 작은아버지의 말을 듣고 나서 비로소 알게 된 것이지, 전에는 생각지도 못한 일이었습니다. 그래서 나는 놀랐습니다. 놀라긴 했지만, 작은아버지의 바람이 어느 정도 일리가 있다는 점도 이해할 수 있었습니다. 내가 어리석었던 걸까요? 어쩌면 그랬을지도 모르지만, 아마도 그 사촌 여동생에게 무관심했던 게 가장 큰 이유였겠지요. 나는 어려서부터 시내에 있는 작은아버지 집에 자주 놀러 갔습니다. 단순히 놀러 가기만 한 게 아니라, 자고 오는 일도 많았습니다. 그래서 그 사촌 여동생과는 그때부터 친하게 지냈습니다. 당신도 잘 알겠지요. 오누이 간에 사랑이 싹트는 일은 없다는 것을. 누구나 다 아는 사실에 사족을 붙이는 건지도 모르지만, 만남이 잦고 지나치게 가까운 남녀 사이에서는 사랑에 필요한 신선한 자극이 사라진다고 생각합니다. 향내를 맡을 수 있는 건 향을 피우는 순간뿐이듯, 술맛을 제대로 음미할 수 있는 건 첫 잔을 마신 찰나뿐이듯, 사랑의 충동에도 이처럼 아슬아슬한 순간이 시간 속에 존재한다고 생각합니다. 그런 순간을 한번 아무렇지도 않게 지나쳐버리면, 가까워질수록 친밀함만 커질 뿐, 사랑의 신경은 점점 마비될 뿐입니다. 나는 아무리 생각해봐도 그 사촌 여동생을 아내로 맞이할 수 없었습니다.

작은아버지는 나만 좋다면 졸업 때까지 결혼을 미뤄도 괜찮다고 했습니다. 하지만 좋은 일은 서둘러야 한다는 속담도 있으니 가능하면 미리 약혼만이라도 해뒀으면 좋겠다고 했습니다. 상대에게 마음이 없는 나로서는 어느 쪽이든 마찬가지였습니다. 나는 다시 거절했습니다. 작은아버지는 불쾌한 표정을 지었습니다. 사촌 여동생은 울었습니다. 나와 결혼하지 못해서 슬퍼한 게 아니었습니다. 결혼 제안을 거절당한 게 여자로서 비참했기 때문입니다. 내가 사촌 여동생을 사랑하지 않듯, 사촌 여동생도 나를 사랑하지 않는다는 사실을 잘 알고 있었습니다. 나는 다시 도쿄로 떠났습니다.

7

 내가 세 번째로 고향에 돌아간 건 그로부터 다시 일 년이 지난 여름의 초입이었습니다. 나는 항상 학년말 시험이 끝나자마자 곧장 도쿄를 떠났습니다. 고향이 그만큼 그리웠으니까요. 당신도 기억하고 있을 것입니다. 태어난 고향은 공기의 색이 다르고, 흙냄새도 각별하고, 아버지와 어머니의 기억도 짙게 감돕니다. 한 해 중 7월과 8월, 두 달을 그 품에 안겨 구멍 속 뱀처럼 조용히 지내면 그 무엇보다 따스하고 포근함을 느꼈습니다.
 단순한 나는 사촌 여동생과의 결혼 문제에 대해 별 고민할 필요가 없다고 생각했습니다. 싫은 건 거절하면 되고, 거절하면 그걸로 끝이다, 나는 그렇게만 믿고 있었습니다. 그래서 작은아버지의 바람대로 뜻을 굽히지 않았음에도 불구하고 나는 오히려 태연했습니다. 지난 일 년 동안 그 일로 한 번도 마음 쓰거나 괴로워한 적 없어 여전히 건강한 모습으로 고향에 돌아왔습니다.

  그런데 돌아와 보니 작은아버지의 태도가 달라져 있었습니다. 전처럼 반가운 얼굴로 나를 안아주려 하지 않았습니다. 그런데도 태평하게 자란 나는 돌아온 지 사오일 동안은 전혀 눈치채지 못했습니다. 단지 우연한 계기로 문득 이상하다고 느끼기 시작했습니다. 그런데 이상한 건 작은아버지뿐만이 아니었습니다. 작은어머니도 이상했습니다. 사촌 여동생도 이상했습니다. 중학교를 졸업하면 앞으로 도쿄의 고등상업학교에 들어갈 생각이라며 편지로 그런 소식을 주고받았던 사촌까지도 이상했습니다.

  내 성격상 생각해보지 않을 수 없었습니다. 어째서 내 마음이 이렇게 달라졌을까. 아니, 어째서 저쪽이 이렇게 달라져버린 걸까? 문득 돌아가신 아버지와 어머니가 어둡던 내 눈을 씻어주어, 갑자기 세상이 또렷하게 보이게 된 건 아닐까 하고 의심했습니다. 나는 아버지와 어머니가 이 세상에서 사라진 뒤에도, 살아 계실 때처럼 나를 사랑해줄 거라고 깊이 믿고 있었던 것입니다. 물론 그때의 나도 결코 사리에 어두운 사람은 아니었습니다. 하지만 선조들에게서 물려받은 미신 덩어리 또한 내 핏속에 짙게 숨어 있었던 것입니다. 지금도 숨어 있을 테지요.

나는 혼자 산으로 가, 부모님 묘소 앞에 무릎을 꿇었습니다. 반은 애도의 의미로, 반은 감사의 마음으로 무릎을 꿇었습니다. 그리고 내 미래의 행복이 여전히 이 차가운 돌 아래 누워 있는 두 분의 손에 달린 것만 같아, 내 운명을 지켜달라고 빌었습니다. 당신은 비웃을지도 모릅니다. 비웃음을 사더라도 어쩔 수 없다고 생각합니다. 하지만 나는 그런 사람이었습니다.

내 세계는 손바닥을 뒤집듯이 변해버렸습니다. 물론 처음 있는 일도 아니었습니다. 내가 열여섯, 열일곱 살쯤이었을 것입니다. 처음으로 세상에 아름다운 것이 존재한다는 사실을 발견했을 때, 순간 깜짝 놀랐습니다. 몇 번이고 내 눈을 의심했고, 몇 번이고 눈을 비볐습니다. 그러고는 속으로 '아아, 아름답다!'라고 외쳤습니다. 열여섯, 열일곱이라 하면 남자든 여자든 흔히 이성에 눈뜨는 시기라고 하지요. 이성에 눈을 뜬 나는 세상에 존재하는 아름다운 것들의 대표자로서 처음으로 여자를 바라보게 되었습니다. 여태껏 그 존재조차 조금도 의식하지 못했던 이성을 향해 별안간 눈이 번쩍 뜨인 것입니다. 그때부터 내게는 완전히 새로운 세계가 펼쳐졌습니다.

내가 작은아버지의 태도가 달라졌음을 깨달은 것도 마찬가지였습니다. 갑자기 알아차렸습니다. 아무런 예감도, 준비도 없이 불현듯 찾아왔습니다. 갑자기 작은아버지와 그 가족이 지금까지와는 전혀 다른 존재처럼 내 눈에 비쳤습니다. 나는 화들짝 놀랐습니다. 그리고 이대로 두면 내 앞날이 어떻게 될지 모르겠다는 불안감이 들었습니다.

8

 지금까지 작은아버지에게 맡겨둔 집안의 재산에 대해 자세히 알지 못하면 돌아가신 부모님께 면목이 없을 것 같았습니다. 작은아버지는 바쁘신 몸이라고 자칭한 대로 한곳에서 진득하게 있는 일이 없었습니다. 이틀은 우리 집에 머물고, 사흘은 시내에서 지내는 식으로, 두 곳을 오가며 늘 안절부절못하는 얼굴로 보냈습니다. 바쁘다는 말을 습관처럼 입에 달고 살았습니다. 아무런 의심이 들지 않았을 때는 나도 그저 '정말 바쁜가 보다'라고 생각했습니다. 그러다 나중에는 '바쁘게 굴어야만 시대에 뒤처지지 않는 건가?'라고 냉소적으로 해석하기도 했습니다. 하지만 재산 문제에 대해 차근히 얘기해봐야겠다는 목적이 생긴 뒤로는, 그 바쁘게 구는 모습이 단순히 나를 피하기 위한 핑계로밖에 보이지 않았습니다. 좀처럼 작은아버지와 이야기할 기회를 얻지 못했습니다.
 나는 작은아버지가 시내에 첩을 두고 있다는 소문을 들

었습니다. 중학교 동창에게서 들은 얘기입니다. 작은아버지라면 첩을 두는 것도 전혀 이상할 게 없지만, 아버지가 살아계시던 동안에는 그런 소문을 들어본 적이 없어서 놀랐습니다. 동창은 그 밖에도 작은아버지에 관한 여러 가지 소문을 들려주었습니다. 한때 사업에 실패할 뻔했다는 얘기가 돌았었는데, 최근 이삼 년 사이에 갑자기 다시 잘되기 시작했다는 얘기도 그중 하나였습니다. 그리고 그건 내 의혹을 더욱 짙게 만든 중요한 단서 중 하나기도 했습니다.

나는 마침내 작은아버지와 담판을 벌였습니다. 담판이라는 표현이 다소 거칠게 느껴질 수도 있겠으나, 대화의 흐름을 고려하면 그렇게밖에 표현할 수 없는 상황이 되었습니다. 작은아버지는 끝까지 나를 어린애 취급했습니다. 나 또한 처음부터 의심의 눈초리로 작은아버지를 대했습니다. 그러니 온화하게 해결될 리 없었지요.

유감스럽게도 나는 지금 그 담판의 전말을 자세히 적을 수 없을 정도로 서두르고 있습니다. 사실대로 말하면, 나는 그보다 훨씬 더 중요한 이야기를 앞두고 있습니다. 내 펜이 아까부터 그곳으로 향하려는 것을 가까스로 억누르고 있을 정도입니다. 당신을 만나 차분히 대화할 기회를 영원히 잃게 된 나는, 글솜씨도 부족하지만 소중한 시간을 아끼기 위해서라도 쓰고 싶은 내용조차 생략해야만 합니다.

당신은 아직 기억하고 있겠지요. 언젠가 내가 당신에게

세상엔 처음부터 나쁜 사람이 따로 정해져 있는 게 아니라고 했던 말을. 수많은 선한 사람이 결정적인 순간에 갑자기 악인으로 돌변해버리니까 방심해서는 안 된다고 했던 말을. 그때 당신은 내게 흥분했다고 주의를 주었습니다. 그리고 어떤 경우에 선한 사람이 악인으로 변하느냐고 물었습니다. 내가 단 한 마디로 돈이라고 대답했을 때, 당신은 불만스러운 표정을 지었습니다. 나는 그때 당신의 불만스러운 얼굴을 또렷이 기억하고 있습니다. 이제 당신 앞에 솔직히 털어놓겠습니다. 그때 나는 작은아버지를 떠올렸습니다. 보통 사람이 돈을 보고 갑자기 악인이 되어버린 사례로, 이 세상에 신뢰할 만한 것은 존재하지 않는다는 증거로, 증오와 함께 나는 작은아버지를 생각하고 있었습니다. 내 대답이 사상의 깊이를 추구하려는 당신에게는 부족하거나 진부하게 느껴졌을지도 모릅니다. 하지만 나로서는 그게 살아 있는 대답이었습니다. 실제로 당신은 내가 흥분한 모습을 보았으니까요. 나는 차가운 머리로 새로운 이론을 펼치기보다, 뜨거운 혀로 평범한 생각을 말하는 것이 더 살아 있는 진리라고 믿습니다. 피의 힘으로 몸이 움직이는 까닭입니다. 말이 단순히 공기에 파동을 전할 뿐 아니라 좀더 강한 무언가에 좀더 강하게 작용할 수 있는 까닭입니다.

9

한마디로 말하면, 작은아버지는 내 재산을 가로챘습니다. 그 일은 내가 도쿄에 나가 있던 3년 동안 손쉽게 이루어졌습니다. 모든 것을 작은아버지에게 맡긴 채 태연하게 지냈던 나는, 세상 사람들의 기준으로 보자면 정말 바보였습니다. 하지만 세상 사람들의 기준을 넘어선 관점에서 평한다면, 어쩌면 순수하고 고결한 인간이었다고 할 수 있을까요. 나는 그때의 자신을 돌아보며, 왜 좀더 약하게 태어나지 못했을까, 너무 정직했던 스스로가 분해서 견딜 수가 없었습니다. 그러나 또 한편으론 다시 한번 태어난 그대로의 모습으로 돌아가 살아보고 싶은 마음도 들었습니다. 기억해주세요. 당신이 알고 있는 나는 세상 먼지에 더럽혀진 나였습니다. 더럽혀진 시간이 긴 사람을 선배라고 한다면, 나는 분명 당신보다 선배겠지요.

만약 내가 작은아버지의 바람대로 사촌 여동생과 결혼했다면, 그 결과는 물질적으로 내게 유리했을까요? 이건 생각해볼 필요도 없다고 생각합니다. 작은아버지는 계략을 써서 딸을 내게 밀어붙이려 했습니다. 양가의 편의를 고려한 선의에서가 아니라, 훨씬 더 천박한 이익 추구에 이끌려 결혼 문제를 내게 들이민 것입니다. 나는 사촌 여동생을 사랑하지 않았을 뿐 미워하진 않았는데, 나중에 생각해보니 그 결혼을 거절한 것이 조금 통쾌하기도 했습니다. 속았다는 사실은 여전히 변함없겠지만, 그 방식에서만큼은 사촌 누이와 결혼하지 않아 그의 뜻대로 되지 않았다는 점에서, 나름대로 고집을 관철했다고 볼 수도 있으니까요. 하지만 그건 문제 축에도 끼지 않는 사소한 일입니다. 무엇보다 이 일과 무관한 당신에게는, 무의미한 고집처럼 보이겠지요.

　나와 작은아버지 사이에 다른 친척이 개입했습니다. 그 친척조차 나는 절대 믿지 않았습니다. 믿지 않았을 뿐만 아니라, 오히려 적대시했습니다. 작은아버지가 나를 속였다는 사실을 깨닫자마자 다른 사람도 틀림없이 나를 속이리라 확신하게 되었습니다. 아버지가 입이 마르도록 칭찬했던 작은아버지조차 그랬는데 다른 사람들은 오죽할까 싶었습니다.

　그래도 그들은 나를 위해 내 소유에 관한 모든 것을 정리해주었습니다. 금액으로 환산해보니 내 예상보다 훨씬 적었습니다. 나로서는 그것을 조용히 받아들이느냐, 아니면 작은아버지를 상대로 소송을 거느냐 하는 두 가지 방법밖에 없었습니다. 나는 분노했습니다. 동시에 망설였습니다. 소송을 걸면 해결되기까지 오랜 시간이 걸린다는 것도 두려웠습니다. 나는 아직 학업을 마치지 못한 학생이었기에 소중한 시간을 빼앗기는 것도 너무도 고통스러울 것 같았습니다. 고민 끝에 시내에 있는 중학교 시절의 친구에게 부탁해 내가 받은 재산을 모두 현금으로 바꾸기로 했습니다. 친구는 그러지 않는 게 더 나을 거라며 충고했지만 나는 듣지 않았습니다. 그때 나는 영원히 고향을 떠나기로 결심했기 때문입니다. 작은아버지의 얼굴을 다시는 보지 않겠다고 속으로 맹세했기 때문입니다.

고향을 떠나기 전에 다시 아버지와 어머니의 묘소를 찾았습니다. 그 후로는 묘소에 간 적이 없습니다. 다시는 영원히 보지 못할 테지요.

친구는 내 부탁대로 일 처리를 해주었습니다. 내가 도쿄에 도착한 후 한참 지난 뒤긴 했지만 말입니다. 시골에서는 논밭 같은 토지가 쉽게 팔리지 않을뿐더러 막상 팔려고 하면 약점을 잡혀 떼어먹힐 위험이 있었기에 수중에 들어온 돈은 시가보다 훨씬 적었습니다. 솔직히 말하자면, 내 재산이라고는 집을 떠날 때 품에 넣어둔 약간의 공채와 나중에 친구가 보내준 돈이 전부였습니다. 부모님이 남겨주신 유산에서 분명 크게 줄어들었을 겁니다. 게다가 내가 발 벗고 탕진한 게 아니라서 더욱 기분이 안 좋았습니다. 그래도 학생으로 생활하기에는 충분하고도 남을 돈이었습니다. 실은 그 돈에서 나오는 이자의 절반조차도 쓰지 않았습니다. 그리고 그 여유로운 학생 생활이 나를 생각지도 못한 수렁으로 빠뜨리고 말았습니다.

10

　돈에 부족함이 없었던 나는 시끌시끌한 하숙집을 나와 새로 집을 한 채 구해서 살아볼까 하는 생각이 들었습니다. 하지만 그렇게 하려면 살림살이를 장만하는 번거로움이 따를 테고, 집안일을 도울 할멈도 있어야 하는데, 그 할멈이 또 정직하지 않으면 곤란하겠지, 집을 비워도 안심하고 맡길 수 있어야 하고, 같은 이유로 막상 실행하려고 보니 그리 간단한 일이 아니었습니다. 어느 날 그냥 집만이라도 한번 찾아볼까 하는 가벼운 마음으로 산책 삼아 혼고다이에서 서쪽으로 내려가, 고이시카와 언덕을 따라 덴즈인 사찰 쪽으로 올라갔습니다. 지금은 전철이 다니면서 그 일대의 분위기가 완전히 달라졌지만, 그 당시에는 왼쪽은 포병공창*의 흙벽이었고, 오른쪽은 들판인지 언덕인지 모를 공터에 풀만 무성했습니다. 나는 그 풀밭 한복판에 서서 별다른 생각 없이 맞은편 언덕을 바라보았습니다. 지금도 나쁘지 않지만, 그 무렵의 서쪽 풍경은 훨씬 더 정취가 있었습니다. 끝없이 펼쳐진 녹음을 보는 것만으로도 신경이 편안해졌습니다. 문득 이 근처에 적당한 집이 있지 않을까 하고 생각했습니다. 그래서 곧장 풀밭을 가로질러 북쪽으로 난 좁은 길을 따라 걸

---

* 군용 대포, 포탄, 총기, 군수품 등을 제조·수리·보관하는 군사 시설.

었습니다. 지금도 동네가 제대로 형성되지 못한 그 일대의 집들은 그 당시에는 훨씬 더 낡고 볼품없는 모습이었습니다. 나는 이 골목 저 골목 작은 길들을 여기저기 돌아다녔습니다. 그러다가 작은 과자점의 주인아주머니에게 이 근처에 작은 셋집이 있느냐고 물어보았습니다. 아주머니는 "글쎄요……." 하고 잠시 고개를 갸웃거리더니 "셋집은 좀……." 하며 딱히 떠오르는 데가 없다는 반응을 보였습니다. 나는 단념하고 돌아가려 했습니다. 그러자 아주머니가 다시 "가정집 하숙은 어때요?" 하고 물었습니다. 나는 문득 생각이 바뀌었습니다. 조용한 가정집에서 혼자 하숙하는 게 오히려 집을 마련하는 번거로움을 덜 수 있어서 좋겠다고 생각한 것입니다. 그래서 그 과자점 안에 앉아 아주머니에게 자세한 얘기를 들어보았습니다.

그 집은 어느 군인의 가족, 더 정확히 말하면 유족이 사는 곳이었습니다. 남편은 청일전쟁 땐가 언젠가 전사했다고 아주머니가 말했습니다. 일 년쯤 전까지는 이치가야의 사관학교 옆에 살다가, 마구간 같은 것이 딸린 집이 너무 넓어서 그 집을 팔고 이사 왔지만, 식구가 없어 적적하니 적당한 사람이 있으면 소개해달라는 부탁을 받았다고 했습니다. 그 집에는 죽은 군인의 부인과 외동딸, 그리고 하녀밖에 없다는 사실을 알았습니다. 조용해서 좋겠다고 내심 생각했습니다. 하지만 그런 가정집에 나 같은 학생이 불쑥 찾아가면 신원이 확실치 않다는 이유로 즉시 거절당할 우려도 있었습니다. 나는 그만둘까도 생각했습니다. 그러나 학생이라고 해서 내 행색이 그리 볼품없지는 않았습니다. 그리고 대학 교모를 쓰고 있었습니다. 당신은 웃을지도 모르겠습니다. 대학 교모가 뭐 대수냐고. 하지만 그 당시 대학생은 지금과 달리 사회에서 꽤 신뢰를 받고 있었습니다. 그때 이 네모난 모자에서 일종의 자신감을 발견할 정도였습니다. 그렇게 해서 나는 과자점 아주머니가 일러준 대로 무작정 그 군인 유족의 집을 찾아갔습니다.

나는 그 집 부인을 만나 내 뜻을 전했습니다. 부인은 내 신원, 학교, 전공 등에 대해 여러 가지 질문을 했습니다. 그러다 이 정도면 괜찮겠다는 확신을 얻었는지 아무 때나 이사 와도 좋다고 했습니다. 부인은 올곧은 사람이었고, 또 명확한 사람이었습니다. 군인의 부인은 모두 이런 성격인가 싶어 감탄했습니다. 감탄하기도 했지만, 놀랍기도 했습니다. 이런 기질을 지닌 사람이 뭐가 적적하다는 걸까 하는 의문이 들기도 했습니다.

11

나는 즉시 그 집으로 이사를 갔습니다. 처음 방문했을 때

부인과 이야기를 나누었던 그 다다미방을 빌렸습니다. 그 방은 집 안에서 가장 좋은 방이었습니다. 혼고 근처에 고급 하숙집들이 하나둘씩 들어서던 시기였기에, 나는 학생 신분으로 차지할 수 있는 가장 좋은 방의 조건을 잘 알고 있었습니다. 내가 새롭게 주인이 된 방은 그런 하숙방들보다 훨씬 훌륭한 곳이었습니다. 이사하고 보니, 학생인 내게 오히려 과분할 정도라고 생각되었습니다.

방의 크기는 네 평 정도였습니다. 도코노마 옆에는 다른 선반이 하나 있었고, 반대편에는 한 칸짜리 붙박이장이 있었습니다. 창문은 없었으나, 대신 남쪽을 향한 마루 쪽으로는 밝은 햇살이 잘 들었습니다.

나는 이사한 날, 그 방의 도코노마에 장식된 꽃과 그 옆에 기대어 놓인 고토*를 보았습니다. 둘 다 마음에 들지 않았습니다. 나는 시와 서예, 그리고 다도를 즐기는 아버지 곁에서 자랐기에 어린 시절부터 중국풍 취향을 가지고 있었습니다. 그래서였을까요, 이런 화려하고 멋 부린 장식을 어느새 경멸하는 버릇이 생겨버렸습니다.

아버지가 생전에 모았던 물건들은 작은아버지 때문에 뿔뿔이 흩어져버렸으나 그래도 조금은 남아 있었습니다. 나는 고향을 떠나면서 그것들을 중학교 때 친구에게 맡겼습니

---

* 일본의 전통 현악기. 한국의 가야금과 비슷한 악기다.

다. 그리고 그중에서 흥미로운 족자 네다섯 점을 골라 포장을 벗기고 고리짝에 대충 넣어 가지고 왔습니다. 이사하자마자 그것들을 꺼내어 도코노마에 걸어두고 감상할 생각이었습니다. 그런데 방금 말한 고토와 꽃꽂이를 본 순간, 갑자기 그럴 용기가 사라져버렸습니다. 나중에 이 꽃이 나를 환영하기 위해 특별히 꽂아 놓았던 거라는 사실을 알고 나서는 속으로 쓴웃음을 지었습니다. 물론 고토는 원래부터 그 자리에 있던 것이니까 마땅히 둘 곳이 없어 그대로 기대어 놓았던 것이겠지요.

이런 얘기를 하면 자연스레 젊은 여인의 그림자가 당신의 머릿속을 스칠 것입니다. 이사한 나 역시 이사하기 전부터 그런 호기심이 일고 있었습니다. 이런 쓸데없는 잡념이 내 본래의 태도를 방해한 탓인지, 아니면 내가 아직 사람들과 친해지지 못한 탓인지, 나는 처음 그 집 따님을 만났을 때 어색하게 인사했습니다. 그 아가씨도 얼굴을 붉혔습니다.

나는 그때까지 부인의 풍채와 태도를 보고 이 집 아가씨의 모든 것을 상상했습니다. 하지만 그 상상은 아가씨에게 별로 유리한 게 아니었습니다. 군인의 부인이니까 이럴 것이다, 그 부인의 딸이니까 저럴 것이다, 하는 순서로 내 추측은 점점 확장되어 갔습니다. 하지만 그 추측은 아가씨의 얼굴을 보는 순간 산산이 깨졌습니다. 그리고 내 머릿속에는 지금껏 상상하지 못했던 이성의 향기가 새롭게 스며들었습니다. 그 후로 나는 도코노마 정면에 장식된 꽃이 더는 싫지 않았습니다. 같은 자리에 기대어 놓은 고토도 더는 거슬리지 않았습니다.

그 꽃은 시들 무렵이면 꼬박꼬박 새로운 꽃으로 바뀌었습니다. 고토도 가끔 열쇠 모양으로 구부러진 복도를 따라 다른 방으로 옮겨지곤 했습니다. 나는 내 방에서 책상 위에 턱을 괴고 그 고토 소리를 들었습니다. 그 연주가 능숙한지 서투른지는 알 수 없었습니다. 다만 복잡한 기교가 없는 것으로 보아, 아마도 그리 능숙하지는 않은 모양이라고 짐작했습니다. 대략 꽃꽂이 정도의 실력이겠구나 생각했습니다. 꽃꽂이라면 나도 어느 정도 아는데, 아가씨의 솜씨는 결코 뛰어난 편은 아니었습니다.

그런데도 아가씨는 스스럼없이 갖가지 꽃들로 내 방의 도코노마를 장식해주었습니다. 물론 꽃꽂이 방식은 언제나 똑같았습니다. 꽃병도 한 번도 바뀐 적이 없습니다. 하지만 음악 쪽이 꽃보다도 더 이상했습니다. 현을 튕기는 소리만 들릴 뿐, 목소리를 전혀 들려주지 않았습니다. 노래를 부르지 않는 건 아니었지만, 속삭이듯 작은 소리로만 부르는 듯했습니다. 고토 선생에게 혼이라도 나는 날에는 그조차도 내지 않았습니다.

나는 이 서툰 꽃꽂이를 흐뭇하게 바라보며 어설픈 고토 소리에 귀를 기울였습니다.

12

내 마음은 고향을 떠날 때부터 이미 염세적으로 변했습니다. 사람은 전혀 믿을 수 없는 존재라는 관념이 그때 뼛속까지 스며든 것 같았습니다. 나를 적대시하던 작은아버지와 작은어머니, 그 밖의 친척들을 마치 인류 전체를 대표하는 존재처럼 여기기 시작했습니다. 기차에 오른 후에도 옆 사람의 모습을 은밀히 살폈습니다. 가끔 누군가 말을 걸어오기라도 하면 더욱 경계했습니다. 마음은 늘 침울했습니다. 납덩이를 삼킨 듯 답답해지곤 했습니다. 그러면서도 내 신경은 극도로 날카로워졌습니다.

도쿄에 와서 원래 있던 하숙집을 나가려 했던 것도 이와 같은 심정이 큰 원인이었던 것 같습니다. 돈에 여유가 있어 집을 마련할 생각이 아니었냐는 것도 틀린 소리는 아니지만, 예전의 나였다면 설령 형편이 나아졌더라도 굳이 그런 번거로운 일을 자처하진 않았을 것입니다.

고이시카와로 이사한 후에도 한동안 이 긴장된 마음을 좀처럼 풀 수 없었습니다. 나 자신이 부끄러워질 만큼 주위를 두리번거렸습니다. 이상하게도 머리와 눈만 예민하게 작동하고, 반대로 입은 점점 움직이지 않게 되었습니다. 나는 고양이처럼 집안사람들의 모습을 유심히 관찰하면서도, 말없이 책상 앞에만 앉아 있었습니다. 때때로 그들에게 미안하다 싶을 정도로, 나는 한순간도 방심하지 않고 그들을 주시했습니다. 도둑질만 안 할 뿐이지 영락없는 소매치기구나, 이런 생각을 하며 나 자신이 싫어질 때조차 있었습니다.

당신은 분명 이상하다고 생각하겠지요. 어떻게 그런 내가 그 집 아가씨를 좋아할 마음의 여유를 가질 수 있었을까, 어떻게 그 아가씨의 서투른 꽃꽂이를 흐뭇하게 바라볼 여유가 있었을까, 어떻게 그 아가씨의 어설픈 고토 연주를 즐겁게 들을 수 있었을까, 그런 질문을 받는다면, 모두 사실이므로 사실대로 말할 수밖에 없다고 답할 길이 없습니다. 해석은 머리 좋은 당신에게 맡기고, 나는 이 말 한마디만 덧붙이려 합니다. 돈에 대해서는 사람을 의심했지만, 사람에 대해서는 아직 사람을 의심하지 않았다고. 그렇기에 남들 눈에 이상하게 보이더라도, 스스로 생각해도 모순된 감정이라 할지라도, 내 마음속에서는 아무런 갈등 없이 양립할 수 있었습니다.

나는 부인을 늘 아주머니라고 불렀으므로, 앞으로는 부인이 아닌 아주머니라고 하겠습니다. 아주머니는 나를 조용하고 점잖은 사람이라 평했습니다. 그리고 성실한 학생이라며 칭찬했습니다. 하지만 내 불안한 눈빛이나 주위를 경계하는 모습에 대해서는 아무런 말도 하지 않았습니다. 눈치채지 못했는지, 조심스러워 말하지 않은 건지, 그 이유는 알 수 없었지만, 어쨌든 전혀 신경 쓰지 않는 듯 보였습니다. 그뿐만이 아닙니다. 어느 날은 나를 너그러운 사람이라며 존경스럽다는 투로 얘기한 적도 있습니다. 그때 정직한 나는 얼굴을 붉히며 아주머니의 말을 부정했습니다. 그러자 아주머니는 학생은 자신을 잘 모르니까 그렇게 말하는 거라며 진지하게 설명해주었습니다. 아주머니는 나 같은 학생을 처음부터 하숙생으로 받을 생각은 아니었던 듯합니다. 관청에서 일하는 사람이나 뭔가 안정적인 직업을 가진 이에게 방을 세줄 생각으로 주변에 소개를 부탁한 모양이었습니다. 관청에 다니는 사람은 급여가 넉넉지 않아서 어쩔 수 없이 일반 가정집 하숙을 구하는 사람이라는 이미지가 애초에 아주머니의 머릿속 어딘가에 박혀 있었던 것이겠지요. 아주머니는 자신이 상상했던 하숙인과 비교하고는 나를 더 너그러운 사람이라고 칭찬했습니다. 과연 그렇게 알뜰하게 사는 사람에 비하면, 돈에 대해서는 내가 더 너그러운 편이었을지도 모릅니다. 하지만 그건 성격의 문제가 아니었기에 나의 내면의 삶과는 거의 무관한 것이었습니다. 아주머니는 또 여성인 만큼 그것을 내 전체적인 모습으로 확대해석하려 했습니다.

13

아주머니의 이러한 태도는 자연스럽게 내 기분에도 영향

을 미쳤습니다. 얼마 지나지 않아 나는 예전처럼 두리번거리지 않게 되었습니다. 내 마음이 내가 앉아 있는 자리에서 비로소 자리를 잡았다는 느낌도 들었습니다. 결국 아주머니를 비롯한 집안사람들이 나의 불신 어린 눈빛과 의심 많은 태도를 애초에 신경 쓰지 않았던 모습이 내게 안도감을 주었던 것입니다. 상대를 의식할 필요가 없어지자 내 신경도 점차 안정되었습니다.

아주머니는 이해심이 깊은 사람이었기에 일부러 나를 그렇게 대했던 것도 같습니다. 아니면 아주머니의 말처럼 실제로 나를 너그러운 사람으로 여겼을 수도 있습니다. 내 예민함은 주로 머릿속에서만 일어난 현상이고, 겉으로 크게 드러나지 않았을 테니까, 어쩌면 아주머니가 나에 대해 착각하고 있었을지도 모르지요.

마음이 안정되면서 나는 하숙집 가족들과 점점 가까워졌습니다. 아주머니와도 아가씨와도 농담을 주고받게 되었습니다. 가끔은 차를 준비했다며 나를 건넌방으로 부르기도 했습니다. 또 내가 과자를 사 와서 저녁에 두 사람을 내 방으로 초대하는 날도 있었습니다. 갑자기 교류의 범위가 넓어진 것처럼 느껴졌습니다. 그 때문에 중요한 공부 시간을 빼앗기는 일도 다반사였습니다. 이상하게도 그런 방해가 전혀 거슬리지 않았습니다. 아주머니는 원래 한가한 사람이었습니다. 아가씨는 학교에 다니는 데다 꽃꽂이와 고토까지

배우느라 바쁠 것 같았지만, 의외로 여유로워 보였습니다. 그렇게 세 사람은 얼굴만 마주치면 세상 이야기를 나누며 시간을 보냈습니다.

나를 부르러 오는 사람은 대개 아가씨였습니다. 아가씨는 툇마루를 직각으로 돌아 내 방 앞에 오기도 하고, 거실을 지나 옆방의 장지문 너머에서 모습을 보이기도 했습니다. 그렇게 와서 잠시 멈춘 뒤, 꼭 내 이름을 부르며 "공부 중이세요?" 하고 물었습니다. 나는 늘 어려운 책을 책상 위에 펼쳐 놓고 뚫어지게 쳐다보고 있었기에 남들 눈에 분명 열심히 공부하는 사람처럼 보였을 것입니다. 하지만 사실 그렇게까지 집중하고 있진 않았습니다. 시선은 책 위에 두고 있었지만, 아가씨가 부르러 오기를 기다리고 있을 뿐이었습니다. 기다려도 오지 않으면 하는 수 없이 내가 먼저 자리에서 일어나, 아가씨가 있는 건넌방 앞으로 가서 "공부 중이십니까?" 하고 물었습니다.

아가씨의 방은 거실과 연결된 세 평 남짓한 방이었습니다. 거실에 있을 때도 있고, 아가씨의 방에 있을 때도 있었습니다. 말하자면 두 방은 경계가 있긴 했지만 없는 것이나 마찬가지여서 모녀는 자유롭게 오가며 구분 없이 함께 사용하고 있었지요. 내가 밖에서 말을 걸면 "들어와요" 하고 대답하는 건 늘 아주머니였습니다. 아가씨는 그곳에 있어도 좀처럼 대답하는 일이 없었습니다.

때때로 아가씨 혼자서 볼일이 있어 내 방에 들어왔다가, 자연스레 자리에 앉아 이야기를 나누기도 했습니다. 그럴 때 내 마음은 묘한 불안감에 휩싸였습니다. 단순히 젊은 여자와 마주 앉아 있다는 사실 때문만은 아니었습니다. 어딘가 안절부절못하며, 스스로 어색하고 부자연스러운 태도 때문에 괴로웠습니다. 하지만 정작 아가씨는 아무렇지도 않아 보였습니다. 고토를 연습할 때 목소리도 제대로 내지 못했던 여자가 맞나 싶을 정도로 전혀 부끄러워하는 기색이 없었습니다. 대화가 길어져 어머니가 거실에서 불러도, 그저 "네"라고 대답할 뿐, 좀처럼 자리를 뜨려 하지 않았습니다. 그렇지만 아가씨는 결코 아이가 아니었습니다. 나는 분명히 알 수 있었습니다. 내가 분명히 알 수 있게끔 일부러 드러내려는 흔적조차 분명했습니다.

14

아가씨가 자리를 떠나면 나는 그제야 안도하며 한숨을 내쉬었습니다. 그러면서도 뭔가 아쉽고 미안한 마음이 들었습니다. 내가 여자 같았는지도 모르겠습니다. 요즘 젊은이들에겐 더욱 그렇게 보일 테지만 그 시절의 우리는 대부분 그랬습니다.

아주머니는 좀처럼 외출하지 않았습니다. 가끔 집을 비울 때도 아가씨와 나만 단둘이 남겨 두는 일은 없었습니다. 그것이 단순한 우연인지, 고의였는지는 모르겠습니다. 내 입으로 말하기는 좀 그렇지만, 아주머니를 지켜보면 자신의 딸과 나를 가까워지게 하려는 기색이 느껴졌습니다. 그러면서도 때로는 나를 은근히 경계하는 태도를 보이기도 했기에, 이런 상황을 처음 겪는 나로서는 간혹 불편한 기분이 들기도 했습니다.

나는 아주머니가 어느 한쪽으로 태도를 분명히 해주기를 바랐습니다. 이성적으로 생각하면, 그건 명백한 모순이었습니다. 그러나 작은아버지에게 속았던 기억이 아직도 생생했던 나는, 더욱 깊이 의심하지 않을 수 없었습니다. 아주머니의 두 가지 태도 중 하나는 진심이고, 하나는 거짓이리라 추측했지만, 판단을 내리지 못했습니다. 단순히 판단을 내리지 못했을 뿐만 아니라, 왜 그토록 모순된 행동을 하는지 이해할 수 없었습니다. 이유를 고민해봐도 답을 찾지 못한 나는 그 죄를 여자라는 한 단어에 덮어씌우고 넘겼습니다. 여성이니까 그런 것이다, 여자는 어리석은 존재다, 생각이 막다른 길에 부딪힐 때마다 항상 그렇게 결론지었습니다.

그 정도로 여자를 얕보던 내가 어째서인지 아가씨만은 그렇게 볼 수 없었습니다. 내 이성은 그 사람 앞에서 완전히 무력해졌습니다. 나는 그 사람에게 신앙에 가까운 사랑을 품고 있었습니다. 종교에서만 쓰는 이 말을 젊은 여인에게 적용하는 게 당신한테 이상하게 비칠지도 모르지만, 나는 지금도 진정한 사랑은 신앙심과 다르지 않다고 굳게 믿고 있습니다. 아가씨의 얼굴을 볼 때마다 나 자신이 아름다워지는 기분이 들었습니다. 아가씨를 떠올리면, 고결함이 내게 스며드는 것 같았습니다. 만약 사랑이라는 불가사의한 감정에 양 끝이 있어서, 그 높은 끝에는 신성함이, 낮은 끝에는 성욕이 자리한다면, 내 사랑은 분명 그 높은 꼭대기에 닿아 있었습니다. 나는 본디 인간이니 육체를 벗어날 수는 없습니다. 하지만 아가씨를 바라보는 내 눈길과 아가씨를 생각하는 내 마음은 전혀 육체적 욕망을 띠고 있지 않았습니다.

아주머니에게 반감을 품는 동시에, 아가씨에 대한 애정은 점점 깊어져 간 탓에, 세 사람의 관계는 하숙을 시작했을 때보다 더욱 복잡해졌습니다. 다만 그 변화는 거의 내면적인 것이어서 겉으로 드러나지는 않았습니다. 그러다가 어떤 계기로 내가 지금까지 아주머니를 오해했던 건 아닐까 하는 마음이 들었습니다. 아주머니의 모순된 태도가 어느 쪽도 거짓이 아닐지도 모른다고 다시 생각하게 된 것입니다. 그러다 그 두 가지 감정이 번갈아 가며 아주머니의 마음을 지배하는 게 아니라, 항상 동시에 존재하고 있었다는 생각에 이르렀습니다. 즉 아주머니가 되도록 아가씨를 내 곁에 가까이 두려 하면서도, 동시에 경계하고 있었다는 건 모순처럼 보이지만, 경계하는 순간에도 한쪽 태도를 잊거나 번복하는 게 아니라, 여전히 두 사람을 가까이 두려 했던 거라고 판단했습니다. 다만, 자신이 적절하다고 생각하는 한도를 넘어 우리가 밀착하는 것을 경계했을 뿐이라고 해석했습니다. 아가씨에게 육체적 욕망을 품지 않았던 나는 그때 쓸데없는 걱정이라 생각했습니다. 그러나 그 후로 더는 아주머니를 나쁘게 여기지 않게 되었습니다.

15

나는 아주머니의 태도를 종합해보고 내가 이 집에서 충분히 신뢰받고 있음을 확인했습니다. 더구나 그 신뢰는 처음 만난 순간부터 이미 존재했음을 보여주는 증거까지 발견했습니다. 늘 타인을 의심했던 나로서는 이러한 발견이 조금 기이하게 느껴졌습니다. 아마 여자가 남자보다 직감이 뛰어나기 때문일 것입니다. 동시에 여자가 남자에게 쉽게 속는 이유도 그 때문이 아닐는지요. 아주머니를 그렇게 냉철하게 분석한 내가 아가씨에게는 직감을 강하게 발현시키고 있었으니 지금 생각하면 참 우스운 일입니다. 타인을 믿지 않겠다고 다짐해 놓고 아가씨만큼은 절대적으로 믿었으니까요.

그러면서도 나를 믿는 아주머니를 이상하다고 여겼으니까요.

나는 고향 얘기를 거의 하지 않았습니다. 특히 지난 사건에 대해서는 입도 벙긋하지 않았습니다. 그 일을 떠올리는 것만으로도 불쾌한 감정이 들었습니다. 나는 되도록 아주머니의 이야기만 들으려 했지만, 아주머니는 내 이야기를 알고 싶어 했습니다. 결국 나는 모든 것을 털어놓았습니다. 두 번 다시 고향에 돌아가지 않을 것이다, 돌아간다 해도 아무것도 없다, 남은 건 부모님의 묘소뿐이라고 얘기했을 때, 아주머니는 감정이 북받친 듯했습니다. 아가씨는 눈물을 흘렸습니다. 나는 털어놓길 잘했다고 생각했습니다. 마음이 한결 가벼워졌습니다.

내 이야기를 모두 들은 아주머니는, 역시 자신의 직감이 맞았다고 말하려는 듯한 표정을 지었습니다. 그 후로는 나를 마치 가까운 친척 조카처럼 대하기 시작했습니다. 나는 기분이 상하지 않았습니다. 오히려 즐겁게 받아들였습니다. 그러나 얼마 지나지 않아 내 안의 의심이 다시 싹트기 시작했습니다.

아주머니를 의심하게 된 계기는 아주 사소한 일이었습니다. 하지만 그런 사소한 일들이 쌓이면서 의심은 점점 깊어졌습니다. 어느 순간 문득, 아주머니도 작은아버지와 같은 의도로 아가씨를 내게 접근시키려는 게 아닐까 하는 생각이 들었습니다. 그러자 지금껏 다정해 보였던 아주머니가 순식간에 교활한 책략가로 비치기 시작했습니다. 나는 씁쓸한 마음에 입술을 깨물었습니다.

아주머니는 처음부터 식구가 없어 적적하니 하숙생을 받기로 했다고 말했습니다. 나도 그것을 거짓이라고는 생각지 않았습니다. 가까워진 뒤 이런저런 얘기를 나눠보아도 그 말은 진심 같았으니까요. 그러나 이 집의 경제 상황은 그리 넉넉한 편이 아니었습니다. 이해관계로 따지자면, 나와 특별한 관계를 맺는 게 아주머니에게 결코 손해될 일은 아니었던 것입니다.

나는 다시 경계를 강화했습니다. 그러나 그토록 아가씨를 깊이 사랑하는 내가, 그 어머니를 아무리 경계한들 무슨 의미가 있을까요. 나는 나 자신을 비웃었습니다. 바보 같다고 욕하기도 했습니다. 하지만 그 정도의 모순이라면, 아무리 바보라도 크게 괴로울 일은 아니었습니다. 내가 번민하기 시작한 건 아주머니처럼 아가씨도 책략가가 아닐까 하는 의심이 들면서부터였습니다. 두 사람이 내 뒤에서 모든 일을 꾸미고 움직인다고 생각하면 견딜 수 없는 고통이 밀어닥쳤습니다. 단순히 불쾌한 감정이 아니었습니다. 절체절명의 막다른 길에 내몰린 심정이었습니다. 그러면서도 한편으로는 아가씨를 굳게 믿었습니다. 나는 신념과 의심 사이에 갇혀 옴짝달싹할 수 없었습니다. 내게는 모두 상상이었고, 또 모두 진실이었기 때문입니다.

16

나는 여전히 학교에 나갔습니다. 하지만 교단에 선 사람의 강의가 멀리서 들려오는 것처럼 느껴졌습니다. 공부도 마찬가지였습니다. 눈에 들어오는 활자는 마음속에 스며들기도 전에 연기처럼 사라졌습니다. 말수도 점점 줄었습니다. 이를 두세 명의 친구들이 오해하여, 내가 명상에 잠겨 있다는 식으로 다른 친구들에게 전했습니다. 나는 그 오해를 굳이 풀려 하지 않았습니다. 사람들이 편리한 가면을 씌워줘서 오히려 잘됐다고 좋아했습니다. 그래도 때로는 답답함을 참지 못하고, 발작적으로 떠들어대는 통에 친구들을 놀라게 한 적도 있습니다.

내가 묵는 집은 드나드는 사람이 적었습니다. 친척도 많지 않은 듯했습니다. 가끔 아가씨의 학교 친구들이 놀러 오긴 했지만, 늘 작은 목소리로 소곤거리다가 있는지 없는지 모르게 돌아가곤 했습니다. 나를 배려해서 그런 것이라는 건 나조차도 알아채지 못했습니다. 나를 찾아오는 사람치고 크게 난폭한 자들도 없었지만, 이 집 사람들 눈치를 보는 녀석도 없었습니다. 그런 점에서 보면, 하숙생인 내가 주인 같고, 정작 아가씨가 오히려 이 집에 얹혀사는 사람 같았습니다.

  그러나 이건 그냥 떠오른 김에 적었을 뿐, 사실 아무래도 상관없는 일이었습니다. 다만 그중에 아무래도 상관없지 않은 일이 하나 있었습니다. 거실이나 아가씨 방에서 갑자기 남자 목소리가 들려온 것입니다. 그 목소리가 또 내 손님들과는 다르게 매우 나지막했습니다. 그래서 무슨 이야기를 하는지 도통 알 수가 없었습니다. 그리고 알 수 없을수록 내 신경은 일종의 흥분을 느꼈습니다. 나는 앉아 있으면서도 이상하게 초조해졌습니다. 일단 저 사람은 친척일까, 아니면 그냥 아는 사람일까, 하고 생각했습니다. 그러고선 젊은 남자일까, 나이 든 사람일까, 하고 의문을 품었습니다. 앉아서 그런 걸 알 방법은 없었습니다. 그렇다고 일어나서 장지문을 열고 들여다볼 수도 없었습니다. 내 신경은 단순히 떨리는 정도를 넘어 크게 요동치며 나를 괴롭혔습니다. 손님이 돌아가고 나면 반드시 그 사람의 이름을 물었습니다. 그러나 아가씨와 아주머니의 대답은 항상 너무나 간단했습니다. 나는 두 사람에게 불만스러운 표정을 지어 보였지만, 끝까지 캐물을 용기는 없었습니다. 당연히 그럴 권리도 없었지요. 나는 스스로 품격을 중시해야 한다는 교육에서 비롯된 자존심과 그 자존심을 배반하고 궁금증을 못 이기는 내 모습을 동시에 그들 앞에 드러내고 있었습니다. 그들은 웃었습니다. 그것이 비웃음이 아니라 호의에서 나온 것인지, 아니면 호의인 척 보이려 한 것인지, 나는 그 자리에서 해석할 여유조차 없이 당황하고 말았습니다. 그리고 그 일이 지나간 후에도 계속해서 '놀림당한 거야, 진짜 놀림당한 걸까?' 하고 몇 번이나 마음속에서 되뇌었습니다.

나는 자유로운 몸이었습니다. 학업을 중단하든, 어디로 가서 어떻게 살든, 혹은 누구와 결혼하든, 누구와도 상의할 필요가 없는 처지였습니다. 과감히 아주머니에게 아가씨를 아내로 맞이하고 싶다는 말을 해볼까 결심한 적이 한두 번이 아니었습니다. 하지만 그때마다 망설이는 바람에 끝내 입 밖에 내지 못했습니다. 거절이 두려워서가 아니었습니다. 만약 거절당한다면 내 운명이 어떻게 변할지는 알 수 없으나, 대신 지금까지와는 다른 방향에서 새로운 세상을 바라볼 기회가 생길 테니, 그 정도 용기는 낼 수도 있었습니다. 그러나 나는 누군가에게 현혹되기는 싫었습니다. 남의 손에 놀아나는 건 무엇보다 치욕스러웠습니다. 작은아버지에게 속은 나는 앞으로 무슨 일이 있어도 남에게 속아 넘어가지 않겠다고 결심했으니까요.

17

 내가 책만 사들이는 것을 본 안주인은 옷도 좀 장만하라고 말했습니다. 실제로 나는 시골에서 짠 무명옷밖에 가지고 있지 않았습니다. 당시 학생들은 비단이 섞인 옷을 입지 않았습니다. 내 친구 중에 요코하마의 상인인가 하는 집안에서 꽤 호사스럽게 사는 녀석이 있었는데, 어느 날 고급 비단으로 만든 속옷이 배달되었습니다. 다들 얼마나 웃어댔는지 모릅니다. 친구는 부끄러워하며 변명을 늘어놓았지만, 결국 그 값비싼 속옷을 고리짝 속에 던져두고 입지 않았습니다. 그러자 여럿이 장난을 치며 억지로 입혔습니다. 그런데 운 나쁘게도 그 속옷에 이가 들끓었던 겁니다. 친구는 마침 잘됐다는 듯, 소문난 그 속옷을 돌돌 말아 산책길에 네즈의 큰 도랑에 던져버렸습니다. 그때 함께 걷는 나는 다리 위에서 그 모습을 웃으며 지켜보았지만, 아깝다는 마음은 전혀 들지 않았습니다.

 그때와 비교하면 나도 제법 어른이 되었습니다. 하지만 여전히 스스로 외출용 옷을 마련해야겠다는 분별은 생기지 않았습니다. 나는 졸업해서 수염을 기르기 전까지는 옷차림에 신경 쓸 필요가 없다는 이상한 생각을 갖고 있었습니다. 그래서 아주머니에게 책은 필요하지만 옷은 필요하지 않다고 말했습니다. 아주머니는 내가 사들이는 책의 양을 알고 있었습니다. 산 책을 다 읽느냐고 물었습니다. 사들인 책 중에는 사전도 있었지만, 당연히 봐야 하는데도 아직 펴보지 않은 책이 적지 않았기에 대답하기 곤란했습니다. 나는 결국 필요 없는 것을 살 바에는 책이든 옷이든 다를 바가 없다는 사실을 깨달았습니다. 게다가 여러 가지 신세를 졌다는 구실로, 아가씨가 좋아할 만한 허리띠나 옷감을 사주고 싶었습니다. 그래서 그걸 모두 아주머니에게 부탁했습니다.

아주머니는 혼자서는 안 간다고 했습니다. 나도 함께 가면 가겠다고 했습니다. 아가씨도 가야 한다고 했습니다. 요즘과는 다른 환경에서 자란 우리는 학생 신분에 젊은 여자와 함께 다니는 관습이 없었습니다. 당시의 나는 지금보다 더욱 관습의 노예였기에 다소 망설였으나 과감히 따라나서기로 했습니다.

아가씨는 곱게 치장했습니다. 원래 피부가 하얀 데다 분까지 듬뿍 발라 더욱 눈에 띄었습니다. 지나가는 사람들이 계속 힐끔거렸습니다. 그리고 아가씨를 본 사람들은 반드시 시선을 돌려 내 얼굴을 쳐다보았으니, 참으로 이상한 경험이었습니다.

세 사람은 니혼바시로 가서 사고 싶은 물건을 샀습니다. 사는 동안에도 마음이 여러 번 바뀌어 생각보다 시간이 걸렸습니다. 아주머니는 일부러 내 이름을 불러가며 어떠냐고 물었습니다. 이따금 옷감을 아가씨의 어깨에서 가슴까지 세로로 대어 놓고, 나에게 몇 걸음 물러서서 봐달라고 했습니다. 나는 그때마다 그건 별로라든가 이건 잘 어울린다든가 하면서 어쨌든 한 사람 몫의 의견을 말했습니다.

이런 일로 시간이 지체되어 돌아올 무렵에는 저녁 식사 시간이 되어 있었습니다. 아주머니는 감사의 의미로 식사 대접을 하겠다며, 기하라다나라는 전통 공연장이 있는 좁은 골목으로 나를 데려갔습니다. 골목도 좁고 식당도 비좁은 곳이었습니다. 이 근방 지리를 전혀 모르던 나는 아주머니의 지식에 놀랄 정도였습니다.

우리는 밤이 되어서야 집으로 돌아왔습니다. 그다음 날은 일요일이었기에 나는 종일 방에 틀어박혀 있었습니다. 월요일이 되어 학교에 갔더니 아침부터 한 친구가 나를 놀렸습니다. 언제 아내를 맞이했냐며 묻는 것이었습니다. 그러고는 아내가 무척 미인이라며 칭찬까지 했습니다. 셋이서 니혼바시로 간 모습을 녀석이 어디선가 보았던 모양입니다.

18

나는 집으로 돌아와 아주머니와 아가씨에게 그 이야기를 전했습니다. 아주머니는 웃었습니다. 그러나 폐를 끼친 것 같다며 내 얼굴을 보았습니다. 그때 속으로 남자는 이런 식으로 여자의 관심을 끄는 걸까, 하고 생각했습니다. 아주머니의 눈빛은 충분히 그런 생각이 들게 했으니까요. 그 순간, 내 생각을 솔직히 털어놓았더라면 좋았을지도 모릅니다. 그러나 내게는 이미 의심의 덩어리가 엉겨 붙어 있었습니다. 솔직히 털어놓으려다 무심코 멈췄습니다. 그리고 이야기의 방향을 일부러 조금 틀었습니다.

정작 중요한 내 얘기를 빼버렸습니다. 그리고 아가씨의 결혼에 대해 아주머니의 의중을 떠봤습니다. 아주머니는 두세 번 그런 얘기가 오갔노라고 분명히 내게 말했습니다. 그러나 아직 학교에 다니고 있을 정도로 어려서 그다지 서두르지 않는다고 설명했습니다. 아주머니는 직접 입에 올리지는 않았지만, 아가씨의 아름다움에 큰 비중을 두고 있는 듯 보였습니다. 마음만 먹으면 언제든 혼처를 정할 수 있다는 말까지 덧붙였습니다. 아가씨 외에 다른 자식이 없다는 점도, 쉽게 시집보내고 싶지 않은 이유 중 하나였습니다. 시집을 보낼지, 데릴사위를 들일지조차 고민하는 눈치였습니다.

이야기를 나누는 동안, 나는 아주머니에게서 여러 가지 정보를 얻은 듯한 기분이 들었습니다. 하지만 그로 인해 나는 기회를 놓친 것이나 다름없는 결과에 빠지고 말았습니다. 끝내 내 얘기는 한마디도 꺼내지 못했습니다. 나는 적당한 데서 대화를 마무리하고, 내 방으로 돌아가려 했습니다.

조금 전까지 곁에서 너무해요, 같은 말을 하며 웃던 아가씨는 어느새 저쪽 구석으로 가서 등을 돌리고 있었습니다. 나는 일어서며 돌아선 순간, 그 뒷모습을 보았습니다. 뒷모습만으로는 사람의 마음을 읽을 수 없습니다. 아가씨가 이 문제에 대해 어떻게 생각하는지, 도통 짐작이 가지 않았습니다. 아가씨는 벽장 앞에 앉아 있었습니다. 한 자쯤 열린 벽장 틈으로 무언가를 꺼내 무릎 위에 올려놓고 바라보고 있는 듯했지요. 나는 그 틈으로 이틀 전에 산 옷감을 발견했습니다. 내 옷도 아가씨의 옷감과 한 벽장 한쪽에 포개져 있었습니다.

내가 말없이 자리를 뜨려 하자, 아주머니는 갑자기 태도를 바꾸며 어떻게 생각하느냐고 물었습니다. 그 질문 방식은 무엇을 어떻게 생각하느냐는 거냐고 되묻지 않으면 이해할 수 없을 만큼 갑작스러웠습니다. 그게 아가씨를 빨리 시집보내는 게 더 낫겠냐는 의미라는 것이 분명해졌을 때, 나는 되도록 천천히 하는 게 좋지 않겠느냐고 대답했습니다. 아주머니는 자기도 그렇게 생각한다고 말했습니다.

아주머니와 아가씨와 나의 관계가 이렇게 형성된 가운데, 또 한 남자가 이 집에 들어오게 되었습니다. 그가 이 집의 일원이 되면서 내 운명은 엄청난 변화를 겪게 되었습니다. 만약 그가 내 삶을 가로막지 않았더라면, 아마 이렇게 긴 글을 당신에게 남길 필요도 없었겠지요. 나는 마귀가 지나가는 길목에 서서, 그 순간의 그림자에 내 일생이 어두워지는 것도 깨닫지 못한 채 망연히 있었습니다. 고백하자면, 그 남자를 이 집에 데려온 건 다름 아닌 나였습니다. 물론 아주머니의 허락도 필요했기에, 모든 것을 털어놓고 사정했습니다. 그런데 아주머니는 집에 들이지 않는 게 좋겠다고 말했습니다. 하지만 내게는 그를 반드시 데려와야만 하는 충분한 사정이 있었던 반면에 아주머니의 반대에는 그럴듯한 논리가 전혀 없었습니다. 그래서 나는 내가 옳다고 믿는 바를 강하게 밀어붙였습니다.

19

그 친구의 이름을 K라고 부르겠습니다. K와 나는 어려서부터 각별한 친구 사이였습니다. 어려서부터라고 했으니 굳이 말하지 않아도 알겠지만, 우리는 고향이 같았습니다. K는 정토진종 승려의 아들이었습니다. 하지만 장남이 아니라 차남이었기 때문에 어느 의사의 집에 양자로 보내졌습니다. 내 고향은 혼간지파*의 세력이 강한 곳이었기에 진종의 승려들은 다른 종파에 비해 물질적으로 넉넉한 편이었습니다. 가령 승려에게 딸이 있고, 그 딸이 결혼할 나이가 되면 신도

---

* 신란(親鸞, 1173-1263)이 창시한 정토진종에서 유래한 종파로, 일본에서 영향력이 큰 불교 종파 중 하나다.

들이 적당한 혼처를 찾아 시집을 보내줍니다. 물론 혼수 비용은 승려가 부담하는 게 아니었습니다. 그런 이유로 진종 사찰은 대체로 부유했습니다.

K가 태어난 집도 그럭저럭 살 만했습니다. 하지만 차남을 도쿄에서 공부시킬 만큼 여력이 있었는지는 모르겠습니다. 공부할 수 있는 편의가 있었기에 양자로 들어가는 일이 순조롭게 진행되었는지 그 또한 나로서는 알 수 없습니다. 어쨌든 K는 어느 의사 집안의 양자로 들어갔습니다. 그건 우리가 아직 중학교에 다니고 있을 때의 일입니다. 교실에서 선생님이 출석을 부를 때, K의 성이 갑자기 바뀐 것을 듣고 깜짝 놀랐던 기억이 지금도 선명합니다.

K가 양자로 들어간 집도 상당한 재력가였습니다. K는 그 집에서 학비를 받아 도쿄로 오게 되었습니다. 나와 함께 나오지는 않았지만, 도쿄에 도착하자마자 같은 하숙집에 들어갔습니다. 그 시절에는 한 방에서 두세 명이 책상을 나란히 놓고 함께 생활하는 일이 흔했습니다. K와 나는 같은 방을 썼습니다. 마치 산에서 생포된 동물이 우리 안에서 서로 몸을 기대며 밖을 노려보는 것과 같았을 것입니다. 우리 둘은 도쿄와 도쿄 사람들을 두려워했습니다. 그러면서도 세 평 남짓한 방 안에서 천하를 내다보는 듯한 이야기를 나누곤 했습니다.

하지만 우리는 진지했습니다. 실제로 훌륭한 사람이 될

생각이었습니다. 특히 K는 의지가 강했습니다. 절에서 태어난 그는 항상 정진(精進)이라는 말을 썼습니다. 그리고 그의 모든 행동과 태도가 이 정진이라는 한마디로 표현되는 것처럼 보였습니다. 나는 마음속으로 늘 K를 경외했습니다.

K는 중학교 때부터 종교나 철학 같은 어려운 문제로 나를 곤란하게 만들곤 했습니다. 그의 아버지의 영향 때문인지, 혹은 그가 태어난 집, 즉 절이라는 특별한 공간의 분위기 때문인지는 알 수 없습니다. 어쨌건 그는 웬만한 승려들보다 더 승려다운 성품을 지닌 사람처럼 보였습니다. 원래 K의 양부모는 그를 의사로 만들 생각으로 도쿄로 보냈습니다. 그러나 완고한 성격의 그는 의사가 되지 않겠다는 결심을 품고 도쿄에 왔습니다. 나는 그에게 그러면 결국 양부모를 속이는 게 아니냐고 따져 물었습니다. 대담했던 그는 그렇다고 대답했습니다. 도(道)를 위해서라면 그 정도 일쯤은 상관없다고 했습니다. 그때 그가 사용한 도(道)라는 말의 의미를, 아마 그 자신도 정확히 이해하지 못했을 것입니다. 그러나 아직 어린 우리에게 이 모호한 말은 숭고한 울림을 주었습니다. 설령 그 의미를 잘 알지 못한다 해도, 고결한 마음에 이끌려 그 방향으로 나아가려는 우리의 열정 속에 비열함이 드러날 리 없었습니다. 나는 K의 주장에 동의했습니다. 내 동의가 K에게 얼마나 영향을 주었는지는 나도 모릅니다. 한결같은 그는 내가 아무리 반대해봤자 자신의 뜻을 굽히지

않았을 것입니다. 하지만 만일의 경우, 찬성하고 지지했던 나에게도 다소 책임이 있다는 것쯤은 충분히 알고 있었습니다. 설령 그 순간에는 그만한 각오가 없었다 하더라도, 성인이 되어 과거를 돌아볼 일이 생긴다면, 내게 주어진 책임은 내가 짊어져야 마땅하다는 심정으로, 나는 찬성했던 것입니다.

20

K와 나는 같은 과에 입학했습니다. 그는 태연한 얼굴로 양부모가 보내주는 돈을 받아 자신이 원하는 길을 걷기 시작했습니다. 들킬 리 없다는 안도감과 들킨다 해도 상관없다는 배짱, 이 두 가지 마음이 K의 내면에 함께 자리하고 있다고 볼 수밖에 없습니다. 그는 나보다도 태평했습니다.

첫 여름방학 때 K는 고향에 돌아가지 않았습니다. 고마고메에 있는 어느 절 한 칸을 빌려 공부할 거라고 했습니다. 내가 돌아온 건 9월 초였는데, 그는 과연 관음보살상 옆의 허름한 절에 틀어박혀 있었습니다. K의 방은 본당 바로 옆에 있는 비좁은 방이었지만, 거기서 마음껏 공부할 수 있어 기쁜 것 같았습니다. 그때 나는 그의 생활이 점점 승려처럼 되어간다고 생각했습니다. 그는 손목에 염주를 차고 있었습니다. 내가 그건 무슨 용도냐고 묻자, 엄지손가락으로 하나, 둘, 세어 보이는 시늉을 했습니다. 그는 이렇게 하루에도 몇 번씩 염주 알을 세는 것 같았습니다. 단 그 의미가 무엇인지 나로서는 알 수 없었습니다. 둥글게 이어진 염주 알을 하나씩 세어나가면, 아무리 세어도 끝이 없습니다. K는 어느 곳에서 어떤 마음이 들어 그 손끝을 멈추었을까요. 사소한 일이지만, 나는 그 모습을 자주 떠올리곤 합니다.

나는 또 K의 방에서 《성서》를 봤습니다. 그때까지 그에게서 여러 번 불교 경전의 제목을 들은 기억이 있지만, 기독교에 관해서는 묻거나 대답한 적이 한 번도 없었기 때문에 조금 놀랐습니다. 나는 이유를 묻지 않을 수 없었습니다. K는 이유는 없다고 말했습니다. 그토록 많은 사람들이 귀하게 여기는 책이라면 읽어보는 게 당연하지 않느냐고 덧붙였습니다. 기회가 되면 《코란》도 읽어볼 생각이라고 했습니다. '무함마드와 검(劍)'이라는 말에 큰 흥미를 느낀 듯했습니다.

두 번째 여름에 K는 본가로부터 재촉을 받고서야 겨우 돌아갔습니다. 돌아가서도 전공과 관련된 이야기는 전혀 하지 않은 듯했습니다. 집에서도 눈치채지 못한 것 같았습니다. 당신은 학교 교육을 받은 사람이니, 이런 사정을 잘 이해하겠지만, 세상 사람들은 학생들의 생활이나 교칙에 대해 놀라우리만치 무지합니다. 우리한텐 아주 당연한 일들이 밖에서는 전혀 이해되지 않았습니다. 우리는 또 비교적 학교 내부의 분위기 속에서만 살아가기에 교내에서 일어난 일들은 모두 세상에 알려져 있을 거라고 믿어버립니다. K는 그런 점에서 나보다 세상을 더 잘 알고 있었던 것 같습니다. 그는 태연한 얼굴로 다시 도쿄로 돌아왔습니다. 고향을 떠날 때 나도 함께였기에 기차에 타자마자 K에게 어땠느냐고 물었습니다. K는 별일 없었다고 대답했습니다.

세 번째 여름은 마침 내가 부모님 묘소가 있는 고향을 영원히 떠나기로 결심한 해였습니다. 그때 나는 K에게 고향으로 돌아가라고 권했지만 그는 응하지 않았습니다. 해마다 집에 가서 뭘 하겠느냐고 했습니다. 그는 여전히 도쿄에 남아 공부할 생각인 듯했습니다. 나는 어쩔 수 없이 혼자 도쿄를 떠나게 되었습니다. 고향에서 보낸 두 달간의 시간이 내 운명에 얼마나 큰 파란을 몰고 왔는지 앞서 얘기했으니 되풀이하지 않겠습니다. 나는 원망과 우울, 외로운 고독감을 가슴에 안고 9월에 다시 K를 만났습니다. 그런데 그의 운명 또한 나와 마찬가지로 변화를 맞았습니다. 그는 나도 모르는 사이에 양부모에게 편지를 보내 자신의 거짓을 이실직고한 것입니다. 처음부터 그럴 각오였다고 했습니다. 이제 와 어쩌겠느냐 네가 하고 싶은 일을 해라, 하는 말을 유도하려 했을까요. 어찌 되었든, 대학에 들어가서까지 양부모를 계속 속일 생각은 아니었던 모양입니다. 또한 속이려 한들 그 거짓이 오래가지 못할 거라고 예상했는지도 모릅니다.

                        21

 K의 편지를 본 양아버지는 크게 노했습니다. 부모를 속인 불효자식에게 학비를 보낼 수 없다는 단호한 답장을 곧바로 보내왔습니다. K는 그 편지를 내게 보여주었습니다. 그리고 거의 같은 시기에 본가에서 받은 편지도 함께 보여주었습니다. 그 편지에도 앞서 양아버지가 보낸 것 못지않게 엄하게 질책하는 말들로 가득했습니다. 양부모에게 폐를 끼쳤다는 도의적 책임이 더해진 탓이기도 하겠지만, 이쪽에서도 더는 상관하지 않겠다고 적혀 있었습니다. K가 이 사건을 계기로 호적을 되돌릴 것인지, 아니면 다른 타협책을 마련해 계속 양자로 남을 것인지는 앞으로 해결해야 할 문제였습니다. 하지만 당장 시급한 것은 매달 필요한 학자금이었습니다.

 나는 K에게 무슨 대책이 있느냐고 물었습니다. K는 야학교 교사라도 할 생각이라고 답했습니다. 그 당시에는 지금보다 세상이 훨씬 너그러웠기에 당신이 생각하는 것만큼 부업 자리를 구하는 게 어려운 일은 아니었습니다. 나는 K가 그 일로 충분히 생활해 나갈 수 있으리라 생각했습니다. 하지만 내게는 내 몫의 책임이 있었습니다. K가 양부모의 기대를 저버리고, 자신이 원하는 길을 가기로 했을 때 찬성한 사람은 바로 나였습니다. 그러니 가만히 손 놓고 있을 수가 없었습니다. 나는 즉시 경제적 지원을 하겠다고 제안했습니다. 그러자 K는 단칼에 거절했습니다. 그의 성격상 친구의 도움을 받기보다 스스로 생활을 꾸리는 게 훨씬 나았던 거겠지요. 그는 대학생이 되었으면 적어도 자기 한 몸 정도는 건사해야 진짜 사내라고 했습니다. 내 책임을 다하겠다고 K의 감정을 상하게 하고 싶지는 않았습니다. 그래서 그가 원하는 대로 하게 두고, 나는 손을 뗐습니다.

K는 자신이 원하던 일을 금방 찾았습니다. 그러나 시간을 아끼는 그에게 그 일이 얼마나 힘들었을지는 불 보듯 뻔했습니다. 그는 지금껏 그래왔듯이 새로운 짐을 짊어지고 맹렬히 공부에 매진했습니다. 나는 그의 건강을 걱정했습니다. 하지만 굳센 성격의 그는 그저 웃어 보일 뿐, 내 조언을 전혀 귀담아듣지 않았습니다.

동시에 K와 양부모 사이의 관계는 점점 틀어졌습니다. 시간에 쫓기게 된 K와는 예전처럼 대화를 나눌 기회조차 없어서, 결국 그 자초지종을 자세히 듣지 못한 채 지나가 버렸습니다. 다만 문제가 점점 더 해결하기 어려워지고 있다는 사실만큼은 잘 알고 있었습니다. 누군가 중재를 시도한 적도 있었습니다. 그 사람은 편지로 K에게 고향에 돌아가도록 권했지만, K는 도저히 안 되겠다며 응하지 않았습니다. 그의 고집스러운 성격이—K는 학기 중이라 돌아갈 수 없다고 했지만, 상대방 쪽에서는 완강히 버티는 것처럼 보였겠지요—사태를 더욱 악화키는 듯했습니다. 그는 양부모의 감정을 상하게 했을 뿐만 아니라, 본가의 노여움도 사게 되었습니다. 걱정되는 마음에 양쪽을 화해시키려 편지를 썼을 때는 이미 너무 늦어 있었습니다. 내 편지는 한마디 답장도 받지 못한 채 묻혀버렸습니다. 나도 화가 났습니다. 그때까지 K를 동정하며 지켜봐 왔던 나는, 그 이후로는 옳고 그름을 떠나 무조건 K의 편을 들기로 마음먹었습니다.

결국 K는 호적을 되돌리기로 결정했습니다. 양부모에게서 받은 학비는 본가에서 갚기로 했습니다. 그 대신 본가에서도 이제부터는 신경 쓰지 않을 테니 앞으로 마음대로 살라고 했습니다. 옛말로 하면 의절인 셈이지요. 어쩌면 그렇게까지 심한 뜻은 아니었을지도 모르지만, K는 스스로 그렇게 받아들였습니다. K에게는 어머니가 안 계셨습니다. 그의 성격 일부는, 분명 계모 밑에서 자란 영향이 반영되었던 듯합니다. 만약 그의 친어머니가 살아 계셨다면, 그와 본가 사이의 관계가 이렇게까지 멀어지지는 않았을지도 모릅니다. 그의 아버지는 말할 것도 없이 승려였습니다. 하지만 의리에 엄격하다는 점에서는 오히려 무사와 비슷한 면이 있지 않았나 싶기도 합니다.

22

K의 일이 일단락된 후, 나는 그의 매형으로부터 긴 편지를 받았습니다. K가 양자로 들어갔던 집안은 이 사람의 친척이었기에 그를 양자로 들일 때도, 다시 호적을 되돌릴 때도 그의 의견이 크게 작용했다고 K가 얘기해주었습니다.

편지에는 그 후 K가 어떻게 지내고 있는지 알려달라고 쓰여 있었습니다. 누나가 걱정하고 있으니 가능한 한 빨리 답장을 받고 싶다는 부탁도 덧붙여져 있었습니다. K는 절을 이어받은 형보다 시집간 누나를 더 좋아했습니다. 그들은 한 어머니에게서 태어난 남매였는데, 누나와 K는 나이 차이가 꽤 났습니다. 그래서 K가 어릴 적에는 계모보다 오히려 누나가 진짜 어머니처럼 보였을 겁니다.

나는 K에게 편지를 보여주었습니다. K는 아무 말도 하지 않았지만, 자신에게도 누나로부터 같은 내용의 편지가 두세 번 왔었다고 털어놓았습니다. K는 그때마다 걱정할 필요 없다고 답장을 보냈다고 했습니다. 안타깝게도 누나는 경제적으로 여유가 없는 집에 시집을 간 터라 아무리 K가 걱정되어도 물질적으로 동생을 도와줄 방법이 없었습니다.

나는 K와 같은 내용의 답장을 그의 형 앞으로 보냈습니다. 그 편지에는 만일의 경우 내가 어떻게든 해볼 테니 안심하라는 뜻을 강한 어조로 담아 적었습니다. 이는 어디까지

나 내 개인적인 결정이었습니다. K의 앞날을 걱정하는 누나를 안심시켜 주려는 호의도 물론 있었지만, K를 경멸했다고밖에 볼 수 없는 그의 본가와 양가에 대한 내 고집도 포함되어 있었습니다.

K가 호적을 원래대로 돌린 건 대학 1학년 때였습니다. 그 후 2학년 중반에 이를 때까지 약 일 년 반 동안, 그는 혼자 힘으로 살아갔습니다. 그런데 이 과도한 노력이 점차 그의 건강과 정신에 영향을 미치기 시작한 듯 보였습니다. 거기에는 물론 양가를 나오느냐 마느냐 하는 성가신 문제도 한몫했겠지요. 그는 점점 감상적으로 변해갔습니다. 때때로 이 세상의 불행을 홀로 짊어진 것처럼 말하기도 했습니다. 그리고 그런 말을 부정하면 곧바로 감정이 격해졌습니다. 자신의 미래를 밝혀줄 빛이 점점 눈앞에서 멀어져가는 것만 같다며 초조해했습니다. 학문을 처음 시작할 때는 누구나 원대한 포부를 안고 새로운 길에 오르지만, 일 년이 지나고 이 년이 흘러 졸업이 가까워지면, 문득 자신이 뒤처진다는 사실을 깨닫고 대부분 그 지점에서 실망하기 마련입니다. K도 그런 경우였지만, 그의 조바심은 일반적인 수준을 넘어 훨씬 심각했습니다. 나는 결국 그를 안정시키는 것이 최우선이라고 생각하게 되었습니다.

나는 K에게 다른 쓸데없는 일은 그만두라고 말했습니다. 그리고 당분간 푹 쉬는 게 미래를 위해 더 이익이라고 충고

했습니다. 고집 센 K의 성격을 생각하면, 쉽게 내 말을 듣지 않을 것이라고 예상은 했지만, 막상 얘기를 꺼내보니, 생각보다 설득하기가 쉽지 않아 난감했습니다. K는 단순히 학문만이 목적이 아니라고 주장했습니다. 의지가 강한 사람이 되고 싶다고 했습니다. 그러려면 되도록 궁핍한 처지여야 한다고 결론을 내린 것입니다. 보통 사람이 보면 그야말로 괴팍한 생각이었습니다. 더구나 궁핍한 처지 속에 있는 그의 의지는 전혀 강해지지 않았습니다. 도리어 신경쇠약에 걸렸을 정도입니다. 어쩔 수 없이 그의 생각에 공감하는 듯한 태도를 보였습니다. 그러다 나 역시 그런 방향으로 인생을 살아가려 한다고까지 밝혔습니다(물론 완전히 빈말은 아니었습니다. K의 이야기를 듣다 보면 점점 거기에 빠져 들어갈 정도로 그의 설득력은 강했으니까요). 마지막으로 나는 같이 살면서 함께 발전해 나가자고 제안했습니다. 그의 고집을 꺾기 위해 그 앞에 무릎을 꿇는 일도 마다하지 않았습니다. 그리고 마침내 가까스로 그를 하숙집으로 데려왔습니다.

23

내 방에는 보조 공간이라고 부를 만한 두 평 크기의 작은 방이 딸려 있습니다. 현관에서 올라와 내 방으로 오려면 반드시 이 방을 지나야 해서 실용성으로 따지면 매우 불편한 공간이었습니다. 나는 이 작은 방에 K를 들였습니다. 처음에는 한 방에 책상을 나란히 두고, 그 작은 방을 공용 공간으로 쓰려 했지만, K는 비좁더라도 혼자 쓰는 게 좋다며 그 방을 선택했습니다.

앞서 말했듯이, 아주머니는 내 결정에 처음에는 반대했습니다. 하숙집이라면 한 사람보다 두 사람이, 두 사람보다 세 사람이 더 이득이겠지만, 이건 장사가 아니니 그만두면 좋겠다고 했습니다. 내가 신경 쓰이게 하는 사람은 아니니 상관없지 않느냐고 하자, 아주머니는 신경 쓸 일은 없을지 몰라도 속내를 알 수 없는 사람은 싫다고 했습니다. 그건 지금 신세를 지고 있는 나도 마찬가지 아니냐고 따지자, 내 속내는 처음부터 잘 알고 있었다고 변명하며 좀처럼 물러서지 않았습니다. 나는 쓴웃음을 지었습니다. 그러자 아주머니는 다시 논리를 다른 방향으로 틀었습니다. 그런 사람을 데려오는 건 나에게도 좋지 않으니 그만두라고 말입니다. 왜 내게 좋지 않으냐고 묻자, 이번에는 아주머니가 쓴웃음을 지었습니다.

사실 나도 굳이 K와 함께 지낼 필요는 없었습니다. 하지만 매달 드는 비용을 돈이라는 형태로 직접 건네면, 분명 그는 받기 꺼릴 거라고 생각했습니다. 그만큼 자립심이 강한 사람이었습니다. 그래서 그를 하숙집에 들여 두 사람분 식비를 그가 모르게 아주머니에게 슬쩍 건넬 생각이었습니다. 그렇다고 K의 경제 사정에 대해 아주머니에게 털어놓을 생각은 없었습니다.

나는 그저 K의 건강에 대해서만 이야기했습니다. 혼자 두면 점점 더 편협한 사람이 될 것 같다고 말했습니다. 그리고 K가 양가와 사이가 틀어진 일이며 본가와 의절하게 된 일 등 이런저런 얘기를 아주머니에게 덧붙였습니다. 나는 물에 빠진 사람을 끌어안고, 내 체온을 그에게 나눠줄 각오로 K를 데려오는 것이라고 말했습니다. 아주머니와 아가씨에게도 그런 마음으로 따뜻하게 보살펴달라고 부탁했습니다. 그리하여 겨우 아주머니를 설득했습니다. 그러나 내게서 아무 말도 듣지 못한 K는 이 모든 자초지종을 전혀 알지 못했습니다. 나는 오히려 그 사실을 만족스럽게 여기며, 마지못해 이사 온 K를 태연한 얼굴로 맞이했습니다.

아주머니와 아가씨는 친절하게 그의 짐 정리를 도와주는 등 여러 가지로 신경을 써주었습니다. 그게 모두 나에 대한 호의에서 비롯된 것이라 해석한 나는 내심 기뻤습니다. K가 여전히 탐탁지 않아 했는데도 말입니다.

K에게 새로운 집으로 이사 온 기분이 어떠냐고 묻자 그는 단 한마디, 나쁘지 않다고만 답했습니다. 내가 보기에는 나쁘지 않은 정도가 아니었습니다. 그가 지금까지 지낸 곳은 북향에다 습하고 퀴퀴한 냄새가 나는 열악한 방이었습니다.

먹는 것도 그 방에 걸맞게 형편없었습니다. 내 집으로 이사한 K는 깊은 골짜기에서 우뚝 솟은 나무 위로 옮겨 온 거나 마찬가지였습니다. 그런데도 그다지 달라진 기색을 보이지 않은 건, 하나는 그의 고집 때문이기도 했지만, 또 하나는 그의 신념 때문이었습니다. 불교 교리에 영향을 받은 그는 의식주에 사치를 부리는 것을 불경스럽게 여겼습니다. 어설프게 옛 고승이나 성자의 전기를 읽은 탓에, 정신과 육체를 분리하려는 성향이 있었습니다. 육체를 채찍질하면, 영혼의 광휘가 더욱 빛난다고 느꼈을지도 모릅니다.

나는 되도록 그를 거스르지 않는 방침을 취했습니다. 얼음을 양지에 내놓아 녹이는 방법을 택한 것입니다. 머지않아 얼음이 녹아 따뜻한 물이 되면, 스스로 깨달을 때가 오리라고 믿었습니다.

24

나는 아주머니가 그렇게 나를 대해 준 덕분에 점점 쾌활해졌습니다. 그것을 자각하고 있었기에, 같은 방법을 K에게 적용해보려 했습니다. K와 나의 성격이 상당히 다르다는 건 오랜 교제를 통해 잘 알고 있었습니다. 그러나 내 신경이 이 집에 들어오고 나서 다소 둥글어졌듯이 K도 여기에 머물다

보면 언젠가 마음이 안정되리라 생각했습니다.

K는 나보다 더 강한 결심을 가진 남자였습니다. 공부도 내 두 배 정도는 했을 것입니다. 게다가 타고난 머리도 나보다 훨씬 좋았습니다. 나중에는 전공이 달라져서 뭐라 단정할 순 없지만, 같은 반이었을 때는 중학교에서도 고등학교에서도 K가 늘 상위권을 차지했습니다. 나는 평소 뭘 하든 K를 따라가지 못한다는 사실을 자각할 정도였습니다. 하지만 내가 억지로 K를 하숙집으로 끌어들였을 때는 내가 더 사리 분별을 잘하고 있다고 믿었습니다. 그는 아집과 인내의 차이를 이해하지 못하는 것처럼 보였습니다. 이건 특히 당신을 위해 덧붙이고 싶은 내용이니 잘 들어주길 바랍니다. 육체든 정신이든 우리의 모든 능력은 외부의 자극으로 인해 발달하기도 하고 파괴되기도 하지만, 어느 쪽이든 자극은 점차 강해지기 마련이라서, 차분히 생각하지 않으면 매우 험악한 쪽으로 향하면서도 본인은 물론이고 주위 사람들조차 그것을 눈치채지 못할 위험이 생깁니다. 의사의 설명에 따르면, 인간의 위장만큼 게으른 건 없다고 합니다. 죽만 계속 먹다 보면, 그 이상의 단단한 음식을 소화하는 능력이 어느새 사라져버린다고 하네요. 그래서 무엇이든 먹는 습관을 길러야 한다고 의사가 말하더군요. 하지만 이는 단순히 익숙해진다는 의미가 아닙니다. 점차 강한 자극을 주어 영양 기능의 저항력을 점차 높인다는 의미가 아니면 안

됩니다. 만약 반대로 위의 능력이 점점 약해져 간다면 결과가 어떻게 될지는 쉽게 상상할 수 있을 겁니다. K는 나보다 훌륭한 사람이었지만, 그런 점을 전혀 깨닫지 못하고 있었습니다. 단지 고난에 익숙해지기만 하면, 결국 그 고난은 아무것도 아닌 게 된다고 단정했던 것 같습니다. 고난이 거듭되면 거듭된 만큼 공덕이 되어 마침내 그 고난이 아무런 문제가 되지 않는 순간이 온다고 굳게 믿고 있었던 듯합니다.

나는 K를 설득할 때 반드시 그 점을 분명히 알려주고 싶었습니다. 그러나 그런 말을 하면 반발을 살 것이 뻔했습니다. 또 옛사람들의 예를 들며 반론을 펼칠 게 틀림없었습니다. 그러면 나도 그 옛사람들과 K가 어떻게 다른지를 명확하게 설명하지 않을 수 없게 됩니다. 그것을 순순히 받아들여 줄 K라면 좋겠지만, 그의 성격상 논쟁이 거기까지 이르면 결코 쉽게 물러서지 않습니다. 오히려 더욱 앞으로 나아갑니다. 그리고 말이 앞서간 대로 행동으로 실현하려 합니다. 그는 이렇게 되면 무서워졌습니다. 대단했습니다. 스스로 자신을 파괴해가면서 나아갔습니다. 결과적으로 보면, 그는 단지 자신의 성공을 짓밟는다는 의미에서만 대단했을 뿐이지만, 그래도 결코 평범하진 않았습니다. 그의 기질을 잘 알고 있던 나는, 결국 아무 말도 하지 못했습니다. 더구나 내 눈에 그는 앞서 말한 대로 다소 신경쇠약에 걸린 사람처럼 보였습니다. 내가 그를 설득한다 해도 격하게 반응할

게 분명합니다. 그와 다투는 건 두렵지 않았으나, 고독감을 견디지 못했던 내 경우를 돌아보니, 친구인 그를 차마 나와 같은 고독한 처지에 버려둘 순 없었습니다. 한 발 더 나아가 그를 더욱 깊은 고독 속으로 몰아넣는 것은 더욱 내키지 않았습니다. 그래서 그가 하숙집으로 이사 온 뒤에도 당분간은 그에게 비판적인 말을 하지 않았습니다. 다만 조용히, 그를 둘러싼 환경이 그에게 미치는 결과를 지켜보기로 했을 뿐입니다.

25

나는 아주머니와 아가씨에게 되도록 K와 말을 많이 나누어달라고 부탁했습니다. 그의 오랜 침묵이 결국 그에게 화를 불러왔다고 믿었기 때문입니다. 사용하지 않는 쇠가 녹스는 것처럼, 그의 마음에도 녹이 슬었다고밖에 생각할 수 없었습니다.

아주머니는 K가 도무지 틈을 안 주는 사람이라며 웃었습니다. 아가씨는 또 굳이 예까지 들어가며 내게 알려주었습니다. 화로에 불이 있느냐고 묻자, K가 없다고 대답하더랍니다. 그러면 가져다줄까 했더니, 필요 없다고 거절했다고 합니다. 춥지 않느냐고 묻자, 춥지만 필요 없다고만 말하고 더는 대꾸하지 않았다고 합니다. 나는 쓴웃음만 짓고 있을 순 없었습니다. 안쓰러워서 그 자리를 수습하지 않으면 안 될 것 같았습니다. 물론 그때는 봄이었으니 굳이 불을 쬘 필요도 없었지만, 이 정도라면 도무지 틈을 안 주는 사람이라고 하는 것도 무리가 아니라고 생각했습니다.

그래서 되도록 내가 중심이 되어, 두 사람과 K가 서로 어울릴 수 있도록 연결하는 데 힘썼습니다. K와 내가 이야기하고 있을 때 두 사람을 부르거나 아니면 두 사람과 내가 한방에 모여 있을 때 K를 끌어들이는 등, 상황에 따라 적절한 방법을 써서 그들을 가깝게 하려고 했습니다. 물론 K는 그다지 달가워하지 않았습니다. 어떤 때는 벌떡 일어나 방 밖으로 나가 버리기도 했고, 또 어떤 때는 아무리 불러도 좀처럼 나오려 하지 않았습니다. K는 그런 쓸데없는 이야기가 도대체 뭐가 재미있느냐고 했습니다. 나는 그저 웃고만 있었습니다. 하지만 속으로는 K가 그 일로 인해 나를 경멸하고 있다는 사실을 분명히 알았습니다.

어떤 의미에서는 실제로 내가 그의 경멸을 받을 만했는지도 모릅니다. 그의 눈이 나보다 훨씬 높을 곳을 향하고 있었다고 할 수도 있을 것입니다. 나 또한 그것을 부정하지는 않습니다. 하지만 눈만 높고 다른 것들이 조화를 이루지 못한다면, 불완전한 존재일 뿐입니다. 무엇보다 지금은 그를 인간답게 만드는 게 가장 중요하다고 생각했습니다. 그의 머릿속이 아무리 훌륭한 사람들의 이미지로 가득 차 있다고 해도, 그 자신이 훌륭해지지 않는다면 아무런 의미가 없다는 사실을 발견했기 때문입니다. 나는 그를 인간답게 만드는 첫 번째 방법으로, 우선 이성 곁에 앉혀보기로 했습니다. 그리고 그곳의 공기 속에 그를 숨 쉬게 해서 녹슬어가는 그의 피를 새롭게 바꾸려 시도했습니다.

이 시도는 점차 성공을 거두었습니다. 처음에는 융합되기 어려워 보이던 것들이 점점 한데 어우러지기 시작했습니다. 그는 자신 이외에도 세상이 존재한다는 사실을 조금씩 깨달아가는 듯했습니다. 어느 날 K는 내게 여자는 그렇게 경멸할 대상이 아니라는 식의 말을 했습니다. 그는 처음에 여자에게도 나와 비슷한 수준의 지식과 학문을 요구했던 듯합니다. 그러나 그것을 발견할 수 없자 곧바로 경멸의 마음을 품게 된 모양입니다. 그때까지 그는 성별에 따라 입장을 달리하는 법을 모르고, 같은 시선으로 모든 남녀를 관찰해왔습니다. 나는 그에게 남자인 우리 둘이서만 대화를 주고받는다면 단순히 직선적으로 나아갈 뿐이라고 말했습니다. 그는 그 말이 옳다고 대답했습니다. 나는 그때 아가씨에게 빠져 있던 시기라 자연스럽게 그런 말을 했던 것이지요. 그러나 그 이면의 속사정은 K에게 한마디도 털어놓지 않았습니다.

지금까지 책으로 성벽을 쌓고 그 안에 틀어박혀 있던 K의 마음이 점차 열리는 모습을 지켜보는 것은 내게 무엇보다 유쾌한 일이었습니다. 애당초 그런 목적을 가지고 시작했으니까 성공에 따르는 기쁨을 느끼지 않을 수 없었습니다. 두 사람도 만족한 모습이었습니다.

                                26

　K와 나는 같은 과였지만 전공이 달라서 등하교 시간에 차이가 있었습니다. 내가 먼저 돌아오면 그대로 그의 빈방을 지나쳤지만, 늦어지면 간단히 인사를 나눈 뒤 내 방으로 들어가는 것이 보통이었습니다. 그럴 때면 K는 책을 보다가 장지문을 여는 나를 잠시 쳐다봤습니다. 그러고는 꼭 "지금 오냐?"라고 했습니다. 나는 아무 대답 없이 고개를 끄덕일 때도 있었고, 혹은 그저 "응"이라고만 답하며 지나칠 때도 있었습니다.
　어느 날, 나는 볼일이 있어 간다에 갔다가 평소보다 훨씬 늦게 돌아왔습니다. 서둘러 대문 앞까지 와서 격자문을 드르륵 열었습니다. 그와 동시에 아가씨의 목소리가 들렸습니다. 소리는 분명 K의 방에서 나온 것 같았습니다. 현관에서 곧장 가면 거실과 아가씨의 방이 나란히 이어져 있고, 거기서 왼쪽으로 꺾으면 K의 방과 내 방이 있는 구조였으니, 이 집에서 오래 지냈던 만큼 어디서 누구의 목소리가 나는지 정도는 잘 알 수 있었습니다. 나는 곧바로 격자문을 닫았습니다. 그러자 아가씨의 목소리도 뚝 그쳤습니다. 내가 신을 벗는 동안—나는 유행을 따라 끈이 달린 부츠를 신고 다녔는데 허리를 숙여 그 끈을 푸는 동안— K의 방에서는 아무런 소리도 들리지 않았습니다. 이상하다 싶었습니다. 어쩌면 내가 잘못 들었을지도 모른다고 생각했습니다. 그러나 평소처럼 K의 방을 지나가려 장지문을 열었을 때, 두 사람이 앉아 있었습니다. K는 늘 그렇듯 "지금 오냐?"라고 했습니다. 아가씨도 "어서 오세요" 하며 앉은 채로 인사했습니다. 그 간단한 인사가 왠지 딱딱하게 들렸습니다. 내 고막에 무언가 부자연스럽게 울려왔습니다. 나는 아가씨에게 "아주머니는?" 하고 물었습니다. 그 질문에는 아무런 의미도 없었습니다. 집 안이 평소보다 조용해서 물었을 뿐입니다.

　아주머니는 과연 외출 중이었습니다. 하녀도 아주머니와 함께 나가고 없었습니다. 집에 남아 있는 사람은 K와 아가씨뿐이었습니다. 나는 잠시 고개를 갸웃거렸습니다. 오랫동안 이 집에서 지내왔지만, 아주머니가 아가씨와 나만 남겨둔 채 집을 비운 적은 한 번도 없었으니까요. 나는 혹시 급한 일이라도 생겼느냐고 아가씨에게 물었습니다. 아가씨는 그저 웃기만 했습니다. 나는 이럴 때 웃는 여자가 싫습니다. 젊은 여자들의 공통점이라고 하면 그만이겠지만, 아가씨는 사소한 일에 잘 웃는 편이었습니다. 그러나 내 낯빛을 살핀

아가씨는 곧 평소의 표정으로 돌아왔습니다. 급한 일은 아니지만, 잠깐 볼일이 있어 나갔다고 진지하게 대답했습니다. 하숙생인 내게 그 이상 캐물을 권리는 없었습니다. 나는 잠자코 있었습니다.

내가 옷을 갈아입고 자리에 앉기도 전에 아주머니와 하녀가 돌아왔습니다. 이윽고 저녁 식사 자리에서 모두가 얼굴을 마주하게 되었습니다. 하숙을 시작한 초기에는 극진한 손님 대접을 받아 식사 때마다 하녀가 따로 밥상을 차려주었지만, 어느새 그 습관이 사라지고, 식사 시간이 되면 건넌방으로 불려 가는 게 자연스러운 일이 되었습니다. K가 새로 이사 왔을 때도, 내가 주장해서 그를 나와 똑같이 대해주기로 했습니다. 대신 얇은 나무판으로 만든 세련된 접이식 밥상을 아주머니에게 기부했습니다. 지금은 어느 집에서나 흔히 볼 수 있지만, 당시에는 그런 밥상에 둘러앉아 밥을 먹는 집이 거의 없었습니다. 일부러 오차노미즈의 가구점까지 가서 내 구상대로 제작해달라고 주문했던 것이었지요.

아주머니는 그 밥상에서 그날 늘 오던 시간에 생선 장수가 오지 않아서 우리에게 먹일 반찬을 사러 시장에 다녀왔다고 설명했습니다. 듣고 보니 집에 하숙생이 있는 이상 그럴 수도 있겠다고 생각하던 순간, 아가씨가 내 얼굴을 보며 또 웃기 시작했습니다. 하지만 이번에는 아주머니에게 꾸중을 듣고 웃음을 뚝 그쳤습니다.

27

 일주일쯤 지나서 나는 다시 K와 아가씨가 함께 이야기하고 있는 방을 지나왔습니다. 그때 아가씨는 내 얼굴을 보자마자 웃음을 터뜨렸습니다. 나는 즉시 뭐가 그렇게 우스운지 물었어야 했습니다. 하지만 아무 말도 못 하고 그만 내 방까지 와버렸습니다. 그래서 K도 평소처럼 "지금 왔나?"라는 말을 하지 못했습니다. 아가씨는 곧바로 장지문을 열고 거실로 들어간 듯했습니다.

 저녁 식사 때, 아가씨는 나를 보고 이상한 사람이라고 말했습니다. 나는 그때도 뭐가 이상한지 묻지 못하고 넘어갔습니다. 다만 아주머니가 아가씨를 노려보듯이 보고 있었습니다.

 나는 저녁 식사 후 K를 산책에 데리고 나섰습니다. 우리는 덴즈인 뒤쪽의 식물원 길을 한 바퀴 돌아 다시 도미자카 아래로 나왔습니다. 산책치고는 짧지 않은 거리였지만, 그동안 나눈 대화는 극히 적었습니다. 성격상 K는 나보다도 말수가 적은 사람이었습니다. 나도 말이 많은 편은 아니었지만 걸으면서 어떻게든 대화를 시도해보았습니다. 내가 꺼낸 얘기는 주로 하숙집 식구들에 대한 것이었습니다. 나는 K가 아주머니와 아가씨를 어떻게 생각하는지 알고 싶었습니다. 그런데 그는 도무지 알 수 없는 대답만 했습니다. 종

잡을 수 없는 데다 극도로 간결했습니다. 그는 두 사람보다 전공 학과에 더 관심을 두고 있는 듯 보였습니다. 하긴 2학년 기말시험이 코앞에 닥친 시기였으니 보통 사람의 입장에서는 K가 더 학생답게 보였을 겁니다. 그뿐만 아니라 스베덴보리*에 대해 이러쿵저러쿵해서 무지한 나를 깜짝 놀라게 했습니다.

우리가 무사히 시험을 마쳤을 때, 아주머니는 이제 겨우 일 년 남았다며 기뻐했습니다. 아주머니의 유일한 자랑거리인 아가씨도 졸업이 머지않았습니다. K는 내게 여자는 아무것도 모른 채 학교를 졸업한다고 말했습니다. 아가씨가 학문 외에 익히는 바느질이며 고토, 꽃꽂이 같은 것들을 전혀 중요하게 여기지 않는 듯했습니다. 나는 그의 무신경함을 비웃었습니다. 그리고 여자의 가치는 그런 데 있는 것이 아니라는 예전의 논쟁을 다시 한번 되풀이했습니다. 하지만 그는 딱히 반박하지도 않았습니다. 그렇다고 해서 맞는 말이라는 식으로 수긍하는 기색도 보이지 않았습니다. 그 점이 내게는 유쾌했습니다. 그의 태도에는 여전히 여자를 경멸하는 기색이 남아 있었기 때문입니다. 내가 여자의 대표로 여기는 아가씨조차 K는 아무런 가치도 없는 존재처럼 생각하는 듯했기 때문입니다. 지금 돌이켜보면, K를 향한 내

---

* 에마누엘 스베덴보리(1688-1772). 스웨덴의 과학자, 철학자, 신비주의자. 신비로운 종교 체험과 사후세계에 대한 독특한 견해로 잘 알려진 인물이다.

질투심은 그때 이미 충분히 싹을 틔우고 있었던 것입니다.

나는 K에게 여름방학 동안 어디론가 떠나자고 했습니다. K는 내키지 않은 눈치였습니다. 물론 그는 어디든 자유롭게 갈 수 있는 처지는 아니었지만, 내가 가자고만 하면, 또 어디를 가든 딱히 문제될 게 없는 처지였습니다. 나는 왜 가고 싶지 않느냐고 물었습니다. 그는 딱히 이유가 없다고 말했습니다. 집에서 책을 읽는 게 더 좋다는 것이었습니다. 내가 시원한 피서지에서 공부하는 게 건강에도 더 좋을 거라고 주장하자, 그러면 너 혼자 가면 될 것 아니냐고 했습니다. 하지만 나는 K를 혼자 여기 남겨두고 갈 마음은 없었습니다. 단지 K가 이 집 사람들과 점점 친해지는 모습을 보는 게 썩 유쾌하지 않았을 뿐입니다. 내가 처음에 바라던 대로 되었는데, 어째서 유쾌하지 않느냐고 묻는다면 글쎄요, 나는 바보임이 틀림없습니다. 끝도 없이 이어지는 우리의 논쟁을 보다 못한 아주머니가 중재에 나섰습니다. 결국 우리는 보슈에 가기로 결정했습니다.

28

K는 여행을 거의 가지 않는 사람이었습니다. 나도 보슈는 처음이었습니다. 우리 두 사람은 아무것도 모른 채, 배가 가

장 먼저 도착한 곳에서 내렸습니다. 호타라는 곳이었을 겁니다. 지금은 얼마나 변했을지 모르지만, 그 당시에는 매우 황량한 어촌이었습니다. 무엇보다도 마을 전체가 비린내로 가득했습니다. 바다에 들어가면 파도에 휩쓸려 넘어지면서 금세 팔이나 다리가 까졌습니다. 주먹만 한 돌들이 밀려오는 파도에 휘말려 쉴 새 없이 이리저리 굴러다니고 있었습니다.

나는 금방 질려버렸습니다. 하지만 K는 좋다고도 싫다고도 하지 않았습니다. 적어도 표정만큼은 태연했지만, 바다에 들어갈 때마다 어딘가 꼭 다쳐서 나오곤 했습니다. 결국 나는 그를 설득해 도미우라로 떠났습니다. 그리고 다시 나코로 옮겼습니다. 이 해안 지역은 그때부터 주로 학생들이 모이는 곳이었기에, 어디든 우리가 놀기에는 적당한 해수욕장이었습니다. K와 나는 해안의 바위 위에 앉아 먼바다의 색과 가까운 바닷속을 바라보았습니다. 바위 위에서 내려다본 바닷물은 유난히도 맑고 투명했습니다. 일반 시장에선 보이지 않을 법한, 붉은빛이며 깊고 어두운 푸른빛의 작은 물고기들이 투명한 파도 속을 이리저리 헤엄치는 모습이 또렷하게 보였습니다.

나는 그곳에 앉아 자주 책을 펼쳤습니다. K는 아무것도 하지 않은 채 조용히 있는 일이 더 많았습니다. 깊은 생각에 잠겨 있는지, 풍경에 넋을 잃었는지, 아니면 어떤 공상에 빠져 있는지는 전혀 알 수 없었습니다. 가끔 시선을 들어 K에게 뭘 하고 있느냐고 물었습니다. 그러면 단 한마디 "아무것도 안 해"라고만 대답했습니다. 내 곁에 이렇게 가만히 앉아 있는 사람이 K가 아니라 아가씨였다면 얼마나 좋았을까 하고 자주 생각하곤 했습니다. 그뿐이었다면 괜찮았겠지만, 때로는 K도 나와 같은 바람을 품고 바위 위에 앉아 있는 게 아닌가 문득 의심이 들기 시작했습니다. 그러면 나는 책을 펼쳐 놓고 차분히 있는 게 갑자기 싫어진 나머지 벌떡 일어나 크게 고함을 질렀습니다. 시나 노래를 음미하는 느긋한 행동은 도저히 할 수 없었습니다. 그저 야만인처럼 소리를 마구 질러댔습니다. 어느 날, 나는 돌연 K의 목덜미를 움켜쥐었습니다. 그리고 바닷속으로 떨어뜨리면 어떻게 할 거냐고 K에게 물었습니다. K는 꿈쩍도 하지 않았습니다. 돌아보지도 않은 채 "잘됐다, 해봐"라고 대답했습니다. 나는 목덜미를 잡은 손을 얼른 놓아버렸습니다.

K의 신경쇠약은 이 무렵 상당히 호전된 듯했습니다. 그와 반비례하여 나는 점점 예민해졌습니다. 나보다 침착한 K를 보며 부러워하기도, 또 미워하기도 했습니다. K는 이제 나와 맞서려는 기색조차 보이지 않았기 때문입니다. 내게는 그것이 일종의 자신감처럼 비쳤습니다. 하지만 그의 자신감을 인정한다고 해도, 나는 결코 만족할 수 없었습니다. 내 의심은 다시 한 걸음 더 나아가 그가 보이는 태도의 본질을 알

고 싶어졌습니다. K는 학문이든 일이든, 앞으로 나아갈 자신의 길을 다시금 환하게 바라볼 수 있게 된 걸까? 단순히 그것뿐이라면, K와 나 사이에 이해관계의 충돌이 생길 이유는 없었습니다. 오히려 그를 도운 보람을 느끼고 기뻐해야 할 일이었습니다. 하지만 그의 평온함이 아가씨에 대한 감정에서 비롯된 것이라면, 나는 결코 그를 용서할 수 없었습니다. 이상하게도 K는 내가 아가씨를 사랑한다는 사실을 전혀 눈치채지 못한 것처럼 보였습니다. 물론 나도 K의 눈에 띄도록 일부러 티 내며 행동하지는 않았습니다. K는 원래 그런 쪽으로는 둔한 사람이었던 겁니다. 나는 처음부터 K라면 안심할 수 있었기에 그를 굳이 하숙집으로 데려온 것이었습니다.

29

나는 내 마음을 K에게 털어놓기로 했습니다. 물론 그 순간 갑자기 든 생각은 아니었습니다. 여행을 떠나기 전부터 이미 그런 결심을 하고 있었지만, 내 수완으로는 도저히 마음을 털어놓을 기회를 잡지도, 그 기회를 만들어내지도 못했습니다. 지금 돌아보면, 그 무렵 내 주변에 있는 사람들은 모두 이상했습니다. 여자에 관해 깊이 얘기를 하는 사람이

한 명도 없었습니다. 그들 중에는 애초에 얘기할 만한 경험조차 없는 사람도 많았겠지만, 설령 그런 이야깃거리가 있더라도 침묵을 지키는 게 보통이었습니다. 비교적 자유로운 공기 속에서 살아가는 당신에게는 분명 이상하게 보이겠지요. 그게 유교적 가르침의 잔재 때문인지, 혹은 일종의 수줍음 탓인지는 당신의 판단에 맡기겠습니다.

  K와 나는 무엇이든 터놓고 얘기할 수 있는 사이였습니다. 때로 사랑이니 연애니 같은 주제도 입에 오르긴 했지만, 언제나 추상적 이론으로 흘러가버릴 뿐이었습니다. 게다가 그런 이야기를 화제로 삼는 일조차 드물었습니다. 대부분 책과 학문, 미래의 일, 포부, 자기 수양 같은 얘기들이었습니다. 아무리 친한 사이라도 이렇게 딱딱한 얘기를 하다가 갑자기 흐름을 끊을 순 없습니다. 우리는 그저 경직된 분위기 속에서 친밀해질 뿐이었습니다. 아가씨에 대한 내 마음을 K에게 털어놓기로 결심한 후, 몇 번이나 초조함과 불쾌감에 시달렸는지 모릅니다. K의 머릿속 어딘가를 뚫어 그 틈으로 부드러운 공기를 불어넣고 싶은 심정이었습니다. 당신 같은 요즘 사람이 보기에는 우습기 짝이 없는 일이겠지만, 그때의 나에게는 실로 큰 난관이었습니다. 나는 여행지에서도 하숙집에 있을 때와 똑같이 비겁했습니다. 늘 기회를 엿봤지만, K의 이상하리만큼 고고한 태도를 어떻게 할 수가 없었습니다. 그의 심장 주위에 검은 옻칠을 덧발라 놓은 것처

럼 보였습니다. 내가 쏟아붓고자 하는 뜨거운 피는 한 방울도 그의 심장으로 들어가지 못한 채, 모조리 튕겨 나오고 말았습니다.

어떨 때는 K의 태도가 너무나 강경해 보여서 오히려 안심되기도 했습니다. 그래서 내 안에서 품었던 의심을 후회하는 동시에 속으로 K에게 사죄했습니다. 사죄하면서도 스스로가 한없이 열등한 인간처럼 느껴져 갑자기 기분이 불쾌해졌습니다. 하지만 조금만 지나면 이전의 의심이 되살아나 나를 더욱 강하게 덮쳤습니다. 모든 것이 의심에서 비롯된 것이었기에 모든 것이 나에게 불리했습니다. 외모도 K 쪽이 여자들에게 더 호감을 살 것처럼 보였습니다. 성격도 나처럼 소심하지 않아 이성이 좋아할 것 같았습니다. 어딘가 빈틈이 있어 보이면서도, 강인하고 남자다운 면모를 지니고 있는 점도, 나보다 더 우월하게 느껴졌습니다. 학문적인 면에서도, 비록 전공은 다르지만, 내가 K의 적수가 되지 못한다는 사실을 스스로 인정하고 있었습니다. 이렇듯 상대의 장점만이 한꺼번에 눈앞에 어지럽게 떠오르면, 잠시 안심했던 나는 곧 다시 불안해졌습니다.

K는 불안해하는 나를 보고, 싫으면 일단 도쿄로 돌아가도 좋다고 했지만, 그 말을 들으니 나는 갑자기 돌아가고 싶지 않아졌습니다. 실은 K가 도쿄로 돌아가는 게 싫었는지도 모릅니다. 우리는 보슈의 곶을 돌아 반대편으로 나왔습니다.

조금만 더 가면 된다는 사람들의 말에 속아 따가운 뙤약볕 아래를 힘겹게 걸어갔습니다. 나는 왜 이렇게까지 걸어야 하는지 도무지 알 수 없었습니다. 그래서 K에게 농담 투로 물었습니다. 그러자 K는 발이 있으니까 걷는 것이라고 답했습니다. 그러다 더우면 바다에 들어가자면서 아무 바다에나 풍덩 뛰어들었습니다. 그다음에는 또 강렬한 햇볕을 쬐니 몸이 축 늘어지고 말았습니다.

30

이렇게 걷다 보니 더위와 피로 때문에 자연히 몸 상태가 이상해졌습니다. 물론 병이 난 것과는 다릅니다. 갑자기 내 영혼이 다른 사람의 몸속으로 옮겨간 듯한 기분이었습니다. 나는 평소처럼 K와 대화를 나누면서도 어딘가 평소 감정에서 벗어난 상태가 되었습니다. K에 대한 친밀감도 미움도 여행 동안만 존재하는 특별한 성질을 띠게 된 것입니다. 즉 우리는 더위 때문에, 파도 때문에, 그리고 쉼 없이 걸은 것 때문에 기존과는 다른 새로운 관계로 들어서게 된 거겠지요. 그때 우리는 마치 길동무가 된 행상인 같았습니다. 아무리 이야기를 나누어도 평소와는 달리 머리를 써야 하는 난해한 문제는 언급하지 않았습니다.

우리는 이런 식으로 마침내 조시까지 갔지만, 도중에 단 하나의 예외가 있었던 일을 지금도 잊지 못합니다. 보슈를 떠나기 전에 우리는 고미나토라는 곳에서 다이노우라*를 구경했습니다. 벌써 몇 해나 지난 데다 내게는 그다지 흥미로운 일이 아니었기에 또렷이 기억나지는 않지만, 아무튼 그곳은 니치렌**이 태어난 마을이라고 들었습니다. 니치렌이 태어난 날에 도미 두 마리가 해안가로 떠밀려 왔다는 이야기가 전해 내려오는 곳이었습니다. 그 이후로 마을 어부들은 도미를 잡지 않는 전통을 이어오고 있어서 바닷가에는 도미가 가득하다고 했습니다. 우리는 작은 배를 빌려 일부러 그 도미를 보러 나섰습니다.

그때 나는 오로지 파도만 보았습니다. 그리고 파도 속에서 움직이는 보랏빛이 감도는 도미의 색깔을 흥미로운 현상 중 하나로 한참을 바라봤습니다. 하지만 K는 나만큼 흥미를 느끼지 못한 듯했습니다. 그는 도미보다 오히려 니치렌을 머릿속에서 상상하고 있었던 것 같습니다. 마침 그곳에는 단조지(誕生寺)라는 절이 있었습니다. 니치렌이 태어난 마을이니 그런 이름이 붙었겠지요. 매우 웅장한 사찰이었습

---

* 도미 포구라는 뜻의 지명. 일본이 지정한 특별천연기념물인 참돔의 서식지로, 낚시를 금지하고 있다.
** 일본 가마쿠라 시대(1185-1333)의 불교 승려. 법화경을 중심으로 니치렌 종파를 창시한 인물이다.

니다. K는 그 절에 가서 주지 스님을 만나보자고 했습니다. 그런데 우리의 행색이 말이 아니었습니다. 특히 K는 바람에 모자가 바다로 날아가버리는 바람에 삿갓을 사서 쓰고 있었습니다. 옷은 말할 것도 없이 둘 다 꾀죄죄하고 땀에 절어 쉰내가 났습니다. 나는 안 되겠다고 했지만, K는 고집이 세서 말을 듣지 않았습니다. 싫으면 혼자 밖에서 기다리라고 했습니다. 하는 수 없이 함께 현관에 들어섰지만, 속으로는 거절당할 게 틀림없다고 생각했습니다. 그런데 스님이란 의외로 친절한 모양입니다. 우리를 넓고 잘 정돈된 방으로 안내하더니 곧 만나주었습니다. 그 당시 나는 K와 사고방식이 많이 달라서 스님과 K의 대화에 그다지 귀를 기울일 생각도 없었으나, K는 니치렌에 대해 질문을 쏟아내고 있었습니다. 니치렌은 소니치렌(草日蓮)이라고 불릴 만큼 초서를 매우 잘 썼다고 스님이 말하자, 글씨를 잘 쓰지 못하는 K가 시시하다는 표정을 지었던 게 아직도 기억납니다. K는 그보다 니치렌의 좀더 깊은 뜻을 알고 싶었던 것입니다. 스님이 그런 점에서 K를 충족시켜 주었는지는 의문이지만, 그는 절 경내를 나서면서도 쉴 새 없이 니치렌에 대한 이야기를 늘어놓았습니다. 나는 덥고 지쳐서 상대할 기력조차 없었기에, 그저 적당히 맞장구를 치다가 그조차 귀찮아져서 아예 입을 닫아버렸습니다.

  분명 그다음 날 밤의 일이었던 것 같은데, 우리는 숙소에

도착해 밥을 먹고 이제 곧 자려던 참에 난데없이 난해한 문제를 놓고 논쟁을 벌였습니다. K는 어제 자신이 니치렌에 대한 이야기를 했는데, 내가 별 반응을 보이지 않았던 것을 못마땅하게 생각하고 있었습니다. "정신적으로 더 나아가려는 마음이 없는 자는 바보다"라면서 나를 경박한 인간인 양 몰아붙였습니다. 하지만 나는 아가씨 일이 자꾸 마음에 걸려서, 모욕에 가까운 그의 말을 단순히 웃어넘길 수만은 없었습니다. 나는 나대로 변명에 나섰습니다.

31

그때 나는 자꾸만 '인간답다'라는 말을 입에 올렸습니다. K는 그 인간답다는 말에 내 모든 약점을 감추고 있다고 했습니다. 과연 나중에 생각해보니 그의 말이 맞았습니다. 그러나 인간답지 않다는 의미를 K에게 납득시키기 위해 그 말을 꺼낸 나는, 애당초 출발점이 이미 반항적이었기 때문에 그것을 반성할 여유는 없었습니다. 나는 더욱더 내 주장을 굽히지 않았습니다. 그러자 K는 자신의 어떤 점을 인간답지 않다고 하는 것인지 내게 물었습니다. 나는 그에게 말했습니다. 너는 인간답다, 어쩌면 지나치게 인간적일지도 모른다, 하지만 입으로는 인간답지 않은 말을 한다, 또 인간답지 않은 행동을 하려고 한다, 내가 이렇게 말했을 때, K는 다만 자신의 수양이 부족해서 남들에게 그렇게 보일지도 모르겠다고 대답했을 뿐, 전혀 반박하려 하지 않았습니다. 나는 김이 샜다기보다 오히려 그가 안쓰러워졌습니다. 곧바로 논쟁을 그만뒀습니다. K의 기분도 점점 가라앉았습니다. 그는 내가 자신처럼 옛사람들을 알고 있었더라면 이런 식으로 공격하지 않았을 거라며 상심한 모습을 보였습니다. K가 말하는 옛사람이란 물론 영웅도 아니고 호걸도 아니었습니다. 영혼을 위해 육신을 억압하고, 도를 위해 몸을 채찍질했던, 이른바 난행고행이라는 극한의 수행을 실천했던 사람들을 가리키는 것이었습니다. K는 나에게 자신이 그것 때문에 얼마나 괴로워하는지 이해하지 못하는 게 너무도 안타깝다고 밝혔습니다.

  K와 나는 그 얘기를 끝으로 잠자리에 들었습니다. 그리고 그 이튿날부터 다시 평소의 행상 같은 모습으로 돌아가 땀을 뻘뻘 흘리며 길을 걸어갔습니다. 하지만 나는 길을 가면서도 문득문득 그날 밤의 일을 떠올렸습니다. 내게 더없이 좋은 기회가 주어졌었는데, 왜 모른 척 그냥 흘려보냈을까 하는 후회가 몰려왔습니다. 인간답다 같은 추상적인 표현을 사용할 게 아니라, 더 직접적이고 단순한 이야기를 K에게 털어놓았더라면 좋았을 텐데 하고 말입니다. 사실대로 말하자면, 내가 그런 표현을 만들어낸 것도 아가씨에 대한 내 감

정이 바탕이 되었기 때문에, 사실을 증류해서 꾸민 이론 따위를 K의 귀에 쏟아내기보다 원래 형태 그대로 그의 눈앞에 드러내는 편이 나에게 더 유리했을 것입니다. 내가 그렇게 하지 못했던 이유는 학문적 교류를 기반으로 한 우리의 친밀함에 자연스레 생긴 일종의 타성을 과감히 깨부술 용기가 부족했기 때문임을 여기서 고백합니다. 지나치게 체면을 차렸다고 해도, 허영심이 화를 불렀다고 해도 결국 같은 이야기겠지만, 내가 말하는 체면이나 허영은 일반적인 의미와는 조금 다릅니다. 그것을 당신이 알아주기만 한다면 나는 만족합니다.

우리는 새까맣게 타서 도쿄로 돌아왔습니다. 돌아왔을 때 내 기분은 또 달라져 있었습니다. 인간답다느니 인간답지 않다느니 하는 쓸데없는 논리는 머릿속에 거의 남아 있지 않았습니다. K에게서도 더는 종교인 같은 모습은 보이지 않았습니다. 아마 그때는 그의 마음속 어디에도 영혼이니 육신이니 하는 문제는 깃들어 있지 않았을 것입니다. 우리는 이방인 같은 얼굴로 바삐 굴러가는 도쿄를 둘러보았습니다. 그리고 료고쿠로 가서 그 더운 날 샤모˚를 먹었습니다. K는 그 기세로 고이시카와까지 걸어서 가자고 했습니다. 체력으로 보자면 K보다 내가 더 강했기에 나는 곧바로 동의했습니다.

˚샤모라는 닭의 품종을 재료로 한 뜨끈한 국물 요리.

하숙집에 도착했을 때, 아주머니는 우리를 보고 깜짝 놀랐습니다. 단지 피부만 까맣게 탄 게 아니라 무턱대고 걸어서 몹시 야위어 있었던 것입니다. 아주머니는 그래도 건강해 보인다며 우리를 칭찬해주었습니다. 아가씨는 아주머니의 그런 모순된 말이 웃기다며 또다시 웃음을 터뜨렸습니다. 여행 전에는 가끔 짜증이 치밀었던 나도 그 순간만큼은 유쾌한 기분이 들었습니다. 상황도 상황인 데다 오랜만에 듣는 웃음소리 때문이었겠지요.

32

그뿐만 아니라, 나는 아가씨의 태도가 얼마 전과 달라진 것을 눈치챘습니다. 오랜만에 여행에서 돌아온 우리가 일상으로 완전히 자리 잡기까지는 매사 여자의 손길이 필요했는데, 우리를 돌봐주는 아주머니는 그렇다 치고, 아가씨는 모든 일에서 항상 나를 먼저 챙기고 K를 후순위로 두는 듯했습니다. 그런 태도를 너무 노골적으로 드러냈다면 나도 당황했을지도 모릅니다. 상황에 따라서는 도리어 불쾌감을 느꼈을 수도 있지만, 아가씨의 행동은 그 점에서 아주 요령이 좋았기 때문에 나는 기뻤습니다. 아가씨는 나만 알아챌 수 있도록 나에게 특별히 더 친절을 베풀어주었습니다. 그래서

K도 딱히 기분 나쁜 기색 없이 태연했습니다. 나는 마음속으로 조용히 그에 대한 승리감을 만끽했습니다.

이윽고 여름도 지나고 9월 중순부터 우리는 다시 학교 수업에 출석해야 했습니다. K와 나는 각자 일정이 달라 귀가 시간이 엇갈렸습니다. 내가 K보다 늦게 돌아오는 날이 일주일에 세 번 정도 있었지만, 언제 돌아와도 아가씨가 K 방에 있는 모습은 볼 수 없었습니다. K는 여느 때와 같은 눈빛으로 "지금 오냐?"를 규칙처럼 반복했습니다. 나도 기계처럼 짧고 의미 없는 인사를 건넸습니다.

아마 10월 중순쯤으로 기억합니다. 그날은 늦잠을 자는 바람에 실내복 차림으로 급히 학교로 갔습니다. 신발 끈 묶는 시간도 아까워 그냥 조리를 신고 뛰쳐나갔습니다. 그날은 일정상 내가 K보다 먼저 귀가할 예정이었습니다. 당연히 그런 줄 알고 현관 격자문을 열었습니다. 그런데 집에 없을 거라 생각한 K의 목소리가 들려왔습니다. 동시에 아가씨의 웃음소리도 내 귀에 울렸습니다. 나는 신발을 벗는 번거로움 없이 곧장 현관을 지나 방문을 열었습니다. 평소처럼 책상 앞에 앉아 있는 K가 보였습니다. 하지만 아가씨는 보이지 않았습니다. K의 방에서 도망치듯 빠져나가는 그 뒷모습을 잠깐 봤을 뿐입니다. 나는 K에게 왜 이렇게 일찍 돌아왔느냐고 물었습니다. 그는 몸이 좋지 않아 쉬고 있었다고 답했습니다. 내 방으로 와 앉아 있는데, 잠시 후 아가씨가 차를 내오더니 비로소 잘 다녀왔느냐고 인사했습니다. 나는 웃으면서 아까 왜 도망쳤느냐고 말할 만큼 대범한 사내가 아닙니다. 하지만 속은 타들어 갔습니다. 아가씨는 곧 자리를 뜨며 툇마루를 따라 건너갔습니다. 하지만 K의 방 앞에 멈춰 서더니 서로 몇 마디 주고받았습니다. 아까 하던 이야기를 마저 하는 것이겠지만, 앞의 대화를 듣지 못한 나는 그 내용을 알 수 없었습니다.

 아가씨의 태도는 점점 거리낌이 없어졌습니다. K와 내가 함께 있을 때도, K의 방 앞으로 와서 그의 이름을 불렀습니다. 그리고 방에 들어가 느긋하게 머물렀습니다. 물론 우편물을 전해주거나 세탁물을 두고 가는 일도 있었기에 한집에 사는 사이로서 당연한 일이었을지도 모릅니다. 하지만 아가씨를 독차지하고 싶다는 강한 일념에 사로잡힌 내게는 아무래도 당연한 일 이상으로 보였습니다. 때로는 아가씨가 일부러 내 방을 피하고 K에게만 가는 것처럼 느끼기까지 했습니다. 그렇다면 왜 K에게 집을 나가달라고 하지 않았느냐고 당신은 물을 수도 있겠지만, 그러면 내가 K를 억지로 데려온 취지가 무색해질 뿐입니다. 나는 그럴 수 없었습니다.

33

11월 비가 내리는 추운 날이었습니다. 나는 외투를 적시며 곤냐쿠엔마*를 지나 좁은 비탈길을 올라 집으로 돌아왔습니다. K의 방은 비어 있었지만, 화로에는 갓 넣은 숯이 따스하게 타오르고 있었습니다. 나도 언 손을 빨리 녹이고 싶어 서둘러 내 방문을 열었지만, 화로에는 차가운 재만 남았을 뿐, 불씨조차 꺼져 있었습니다. 순간, 나는 불쾌한 감정을 느꼈습니다.

그때 내 발소리를 듣고 나온 이는 아주머니였습니다. 아주머니는 말없이 방 한가운데 서 있는 나를 보며 옷 갈아입는 걸 거들어주었습니다. 내가 춥다고 하자 곧장 옆방에서 K의 화로를 가지고 왔습니다. K가 벌써 돌아왔느냐고 묻자 아주머니는 왔다가 다시 나갔다고 답했습니다. 그날도 K는 나보다 늦게 귀가할 일정이었기에 나는 의아했습니다. 아주머니는 무슨 볼일이 생긴 모양이라고 말했습니다.

나는 잠시 자리에 앉아 책을 읽었습니다. 집 안이 말소리 하나 없이 조용해서 초겨울의 추위와 쓸쓸함이 온몸을 파고드는 느낌이었습니다. 나는 책을 덮고 일어섰습니다. 문

---

* 도쿄에 있는 겐가쿠지(源寺) 절의 염라대왕상을 말한다. 곤약을 공양물로 바치며 질병 치유를 기원하는 민간 신앙에서 유래한 별칭으로, 특히 눈 질환이나 몸의 고통에 효험이 있다고 한다.

득 북적이는 곳으로 가고 싶어졌습니다. 비는 거의 그친 듯했지만, 하늘은 여전히 차가운 납덩이처럼 무거워 보였습니다. 혹시 몰라 우산을 챙겨서 포병공창의 뒷담을 따라 동쪽으로 비탈길을 내려갔습니다. 당시에는 도로 정비가 되지 않아 경사가 지금보다 훨씬 가팔랐고 길도 좁고 구불구불했습니다. 게다가 골짜기로 내려가면 남쪽이 높은 건물로 막혀 있고 배수가 잘되지 않아서 길이 진창이었습니다. 특히 좁은 돌다리를 건너 야나기초 거리로 나가는 길이 매우 험했습니다. 나막신을 신어도 장화를 신어도 편히 건널 수 없었습니다. 누구든 길 한복판 좁고 긴 진창길을 조심스럽게 걸어야 했습니다. 폭이 겨우 30~60센티미터 정도여서, 마치 길에 깔린 허리띠를 밟고 건너는 듯했습니다. 나는 이 좁은 길 위에서 K와 마주쳤습니다. 발밑만 신경 쓰던 나는 그와 정면으로 마주칠 때까지 그의 존재를 알아차리지 못했습니다. 갑자기 앞이 막혀 고개를 들었을 때, 비로소 그곳에 서 있는 K를 알아봤습니다. 나는 K에게 어디에 다녀왔느냐고 물었고 그는 "잠깐 좀"이라고만 말했습니다. 그의 대답은 늘 그렇듯 무심했습니다. K와 나는 좁은 길 위에서 몸을 비켜 지나갔습니다. 그 순간, K의 바로 뒤에 젊은 여자가 서 있는 게 보였습니다. 근시인 나는 그때까지 잘 몰랐는데, K를 지나친 후 여자의 얼굴을 보니 다름 아닌 하숙집 아가씨여서 깜짝 놀랐습니다. 아가씨는 얼굴이 약간 상기된 채 내게 인사했습니다. 당시 유행하던 머리는 지금과 달리 앞머리 없이 머리 중앙에 뱀처럼 둥글게 말아 올린 모습이었습니다. 나는 멍하니 아가씨의 머리를 바라보다가, 문득 누군가 길을 양보해야 한다는 것을 깨달았습니다. 나는 과감히 한쪽 발을 진흙탕에 내딛고 비교적 걷기 쉬운 길을 내주어 아가씨가 지나가게 했습니다.

그렇게 해서 야나기초 거리로 나왔지만 어디로 가야 할지 알 수 없었습니다. 어디를 가든 재미없을 것 같았습니다. 흙탕물이 튀든 말든 질퍽한 길을 막 걸었습니다. 그리고 바로 집으로 돌아왔습니다.

34

나는 K에게 아가씨와 함께 나갔다 왔느냐고 물었습니다. K는 그렇지 않다고 했습니다. 마사고초에서 우연히 만나 함께 돌아오게 되었다고 설명했습니다. 나는 더 깊이 캐묻는 것을 자제해야 했습니다. 하지만 식사 때 다시 아가씨에게 같은 질문을 던지고 싶어졌습니다. 그러자 아가씨는 내가 싫어하는 그 웃음을 지었습니다. 그러더니 어디 갔었는지 맞혀보라고까지 말했습니다. 그 무렵 나는 성미가 급했기 때문에 젊은 여자에게 그렇게 가벼이 다뤄지는 것이 못마땅했습니다. 그런데 이를 눈치챈 사람은 식탁에 앉아 있던 사람 중 오직 아주머니뿐이었습니다. K는 오히려 태연했습니다. 아가씨의 태도는 일부러 그러는 것인지, 정말 몰라서 그러는 것인지 분명하지 않았습니다. 아가씨는 젊은 여자치고는 사려가 깊은 편이었지만, 내가 싫어하는 젊은 여자 특유의 면모도 없지 않았습니다. 그리고 싫은 그 점은 K가 우리 집에 오고 나서야 비로소 내 눈에 띄기 시작했습니다. 그것을 K에 대한 나의 질투로 돌려야 하는지, 혹은 나를 향한 아가씨의 계산된 행동으로 보아야 하는지 조금 분간하기 어려웠습니다. 나는 지금도 당시 나의 질투심을 결코 부정할 생각은 없습니다. 누차 말했듯이 사랑의 이면에 이 감정이 작용하고 있음을 분명히 의식하고 있었으니까요. 게다가 사소한 일에도 어김없이 이 감정이 고개를 쳐들곤 했으니까요. 이건 여담이지만, 이런 질투는 사랑의 한 단면이 아닐까요? 나는 결혼한 후 이 감정이 점차 희미해지는 것을 느꼈습니다. 사랑도 예전처럼 맹렬하지 않음을 느꼈습니다.

나는 그때까지 망설이고 있던 내 마음을 과감히 상대에게 털어놓을까 생각했습니다. 여기서 말하는 상대란 아가씨가 아니라 아주머니였습니다. 아주머니에게 아가씨는 내게 달라고 분명히 담판을 지을까 고민했던 것입니다. 그렇게 결심했지만 나는 하루 또 하루 실행의 날을 미뤄만 갔습니다. 이렇게 말하는 내가 몹시 우유부단한 남자로 보일지도 모르겠습니다. 아니 그렇게 보인다 해도 어쩔 수 없지만, 사실 내가 쉽사리 나아가지 못했던 이유는 의지력이 부족해서가 아니었습니다. K가 오기 전까지는 다른 사람의 뜻대로 되는 것이 싫다는 자존심이 나를 억눌러 한 발자국도 움직이지 못했습니다. K가 들어온 후에는 혹시 아가씨가 K에게 마음이 있는 건 아닐까 하는 의심이 끊임없이 나를 제지했습니다. 만약 아가씨가 나보다 K에게 마음이 기울었다면, 이 사랑을 입 밖에 낼 가치조차 없다고 생각한 것입니다. 창피를 당할까 두려웠던 것이 아닙니다. 내가 아무리 좋아해도 상대가 은밀히 다른 사람에게 사랑의 눈길을 보내고 있다면, 그런 여자와 맺어지긴 싫었습니다. 세상에는 자신이 좋아하는 여자를 억지로 아내로 삼고서 기뻐하는 자도 있지만, 그건 나 같은 사람보다 훨씬 닳고 닳은 사내이거나, 아니면 사랑의 심리를 제대로 이해하지 못하는 둔한 자나 하는 짓이라고 생각했습니다. 일단 아내로 맞아들이기만 하면 어떻게든 안정을 찾게 될 것이라는 철학은 도저히 받아들일 수 없을 만큼 내 사랑은 타오르고 있었습니다. 다시 말해 지극히 고상한 사랑의 이론가였습니다. 동시에 가장 현실과 동떨어진 사랑의 실천가였던 셈이지요.

오랜 시간 함께 지내는 동안, 정작 중요한 아가씨에게 직접 내 마음을 털어놓을 기회도 있었지만, 나는 일부러 그것을 피했습니다. 일본의 관습상, 그런 일은 허락되지 않는다는 자각이 강했으니까요. 하지만 결코 그것만이 나를 얽매었던 건 아니었습니다. 일본인, 특히 일본의 젊은 여자는 그런 상황에서 상대방에게 자신의 생각을 거리낌 없이 솔직하게 말할 만한 용기가 부족하다고 생각했던 것입니다.

                              35

　이런 이유로 나는 어느 쪽으로 나아가야 할지 몰라 그 자리에서 우두커니 서 있었습니다. 몸이 좋지 않을 때 낮잠을 자면, 주위가 분명히 보이는데도 도무지 팔다리를 움직일 수 없을 때가 있습니다. 종종 나는 남몰래 그런 고통을 느꼈던 것입니다.
　그러는 동안 해가 저물고 봄이 되었습니다. 어느 날, 아주머니가 K에게 가루타 놀이*를 하게 친구를 데려오지 않겠느냐고 했습니다. 그러자 K가 친구 같은 건 한 명도 없다고 대답하는 바람에 아주머니가 깜짝 놀랐습니다. 실제로 K에게는 친구라고 할 만한 사람이 단 한 명도 없습니다. 오다가

---

* 100명의 시인이 지은 와카(和歌, 일본 전통 시)를 모은 시집인 《백인일수(百人一首)》를 이용한 카드 게임으로, 한 사람이 시의 첫 부분을 읽으면, 참가자들이 그에 맞는 후반부가 적힌 카드를 빨리 찾아내는 방식이다. 포르투갈어 Carta(카르타, 카드)에서 유래했다.

다 만나 인사를 주고받을 정도의 지인은 몇 있었지만, 그들조차 결코 가루타 같은 놀이를 즐길 만한 사람들이 아니었습니다. 아주머니는 그러면 내가 아는 사람이라도 불러오는 게 어떻겠냐고 다시 물었지만, 나 역시 그런 유쾌한 놀이를 할 기분이 아니었기에 적당히 건성으로 대답하고 넘어갔습니다. 그러나 저녁때 K와 나는 결국 아가씨에게 끌려 나오고 말았습니다. 손님도 없이 집안사람들끼리만 소규모로 하는 가루타였기에 무척이나 조용했습니다. 더구나 이런 놀이에 익숙하지 않은 K는 있으나 마나 한 사람이었습니다. 나는 K에게 대체 《백인일수》의 시를 알기나 하느냐고 물었습니다. K는 잘 모른다고 답했습니다. 내 말을 들은 아가씨는 K를 무시한다고 받아들였던 모양입니다. 그때부터 눈에 띄게 K를 편들기 시작했습니다. 결국에는 둘이 거의 한편이 되어 나를 맞서는 모양새가 되어버렸습니다. 상대방의 태도에 따라서는 싸움이 났을지도 모릅니다. 다행히도 K의 태도는 처음과 전혀 변함이 없었습니다. 그에게서 거만한 기색을 전혀 찾아볼 수 없었던 나는 별일 없이 그 자리를 마무리할 수 있었습니다.

   그로부터 이삼일 지났을 겁니다. 아주머니와 아가씨는 아침부터 이치가야에 있는 친척 집에 간다며 집을 나섰습니다. K도 나도 아직 학기가 시작되지 않았기 때문에 집을 지키는 사람처럼 뒤에 남겨졌습니다. 나는 책을 읽는 것도, 산

책을 나가는 것도 내키지 않아서, 그저 멍하니 화롯가에 팔꿈치를 얹고 턱을 괸 채 생각에 잠겼습니다. 옆방에 있는 K도 전혀 소리를 내지 않았습니다. 서로가 그곳에 있는지 없는지도 모를 만큼 조용했습니다. 하기야 이런 일은 우리 둘 사이에서는 별로 드문 일도 아니었기에 나는 딱히 신경 쓰지 않았습니다.

10시쯤 되자 K는 대뜸 장지문을 열고 내 얼굴을 마주 보았습니다. 그는 문지방 위에 선 채로 내게 무슨 생각을 하느냐고 물었습니다. 나는 애초에 아무 생각도 없었습니다. 만약 무언가를 생각했다면 여느 때처럼 아가씨와 관련된 것인지도 모릅니다. 물론 그 아가씨한테는 아주머니도 딸려 있었지만, 요즘에는 K까지 떼어놓을 수 없는 존재처럼 내 머릿속을 맴돌면서 문제를 더욱 복잡하게 만들고 있었습니다. K와 마주한 나는 지금까지 어렴풋이 그를 일종의 방해물처럼 인식했으면서도 분명하게 인정할 수는 없었습니다. 나는 여전히 그의 얼굴을 바라보며 침묵하고 있었습니다. 그러자 K가 성큼성큼 내 방으로 들어와, 내가 쬐고 있던 화로 앞에 앉았습니다. 나는 곧바로 두 팔꿈치를 화로 가장자리에서 치우고, 자연스럽게 그것을 K 쪽으로 살며시 밀어주었습니다.

K는 평소와 다르게 어울리지 않는 이야기를 시작했습니다. 아주머니와 아가씨는 이치가야 어디로 갔을까 하고 묻

는 것이었습니다. 나는 "아마 이모님 댁이겠지"라고 답했습니다. 그러자 K는 그 이모란 사람이 누구냐고 다시 물었습니다. 나는 "이모님도 군인의 부인이야"라고 알려주었습니다. 그러자 K는 "여자들은 보통 십오 일이 지나야 신년 인사를 하러 가는데, 왜 그렇게 일찍 갔을까?" 하고 물었습니다. 나는 "그건 나도 모르겠다"라고 답할 수밖에 없었습니다.

36

K는 좀처럼 아주머니와 아가씨의 이야기를 그만두지 않았습니다. 그러다 나도 대답할 수 없을 만큼 깊은 얘기까지 파고들었습니다. 나는 귀찮다기보다 의아하다는 느낌에 휩싸였습니다. 예전에 내가 그 두 사람을 화제로 삼아 얘기를 걸었을 때의 K를 떠올리면, 아무래도 그의 태도가 변한 것을 알아차리지 않을 수 없었습니다. 나는 마침내 어째서 오늘은 그런 얘기만 하는지 물었습니다. 그때 K는 갑자기 침묵했습니다. 하지만 나는 꾹 다문 그의 입가가 살짝 떨리는 것을 주시했습니다. 그는 원래 말수가 적은 남자였습니다. 평소에도 뭔가 말하려고 하면, 말하기 전에 입 주위를 우물거리는 버릇이 있었습니다. 그의 입술이 그의 의지에 반항하듯이 쉽게 열리지 않은 데에는 그가 하려는 말의 무게도

담겨 있었던 것이겠지요. 일단 목소리가 입을 뚫고 나오면 그 목소리에는 보통 사람보다 두 배는 강한 힘이 있었습니다.

그의 입가를 잠시 봤을 때, 또 무언가 나오겠구나 하고 직감했지만, 과연 무슨 말을 준비하는지는 전혀 전혀 예상하지 못했습니다. 그래서 놀랐습니다. 그의 무거운 입에서 아가씨에 대한 애절한 사랑 고백이 나왔을 때의 나를 상상해보십시오. 나는 그의 마법 지팡이에 한순간에 화석이 되어버린 것 같았습니다. 입을 우물거릴 힘조차 사라져버렸습니다.

그 순간 나는 두려움 덩어리였다고 해야 할까요, 아니면 괴로움 덩어리였다고 해야 할까요, 아무튼 하나의 덩어리였습니다. 돌이나 쇠처럼 머리부터 발끝까지 굳어버렸습니다. 숨조차 제대로 쉬지 못할 정도로 굳어버렸습니다. 다행히도 그 상태는 오래가지 않았습니다. 잠시 후 다시 인간다운 기분을 되찾았습니다. 그리고 곧 실수했다는 생각이 들었습니다. 선수를 빼앗겼다고 느꼈습니다. 하지만 그다음엔 대체 어떻게 해야 할지 생각이 나지 않았습니다. 아마 생각할 여유조차 없었겠지요. 나는 겨드랑이에서 흘러나온 서늘한 땀이 셔츠에 배어드는 것을 꾹 참고 가만히 있었습니다. K는 그동안 무거운 입을 열고 한 마디씩 천천히 자신의 마음을 털어놓았습니다. 나는 견딜 수 없이 괴로웠습니다. 아마도 그 괴로움은 내 얼굴에 커다란 광고처럼 선명한 글씨로 붙어 있었을 겁니다. 아무리 K라도 그것을 눈치채지 못했을 리 없지만, 그는 또 그대로 자신의 얘기에만 신경이 쏠려 내 표정 따위에는 주의를 기울일 겨를이 없었겠지요. 그의 고백은 처음부터 끝까지 같은 어조로 이어졌습니다. 무겁고 느린 대신, 쉽게 흔들릴 것 같지 않은 인상을 주었습니다. 마음의 반은 그의 고백을 들으면서도, 반은 어떻게 해야 하나 고민으로 혼란스러웠기에 세세한 부분은 거의 귀에 들어오지 않았지만, 그의 어조만큼은 가슴에 깊이 남았습니다. 그래서 나는 앞에서 말한 괴로움뿐만 아니라 일종의 두려움까지 느꼈습니다. 즉 상대는 나보다 강하다는 공포심이 싹트기 시작한 것입니다.

K의 이야기가 끝났을 때 나는 아무 말도 할 수 없었습니다. 나도 그에게 같은 고백을 해야 할까, 아니면 숨겨야 할까, 그런 계산을 하느라 침묵한 게 아닙니다. 그저 아무 말도 할 수 없었습니다. 말할 마음도 나지 않았습니다.

점심때 K와 나는 마주 보고 앉았습니다. 하녀가 시중을 들어주었는데, 나는 평소보다 맛없는 밥을 겨우 먹었습니다. 식사 내내 거의 대화가 없었습니다. 아주머니와 아가씨는 언제 돌아올지 알 수 없었습니다.

37

우리 둘은 각자 방으로 들어간 뒤로 얼굴을 마주하지 않았습니다. K는 아침 때처럼 조용했습니다. 나도 골똘히 생각에 잠겼습니다.

나는 당연히 내 마음을 K에게 털어놓아야 한다고 생각했습니다. 하지만 이미 때를 놓쳤다는 느낌도 들었습니다. 왜 아까 K의 말을 가로막고 내가 먼저 반격하지 않았는지 그게 치명적인 실수 같았습니다. 최소한 K의 고백 직후라도 내 마음을 솔직히 얘기했더라면 더 나았으리라고 생각했습니다. 하지만 이제 와 내가 다시 같은 얘기를 꺼내는 건 아무리 생각해도 이상했습니다. 나는 이 부자연스러움을 극복하는 방법을 알지 못했습니다. 내 머릿속은 회한으로 요동쳤습니다.

나는 K가 다시 문을 열고 내게 돌진해오길 바랐습니다. 내 입장에서 보면, 아까는 기습을 당한 것이나 마찬가지였습니다. K에게 대응할 준비가 전혀 되어 있지 않았습니다. 나는 오전에 잃어버린 것을 이번에는 되찾고야 말겠다는 마음을 품고 있었습니다. 그래서 때때로 시선을 들어 문을 쳐다봤습니다. 하지만 그 문은 끝에 열리지 않았습니다. 그리고 K는 언제까지나 조용한 채로 있었습니다.

그러는 사이 내 머릿속은 이 조용함 때문에 점점 번잡해졌습니다. K가 문 너머에서 무슨 생각을 하고 있는지 신경이 쓰여 견딜 수가 없었습니다. 평소에도 이렇게 문 하나를 사이에 두고 서로 침묵하는 경우는 종종 있었으나, K가 조용할수록 그의 존재를 잊어버리는 것이 예삿일이었습니다. 그런데 그때의 나는 제정신이 아니었습니다. 그런데도 내가 먼저 문을 열 용기는 나지 않았습니다. 일단 말할 기회를 놓쳐버린 나는 다시 K가 움직일 때까지 기다릴 수밖에 없었습니다.

마침내 가만히 있을 수 없게 되었습니다. 억지로 참고 있다가는 K의 방에 뛰어들 것 같았습니다. 어쩔 수 없이 일어나 마루로 나갔습니다. 거기서 거실로 가 아무런 목적도 없이 쇠주전자에서 찻잔에 뜨거운 물을 따르고 한 잔 마셨습니다. 그리고 현관으로 나섰습니다. 일부러 K의 방을 피하듯 움직이다 보니 나는 어느새 길 한복판에 서 있었습니다. 물론 갈 데도 없었습니다. 단지 가만히 있을 수 없었을 뿐입니다. 그래서 방향도 신경 쓰지 않고 정월의 거리를 무작정 걸었습니다. 아무리 걸어도 내 머릿속은 K 생각으로 가득했습니다. K를 떨쳐버리기 위해 돌아다녔던 건 아닙니다. 오히려 나서서 그의 존재를 곱씹으며 거리를 헤매고 다녔던 것입니다.

우선 나로서는 그를 도무지 이해할 수 없었습니다. 어째서 그런 얘기를 느닷없이 나한테 털어놓았을까, 또 어째서 그렇게 털어놓지 않을 수 없을 정도로 그의 사랑은 깊어졌을까, 그리고 평소의 그는 어디로 사라져버렸을까, 모든 것이 내게는 이해하기 어려운 문제였습니다. 나는 그가 강한 사람임을 알고 있었습니다. 또 그가 진실한 사람임도 알고 있었습니다. 나는 앞으로 내가 취해야 할 태도를 결정하기 전에 그에게 물어야 할 것이 많다고 생각했습니다. 동시에 이제부터 그를 상대해야 한다는 게 묘하게 기분 나빴습니다. 나는 정신없이 거리를 걸으면서도 방 안에 가만히 앉아 있는 그의 모습을 시종 머릿속에 그렸습니다. 게다가 아무리 걸어도 그를 움직이게 할 수 없다는 목소리가 어디선가 들려오는 것만 같았습니다. 말하자면 내게는 그가 일종의 마물처럼 느껴졌기 때문이겠지요. 그에게서 영원히 저주를 받은 건 아닐까 하는 생각까지 들었습니다.

지쳐서 집에 돌아왔을 때, 그의 방은 여전히 인기척 없이 조용했습니다.

38

내가 집에 돌아오고 얼마 지나지 않아 인력거 소리가 들렸습니다. 그때는 지금처럼 고무바퀴가 없던 시절이라 덜컹거리는 불쾌한 소리가 꽤 먼 거리에서도 들렸습니다. 인력거는 이윽고 문 앞에서 멈췄습니다.

내가 저녁 식사에 불려 간 것은 그로부터 약 삼십 분 후였는데, 아직 아주머니와 아가씨의 벗어놓은 옷가지가 옆방을 어수선하게 장식하고 있었습니다. 두 사람은 늦어지면 미안하니까 식사 준비 시간에 맞춰 서둘러 돌아왔다고 했습니다. 그러나 아주머니의 배려는 K와 나에게 거의 무의미했습니다. 나는 식탁에 앉았지만 말을 아끼는 사람처럼 무뚝뚝하게 인사만 건넸습니다. K는 나보다 더 말이 없었습니다. 모처럼 모녀가 기분 좋게 외출하고 온 터라 우리의 태도는 더욱 눈에 띄었습니다. 아주머니는 내게 무슨 일이 있었느냐고 물었습니다. 나는 몸이 좀 좋지 않다고 답했습니다. 실제로 몸이 좋지 않았기 때문입니다. 그러자 이번에는 K에게 같은 질문을 던졌습니다. K는 나처럼 몸이 안 좋다고는 하지 않았습니다. 단지 말하고 싶지 않아서라고 답했습니다. 아가씨는 왜 말하고 싶지 않냐며 캐물었습니다. 나는 그때 문득 무거운 눈꺼풀을 들어 K의 얼굴을 바라보았습니다. K가 어떻게 대답할지 궁금했기 때문입니다. K의 입술은 여느 때처럼 살짝 떨렸습니다. 모르는 사람의 눈에는 마치 대답을 망설이는 것처럼 보였겠지요. 아가씨는 웃으며 "또 뭔가 어려운 문제를 생각하겠지요" 하고 말했습니다. 그러자 K의 얼굴이 살짝 붉어졌습니다.

그날 밤 나는 평소보다 일찍 잠자리에 들었습니다. 식사 때 내가 몸이 안 좋다고 한 게 신경 쓰였는지 아주머니는 밤 10시쯤 메밀차를 가져왔습니다. 하지만 내 방은 이미 컴컴했습니다. 아주머니는 "아이고, 어쩌나" 하면서 내 방문을 살며시 열었습니다. K의 책상에서 새어 나온 램프 불빛이 비스듬히 내 방으로 들어왔습니다. K는 아직 깨어 있는 듯했습니다. 아주머니는 내 머리맡에 앉아 감기에 걸린 듯하니 몸을 따듯하게 해야 한다며 찻잔을 내밀었습니다. 어쩔 수 없이 지켜보는 앞에서 걸쭉한 메밀차를 마셨습니다.

나는 밤늦도록 어둠 속에서 생각했습니다. 물론 같은 문제가 빙빙 맴돌 뿐, 아무런 성과도 없습니다. 문득 K는 옆방에서 무엇을 하고 있을지 궁금해졌습니다. 반쯤 무의식 상태에서 "어이" 하고 불렀습니다. 그러자 K도 "응"이라고 대답했습니다. 그도 아직 깨어 있었습니다. 나는 아직 안 자냐고 장지문 너머로 물었습니다. 이제 잘 거라는 간단한 대답이 돌아왔습니다. "뭐 하고 있었는데?" 하고 다시 물었지만, 이번에는 대답이 없었습니다. 대신 오륙 분쯤 지나자 벽장을 열고 이부자리를 펴는 소리가 손에 잡힐 듯 들려왔습니다. 나는 지금이 몇 시냐고 다시 물었습니다. K는 1시 20분이라고 했습니다. 곧 램프를 후 불어 끄는 소리가 나고 집 안은 고요한 어둠에 잠겼습니다.

하지만 어둠 속에서도 내 눈은 더욱 또렷해질 뿐이었습니다. 다시 반쯤 무의식 상태에서 "어이" 하고 K를 불렀습니다. K도 전과 같은 투로 "응" 하고 대답했습니다. 나는 오늘 아침에 들은 얘기에 대해 좀더 자세히 듣고 싶은데 괜찮겠냐고 물었습니다. 물론 장지문 너머로 그런 대화를 나눌 생각은 없었지만, K의 대답만은 바로 들을 수 있을 거라 생각했습니다. 그런데 K는 아까까진 두 번이나 "어이"라고 불렀을 때, 두 번 다 "응"이라 순순히 대답했지만, 이번에는 응하지 않았습니다. 대신 낮은 목소리로 "글쎄" 하며 주저했습니다. 나는 또다시 흠칫 놀랐습니다.

39

K의 애매한 대답은 다음 날에도 그다음 날에도 그의 태도에 그대로 드러났습니다. K는 자신이 먼저 그 문제를 꺼내려는 기미를 전혀 보이지 않았습니다. 물론 기회가 없긴 했습니다. 아주머니와 아가씨가 함께 온종일 집을 비우지 않는 한, 둘이서 차분히 그런 이야기를 나눌 수 없었으니까요. 나는 그걸 잘 알고 있었습니다. 알면서도 이상하게 초조했습니다. 그래서 처음에는 그가 먼저 말을 꺼내기를 기다리려고 했지만, 결국 기회가 생기면 내가 먼저 이야기를 꺼내야지 결심하게 되었습니다.

동시에 조용히 집안사람들의 모습을 관찰했습니다. 하지

만 아주머니의 태도나 아가씨의 행동에도 평소와 다른 점은 없었습니다. K의 고백 전후로 그들의 태도에 특별한 변화가 없다면, 그 고백은 오직 내게만 한 것이고, 정작 중요한 당사자에게도, 아가씨를 가장 가까이에서 지켜보는 아주머니에게도 아직 전하지 않은 게 분명했습니다. 그렇게 생각하니 조금 안심이 되었습니다. 그래서 무리하게 기회를 만들어 일부러 얘기를 꺼내기보다 자연스럽게 찾아오는 기회를 놓치지 않는 편이 낫겠다 싶어 당분간 그 문제는 건드리지 않고 조용히 덮어 두기로 했습니다.

이렇게 말하면 별것 아닌 것처럼 들리겠지만, 그 과정에서 내 마음은 밀물과 썰물처럼 감정의 높낮이를 겪었습니다. 나는 꿈쩍도 하지 않는 K의 태도를 보며 다양한 의미를 부여했습니다. 아주머니와 아가씨의 말과 행동을 살피며 두 사람의 마음이 정말 드러난 그대로인지 의심해보기도 했습니다. 그러면서 인간의 마음에 설치된 복잡한 기계가 시곗바늘처럼 정확하고 거짓 없이 시계판 위의 숫자를 가리킬 수 있을까 하고 생각했습니다. 요컨대 나는 같은 문제를 이리저리 고민한 끝에 마침내 그런 결론에 도달했다고 생각해주십시오. 더 엄밀히 따지자면, 결론에 도달했다는 표현조차 적절하지 않을지도 모릅니다.

그러는 사이 다시 학기가 시작되었습니다. 우리는 수업 시간이 같은 날에는 함께 집을 나섰고, 형편이 맞을 때는 돌아올 때도 같이 귀가했습니다. K와 나는 겉으로는 예전과 다름없이 친하게 보였습니다. 하지만 속으로는 각자 자기 생각에만 몰두하고 있었음이 틀림없습니다. 어느 날 나는 길에서 갑자기 K를 다그쳤습니다. 가장 먼저 물어본 건 지난번 그 고백이 나에게만 한 것인지, 아니면 아주머니나 아가씨에게도 한 것이냐는 점이었습니다. 앞으로 내가 취할 태도는 그의 대답에 따라 결정해야 한다고 생각했습니다. 그러자 K는 아직 아무에게도 얘기하지 않았다고 분명히 말했습니다. 내 추측이 맞았기에 내심 기뻤습니다. 나는 K가 나보다 더 고집스럽다는 것을 잘 알고 있었습니다. 그의 배짱에는 당해낼 재간이 없다는 자각도 있었습니다. 그러나 한편으로는 또 묘하게 그를 신뢰하고 있었습니다. 그는 학비 문제로 양부모를 삼 년이나 속였지만, 내게는 조금도 신뢰를 잃지 않았습니다. 오히려 그 일로 나는 그를 더욱 믿게 되었습니다. 그러니 아무리 의심이 많은 나라도 그의 명확한 대답을 부정할 마음은 들지 않았던 것입니다.

나는 다시 K에게 네 사랑을 어떻게 할 생각인지 물었습니다. 그것이 단순한 자백에 불과한지, 아니면 실질적인 결과를 얻고자 하는지를 물었습니다. 하지만 그 질문에 그는 아무런 대답도 하지 않았습니다. 고개를 숙이고 걷기만 했습니다. 나는 숨기지 말고 솔직히 말해달라고 부탁했습니다. 그는 내게 숨길 이유가 전혀 없다고 단호히 말했습니다. 그러나 내가 알고자 하는 부분에 대해서는 한마디도 하지 않았습니다. 길 한복판에서 굳이 멈춰 세우면서까지 캐물을 순 없어 결국 대화를 끝내고 말았습니다.

40

어느 날 나는 오랜만에 학교 도서관에 갔습니다. 넓은 책상의 한쪽 구석에 앉아 창문으로 들어오는 햇빛을 반쯤 받으며, 새로 들어온 외국 잡지를 뒤적이고 있었습니다. 담당 교수님이 전공과 관련된 어떤 사안을 조사해 오라는 과제를 냈지만, 필요한 자료를 좀처럼 찾을 수 없어서 두세 번이나 다른 잡지를 빌려야 했습니다. 마침내 필요한 논문을 찾아 열심히 읽고 있는데, 순간 넓은 책상 맞은편에서 작은 소리로 내 이름을 부르는 사람이 있었습니다. 고개를 휙 들어보니 K가 서 있었습니다. 그는 상체를 책상 위로 숙이고 내 쪽으로 얼굴을 쑥 내밀었습니다. 알다시피 도서관에서는 다른 사람에게 방해가 될 정도로 큰 소리로 말할 수 없으니, K의 이런 행동은 누구나 하는 것이었지만, 그때만큼은 뭔가 이상한 기분이 들었습니다.

K는 낮은 목소리로 공부 중이냐고 물었습니다. 나는 잠시 조사할 것이 있다고 대답했습니다. 그런데도 K는 여전히 내

게서 얼굴을 떼지 않았습니다. 똑같이 낮은 목소리로 함께 산책하지 않겠느냐고 말했습니다. 나는 조금만 기다려주면 가겠다고 했습니다. K는 기다리겠다며 얼른 내 앞의 빈자리에 앉았습니다. 그 순간 나는 산만해져서 갑자기 잡지를 읽을 수 없었습니다. K의 마음속에 뭔가 꿍꿍이가 있어 담판이라도 지으러 온 것만 같았습니다. 나는 어쩔 수 없이 읽던 잡지를 덮고 일어서려 했습니다. K는 차분한 모습으로 벌써 다 끝났느냐고 물었습니다. 아무래도 상관없다고 대답한 뒤 잡지를 반납하고 K와 함께 도서관을 나섰습니다.

우리는 딱히 갈 곳도 없어서 다쓰오카초에서 이케노하타로 나가 우에노 공원으로 들어갔습니다. 그때 K는 지난번 일에 대해 갑자기 입을 열었습니다. 앞뒤 상황을 종합해보면 K는 그 얘기를 하려고 일부러 나를 산책에 데리고 나온 것 같았습니다. 하지만 그의 태도는 아직 구체적인 방향으로 나아가지 못했습니다. 그는 막연하게 어떻게 생각하느냐고 물었습니다. 사랑에 빠진 자신을 내가 어떤 눈으로 바라보는지를 묻는 것이었습니다. 한마디로 그는 현재의 자신에 대해 내 의견을 듣고 싶었던 겁니다. 거기서 나는 그가 평소와 다르다는 것을 분명히 확인할 수 있었습니다. 거듭 말하지만, 그는 애초에 남의 생각을 의식할 만큼 나약한 성격이 아니었습니다. 한번 믿으면 혼자서 앞으로 나아갈 용기와 배짱이 있는 사내였습니다. 양부모 사건으로 그의 그런 특징이 가슴에 깊이 새겨졌던 나는 이번에는 뭔가 다르다는 것을 확실히 느꼈습니다.

내가 K에게 이런 상황에 왜 내 의견이 필요하느냐고 묻자, 그는 평소와 달리 풀이 죽은 어투로 자신이 이렇게 나약한 인간이라는 게 정말 부끄럽다고 말했습니다. 그렇게 망설이다 보니 스스로 자신을 이해할 수 없게 되어서 내게 공정한 판단을 구할 수밖에 없다고 말했습니다. 나는 망설인다는 게 무슨 의미냐고 되물었습니다. K는 나아가야 할지, 물러서야 할지 망설이고 있노라고 설명했습니다. 나는 얼른 한 걸음 나아가, 물러서려고 마음먹으면 물러설 수 있느냐고 물었습니다. 그러자 그는 말문이 막혔습니다. 단지 괴롭다고 했을 뿐입니다. 실제로 그의 표정에는 고통이 역력했습니다. 만약 상대가 아가씨가 아니었다면, 나는 그가 원하는 대답을 그의 메마른 얼굴에 단비처럼 내려주었을지도 모릅니다. 나는 그만큼 따뜻한 동정심을 갖고 태어난 사람이라고 스스로 믿고 있었습니다. 하지만 그때의 나는 달랐습니다.

41

나는 마치 다른 유파와 대련을 하는 사람처럼 K를 주시했습니다. 내 눈, 내 마음, 내 몸, 나라는 이름이 붙은 모든 것을 한 치의 빈틈도 없이 준비한 채 K를 상대했습니다. 죄 없는 K는 허점투성이였다기보다 도리어 활짝 문을 열어둔 것처럼 무방비 상태였습니다. 자신이 보관하고 있던 요새의 지도를 직접 내게 쥐여주고 제 눈앞에서 찬찬히 들여다보게 한 꼴이나 다름없었습니다.

K가 이상과 현실 사이에서 방황하며 흔들리고 있는 모습을 발견한 나는, 단 한 방으로 그를 쓰러뜨릴 수 있는 급소만을 공략했습니다. 그리고 즉시 그의 허점을 파고들었습니다. 나를 그를 향해 갑자기 엄숙하고도 진지한 태도를 보였습니다. 물론 의도적인 계략이었지만, 그 태도에 걸맞은 긴장감도 있었기에 나 자신을 웃습다거나 부끄럽게 여길 여유는 없었습니다. 나는 일단 "정신적으로 더 나아가려는 마음이 없는 자는 바보다"라고 거침없이 내뱉었습니다. 이건 둘이서 보슈 여행을 할 때 K가 내게 했던 말입니다. 나는 그가 했던 말을 그와 똑같은 말투로 그대로 되돌려주었습니다. 하지만 결코 복수는 아니었습니다. 복수보다 더 잔혹한 의미를 담고 있었음을 고백합니다. 나는 그 한마디로 K 앞에 펼쳐진 사랑의 길을 가로막으려 했던 것입니다.

K는 정토진종 사찰에서 태어났습니다. 그러나 그의 성향은 중학 시절부터 집안의 종교적 교리를 따르지 않았습니다. 교리의 차이를 제대로 구별하지 못하는 내가 이렇다 할

자격이 없다는 건 알고 있지만, 남녀 관련된 문제만큼은 그 차이를 알고 있습니다. K는 전부터 정진이라는 말을 좋아했습니다. 나는 그 안에 금욕이라는 의미도 포함되어 있으리라 해석했습니다. 하지만 나중에 실제로 들어보니 그보다 더 엄격한 의미를 담고 있어서 놀랐습니다. 도를 위해서는 모든 것을 희생해야 한다는 것이 그의 첫 번째 신조였기 때문에 절제와 금욕은 물론, 심지어 욕망을 초월한 사랑조차도 도의 방해물이 된다는 것입니다. K가 자립했을 때 나는 그에게서 그런 주장을 자주 들었습니다. 그때부터 아가씨를 마음에 두고 있던 나는 필연적으로 그의 주장에 반박할 수밖에 없었습니다. 내가 반박하면 K는 언제나 안타까운 표정을 지었습니다. 하지만 거기에는 동정보다 모멸이 더 강하게 드러나 있었습니다.

이런 과거를 함께 지내왔으니 "정신적으로 더 나아가려는 마음이 없는 자는 바보다"라는 말은 K에게 아프게 들렸을 것입니다. 하지만 앞서 말했듯이 나는 이 한마디로 그가 힘들게 쌓아온 과거를 짓밟을 생각은 아니었습니다. 오히려 그것을 지금까지처럼 계속 쌓아가게 하려고 했습니다. 그것이 도에 닿든, 하늘에 닿든 상관없었습니다. 단지 K가 갑자기 삶의 방향을 틀어 나와의 이해관계가 충돌하는 것을 두려워했을 뿐입니다. 결국 내 말은 단순한 이기심의 표현이었습니다.

"정신적으로 더 나아가려는 마음이 없는 자는 바보다."

나는 같은 말을 두 번이나 되풀이했습니다. 그리고 그 말이 K에게 어떤 영향을 미치는지 지켜보았습니다.

"바보지."

잠시 후 K가 대답했습니다.

"난 바보야."

K는 그 자리에 서서 꼼짝도 하지 않았습니다. 그는 땅바닥을 보고 있었습니다. 나는 순간 깜짝 놀랐습니다. 그 순간 K가 궁지에 몰린 강도처럼 느껴졌기 때문입니다. 하지만 그렇다고 하기에는 그의 목소리에 너무나도 힘이 없었습니다. 나는 그의 눈빛을 확인하고 싶었지만, 그는 끝까지 내 얼굴을 보지 않았습니다. 그러고는 다시 천천히 걷기 시작했습니다.

42

나는 K와 나란히 걸으면서 그가 다음에 어떤 말을 할지 속으로 조용히 기다렸습니다. 그때 나는 K를 몰래 속여도 상관없다고까지 생각했습니다. 하지만 나에게도 교육받은 만큼의 양심은 있었기에 만약 누군가 내 곁에 와서 넌 비겁해, 하고 한마디 속삭여주었다면 나는 순간 정신을 차렸을

지도 모릅니다. 만일 그 사람이 K였다면 난 아마 그의 앞에서 얼굴을 붉혔겠지요. 하지만 K는 나를 꾸짖기에는 너무나 정직했습니다. 너무나 단순했습니다. 너무나 선한 사람이었습니다. 눈이 멀어버린 나는 그에게 경의를 표하기보다 오히려 그 점을 이용하려 했습니다.

K는 잠시 후 내 이름을 부르며 나를 보았습니다. 이번에는 내가 저절로 발을 멈추었습니다. 그러자 K도 멈췄습니다. 그제야 나는 K의 눈을 마주 볼 수 있었습니다. K는 나보다 키가 커서 나는 자연스럽게 그를 올려다볼 수밖에 없었습니다. 나는 그런 태도로 늑대 같은 마음을 죄 없는 양에게로 향했습니다.

"이제 그 얘기는 그만하자."

K가 말했습니다. 그의 눈에도, 그의 말에도 어딘가 비통함이 서려 있었습니다. 나는 잠시 아무 말도 하지 못했습니다. 그러자 K는 "그만해줘" 하고 이번에는 부탁하듯 말했습니다. 그때 나는 그에게 잔혹한 대답을 던졌습니다. 늑대가 방심한 양의 목을 물어뜯듯이.

"그만해달라니, 애초에 네가 먼저 꺼낸 얘기잖아. 물론 네가 그만하고 싶다면 그만둬도 좋아. 하지만 말로만 그래서는 의미가 없지. 진심으로 그만할 각오가 없다면. 대체 네가 평소 주장하던 신념은 어쩔 생각인데?"

내가 이렇게 말했을 때, 키가 큰 그는 내 앞에서 절로 위축되어 작아지는 느낌이었습니다. 그는 항상 말했듯 매우 고집이 센 사람이었으나, 한편으로는 남들보다 갑절은 더 정직한 사람이었기에 자신의 모순을 심하게 비난받으면 결코 태연할 수 없는 성격이었습니다. 나는 그의 모습을 보고 드디어 안심했습니다. 그러자 그가 불쑥 "각오?"라고 되물었습니다. 그러고는 내가 대답하기도 전에 "각오, …못 할 것도 없지"라고 덧붙였습니다. 그의 말투는 혼잣말 같았습니다. 또한 꿈속에서 중얼거리는 듯했습니다.

우리는 그쯤에서 이야기를 끝내고 고이시카와의 하숙집 쪽으로 발길을 돌렸습니다. 비교적 바람 없는 따스한 날이었지만, 그래도 겨울인지라 공원 안은 쓸쓸했습니다. 특히 서리를 맞아 푸른빛을 잃은 삼나무 숲의 다갈색이 희뿌연 어둠이 깔린 하늘에 나뭇가지들이 나란히 우뚝 솟아 있는 모습을 돌아보았을 때, 추위가 등 뒤로 파고드는 것 같았습니다. 우리는 저녁 무렵의 혼고다이를 빠르게 지나 다시 맞은편 언덕으로 오르기 위해 고이시카와 골짜기로 내려갔습니다. 그제야 외투 속에서 몸의 온기가 느껴졌습니다.

급히 서둘렀던 탓도 있겠지만, 우리 둘은 돌아오는 길에 거의 말을 하지 않았습니다. 하숙집에 돌아와 식탁에 앉자 아주머니가 왜 이렇게 늦었느냐고 물었습니다. 나는 K가 가자고 해서 우에노에 다녀왔다고 대답했습니다. 그러자 아주머니는 "이렇게 추운 날에?"라며 놀란 기색을 보였습니다.

아가씨는 "우에노에 뭐 볼 만한 게 있었어요?"라며 궁금해했습니다. 나는 "아무것도 없었어요. 그냥 산책한 거예요"라고만 답했습니다. 원래도 말수가 적었던 K는 그날따라 더욱 말이 없었습니다. 아주머니가 말을 걸어도, 아가씨가 웃으며 장난을 쳐도, 제대로 대답하지 않았습니다. 그러고는 밥을 마시듯이 먹더니 내가 아직 자리에서 일어나기도 전에 자기 방으로 돌아가 버렸습니다.

43

그 시절에는 각성이니 새로운 삶이니 하는 말조차 없던 때였습니다. 하지만 K가 낡은 자신을 가볍게 내던지고 새로운 길로 달려가지 못한 것은 현대적인 사고가 부족해서가 아니었습니다. 그에게는 버릴 수 없을 만큼 소중한 과거가 있었기 때문입니다. 그가 지금까지 살아온 이유라고 해도 과언이 아닐 것입니다. 그래서 K가 사랑을 향해 맹목적으로 돌진하지 않았다고 해서, 그의 사랑이 미온적이었다는 증거가 되진 않습니다. 아무리 격렬한 감정이 타올라도 그는 함부로 움직일 수 없었습니다. 앞뒤를 가릴 수 없을 만큼 강한 충동이 일어날 기회가 그에게 주어지지 않는 한, K는 반드시 잠깐 멈춰 서서 자신의 과거를 돌아볼 수밖에 없었습니다. 그러면 지금껏 그래왔듯 과거가 가리키는 길을 따라 걸어야만 했습니다. 더구나 그에게는 현대인에게 없는 강한 고집과 인내심이 있었습니다. 나는 이러한 점에서 그의 마음을 꿰뚫어 보고 있었다고 생각합니다.

우에노에서 돌아온 그날 밤은 나에게 비교적 평온한 밤이었습니다. 나는 K가 방으로 들어가자, 쫓아가 그의 책상 옆에 앉았습니다. 그리고 가벼운 잡담을 건넸습니다. K는 귀찮아하는 눈치였습니다. 내 눈에 승리감이 비쳤겠지요. 내 목소리에는 분명 우월감이 담겨 있었습니다. 나는 잠시 K와 한 화로에 손을 쬔 뒤, 내 방으로 돌아왔습니다. 평소에는 어떤 면에서도 그를 따라갈 수 없었던 나였지만, 그때만큼은 두려울 게 없었습니다.

나는 곧 평온한 잠에 빠졌습니다. 하지만 돌연 내 이름을 부르는 소리에 눈을 떴습니다. 보니까 장지문이 60센티미터 정도 열려 있고, 그곳에 K의 검은 그림자가 서 있었습니다. 그리고 그의 방에는 여전히 불이 켜져 있었습니다. 갑작스럽게 세계가 바뀐 나는 순간 멍하니 아무 말도 못 하고 그 광경을 바라보았습니다.

그때 K가 벌써 자느냐고 물었습니다. 그는 항상 늦게까지 깨어 있는 사람이었습니다. 나는 검은 그림자 같은 그를 향해 무슨 일이냐고 되물었습니다. K는 별일은 아니고 벌써 자는지, 아직 깨어 있는지 궁금해서 화장실 다녀오는 길에 물어봤을 뿐이라고 답했습니다. K는 램프 불빛을 등지고 있어서 K의 낯빛이나 눈빛이 전혀 보이지 않았습니다. 하지만 그의 목소리는 평소보다 오히려 차분하게 들렸습니다.

이윽고 K는 열린 장지문을 꼭 닫았습니다. 방 안은 다시 어둠 속으로 돌아왔습니다. 나는 그 어둠 속에서 조용한 꿈을 꾸기 위해 다시 눈을 감았습니다. 그리고 그 이후로는 아무것도 기억하지 못합니다. 하지만 다음 날 아침, 어젯밤 일을 떠올려보니 뭔가 이상했습니다. 혹시 전부 꿈은 아니었을까 싶었습니다. 그래서 아침 식사 때 K에게 물어보았습니다. 그는 정말 장지문을 열고 내 이름을 불렀다고 했습니다. 왜 그랬냐고 묻자 딱히 분명한 대답도 하지 않았습니다. 그러더니 조금 있다가 요즘 잠은 잘 자느냐고 오히려 되물었습니다. 나는 뭔가 이상하다고 느꼈습니다.

그날 우리는 마침 같은 시간에 시작하는 강의가 있어서 함께 하숙집을 나섰습니다. 아침부터 어젯밤 일이 마음에 걸렸던 나는 가는 길에 다시 K를 추궁했습니다. 하지만 K는 여전히 흡족할 만한 답을 주지 않았습니다. 나는 그 일에 대해 뭔가 얘기할 생각이 아니었느냐고 확인했지만, K는 단호하게 아니라고 답했습니다. 어제 우에노에서 이제 그 얘기는 그만하기로 하지 않았느냐고 주의를 주는 것처럼 들렸습니다. K는 그런 점에서 예민한 자존심을 가진 사람이었습니다. 문득 그가 말한 '각오'라는 말이 떠올랐습니다. 그러자 지금까지 아무렇지도 않았던 그 두 글자가 기묘한 힘으로 내 머릿속을 짓누르기 시작했습니다.

44

나는 K의 결단력 있는 성격을 잘 알고 있었습니다. 그리고 그가 이번 일에서만 유독 우유부단한 이유도 이해하고 있었습니다. 즉 나는 일반적인 그의 성향을 알고 있었기에 이번 일이 예외임을 간파했다고 자신했던 겁니다. 그런데 '각오'라는 그의 말을 곱씹을수록 내 확신은 점점 빛을 잃었고, 마침내 휘청이기 시작했습니다. 어쩌면 이번 일도 예외가 아닐지도 모른다는 생각이 들었습니다. 모든 의혹과 번민과 고민을 한 번에 해결할 최후의 수단을 K가 마음속에 숨기고 있는 건 아닐까 하는 의심이 들었습니다. 그런 새로운 시각에서 '각오'라는 두 글자를 다시 떠올린 나는 흠칫 놀랐습니다. 만약 그때 내가 이 놀람을 무시하지 않고, 다시 한번 그가 입에 담았던 각오의 내용을 공평하게 되짚었더라면 그나마 나았을지도 모릅니다. 슬프게도, 나는 외눈박이였습니다. 단지 K가 아가씨에게 적극적으로 다가가려 한다는 의미로만 해석했습니다. 결단력 있는 그의 성격이 사랑에서도 발휘된 것이, 바로 그의 '각오'라고 철석같이 믿어버린 것입니다.

나는 내게도 마지막 결단이 필요하다는 소리를 마음의 귀로 들었습니다. 그 소리에 즉각 응하여 용기를 불러일으켰습니다. K보다 먼저, 그것도 K가 모르는 사이에 일을 수행해야 한다고 각오를 다졌습니다. 가만히 기회를 엿보았습니다. 하지만 이틀이 지나도 사흘이 지나도 그 기회를 잡을 수 없었습니다. K와 아가씨가 없을 때를 기다려 아주머니와 담판을 지으려 생각했습니다. 그러나 한쪽이 없으면 다른 한쪽이 방해하는 식의 날들만 계속될 뿐, 도저히 '지금이다!'라고 생각할 만한 절호의 기회가 찾아오지 않았습니다. 나는 초조했습니다.

일주일 후, 나는 결국 참지 못하고 꾀병을 피웠습니다. 아주머니도 아가씨도 K 본인까지도 일어나라고 재촉했지만, 나는 마지못해 건성으로 대답할 뿐 10시 무렵까지 이불을 뒤집어쓰고 누워 있었습니다. K도 아가씨가 나가고 집 안이 조용해진 틈을 타 자리에서 일어났습니다. 아주머니는 내 얼굴을 보자마자 어디가 아프냐고 물었습니다. 식사는 머리맡으로 가져다줄 테니 좀더 자는 게 좋겠다고 충고도 해주었습니다. 꾀병이었던 나는 도저히 다시 누울 수가 없었습니다. 세수하고 평소대로 거실에서 밥을 먹었습니다. 그때 아주머니는 긴 화로 너머에서 내게 밥을 차려주었습니다. 나는 아침인지 점심인지 모를 밥그릇을 손에 든 채, 어떻게

애기를 꺼내야 할지 그것만 고민하느라, 겉보기에는 정말로 몸이 좋지 않은 환자처럼 보였을 것입니다.

나는 식사를 마치고 담배를 피웠습니다. 내가 일어나지 않아 아주머니도 화로 곁을 떠나지 못했습니다. 하녀를 불러 밥상을 치우게 한 후, 쇠주전자에 물을 붓거나 화롯가를 닦으며 내 눈치를 살폈습니다. 나는 아주머니에게 무슨 용건이라도 있느냐고 물었습니다. 아주머니는 아니라고 대답했지만, 이번에는 아주머니 쪽에서 내게 왜 그러느냐고 되물었습니다. 나는 사실 잠시 할 얘기가 있다고 말했습니다. 아주머니는 무슨 이야기냐면서 내 얼굴을 바라보았습니다. 아주머니의 태도는 마치 내 기분을 전혀 이해하지 못한 듯 가볍기만 해서 다음 말을 어떻게 꺼내야 할지 망설였습니다.

하는 수 없이 빙빙 돌려 말하다가 결국 K가 최근에 무슨 말을 하지 않았느냐고 아주머니에게 물어보았습니다. 아주머니는 뜻밖이라는 듯 "무슨 얘기?" 하고 되물었습니다. 그러고는 내가 대답하기도 전에 "학생한테는 무슨 말을 했어?" 하고 되려 질문을 던졌습니다.

45

K에게 들은 얘기를 아주머니에게 전할 생각이 없었던 나

는 "아니요"라고 답했지만, 곧바로 내 거짓말이 불쾌하게 느껴졌습니다. 그에게서 딱히 어떤 부탁을 받은 적은 없으니 K에 관한 일은 아니라고 말을 고쳤습니다. 아주머니는 그러냐면서 다음 말을 기다렸습니다. 나는 결국 말을 꺼내야만 하는 상황에 이르렀습니다. 그래서 불쑥 "아주머니, 따님을 제게 주십시오"라고 말했습니다. 아주머니는 내가 예상했던 만큼 놀란 기색은 보이지 않았으나, 그래도 잠시 아무런 대답도 하지 못한 채 내 얼굴을 물끄러미 쳐다봤습니다. 일단 말을 꺼낸 나는 아주머니가 아무리 빤히 쳐다보아도 거기에 신경 쓸 겨를이 없었습니다. "주세요, 꼭 주십시오"라고 말했습니다. "제 아내로 꼭 맞이하고 싶습니다"라고 말했습니다. 아주머니는 나이가 있는 만큼, 나보다 훨씬 침착했습니다. "줘도 괜찮지만, 너무 급하지 않아?"라고 물었습니다. 내가 "급히 아내로 맞이하고 싶습니다"라고 얼른 대답하자 아주머니는 웃음을 터뜨렸습니다. 그러고는 "잘 생각해본 거야?"라고 확인했습니다. 나는 갑자기 말을 꺼내긴 했어도, 급하게 결정한 건 아니었다고 강한 어조로 설명했습니다.

그 후에도 두세 차례 더 문답이 오갔지만, 나는 그것을 잊어버리고 말았습니다. 남자처럼 명확하고 단호한 면이 있는 아주머니는 보통 여자들과 달리 이럴 때 굉장히 시원스럽게 대화를 나눌 수 있는 사람이었습니다.

"좋아, 주지."

아주머니는 말했습니다. "준다고 할 게 뭐 있나. 그런 말 할 처지가 아닌데. 제발 데려가게. 알다시피 아버지도 없는 가엾은 아이 아닌가" 하고 나중에는 아주머니 쪽에서 부탁했습니다.

이야기는 간단명료하게 정리되었습니다. 처음부터 끝까지 아마 십오 분도 채 걸리지 않았을 것입니다. 아주머니는 아무런 조건도 내걸지 않았습니다. 친척들과 의논할 필요도 없이 나중에 얘기하면 그것으로 충분하다고 했습니다. 본인의 의향조차 물어볼 것 없다고 단언했습니다. 그런 점에서 보면 학문을 배운 내가 오히려 형식에 얽매이는 것 같았습니다. 친척은 그렇다 쳐도 당사자에게는 미리 얘기해서 승낙을 얻는 게 순서일 것 같다고 내가 조심스럽게 말했을 때, 아주머니는 "괜찮아, 내가 아무렴 본인이 싫다는 곳에 보내겠어?"라고 답했습니다.

방으로 돌아왔지만, 일이 너무 순조롭게 진행된 것 같아 오히려 이상한 기분이 들었습니다. 정말 괜찮을까 하는 의심이 머릿속 깊이 파고들었습니다. 하지만 대체로 내 미래의 운명은 이것으로 결정되었다는 확신이 내 모든 것을 새롭게 변화시켰습니다.

정오 무렵, 나는 다시 거실로 나가 아주머니에게 아침에 나눈 이야기를 언제 따님에게 전할 생각인지 물었습니다.

아주머니는 자신만 괜찮다면 언제 얘기해도 상관없지 않겠냐는 식으로 말했습니다. 이렇게 되니 나보다 상대방이 더 남자 같아서 그만 자리에서 뜨려고 했습니다. 그러자 아주머니가 나를 붙잡고 혹시 빠른 게 좋으면 오늘이라도 괜찮다, 교습에서 돌아오면 바로 얘기하겠다고 말했습니다. 나는 그러는 편이 좋겠다고 대답한 후, 다시 내 방으로 돌아왔습니다. 하지만 책상 앞에 가만히 앉아, 두 사람이 소곤거리는 것을 멀리고 듣고 있을 나를 상상해보니 어쩐지 차분히 있을 수 없었습니다. 나는 결국 모자를 쓰고 밖으로 나왔습니다. 그런데 언덕 아래에서 또 아가씨와 마주쳤습니다. 아무것도 모르는 아가씨는 나를 보고 놀란 듯했습니다. 내가 모자를 벗으며 "지금 돌아오는 길인가요?"라고 묻자, 오히려 아가씨가 이제 안 아프냐면서 의아하다는 듯 되물었습니다. 나는 "네, 나았어요, 다 나았습니다"라고 대답한 후, 스이도바시 쪽으로 휙 돌아서 가버렸습니다.

46

사루가쿠초에서 진보초 거리로 나와 오가와마치 쪽으로 방향을 틀었습니다. 그 주변을 걷는 이유는 늘 헌책방을 구경하기 위해서였지만, 그날은 손때 묻은 책들을 볼 마음이 아무래도 들지 않았습니다. 걸으면서도 끊임없이 하숙집 일을 생각했습니다. 조금 전 아주머니에 대한 기억이 떠올랐습니다. 그리고 아가씨가 집으로 들어간 후의 일을 상상했습니다. 결국 나는 이 두 가지 생각에 이끌려 걸음을 옮기고 있었던 것입니다. 때때로 길 한복판에 무심코 멈춰 서곤 했습니다. 그러면서 지금쯤이면 아주머니가 아가씨에게 그 얘기를 전하고 있겠지, 하고 생각했습니다. 또 어떤 순간에는 그 얘긴 이미 끝났을지도 모른다고 생각했습니다.

그러다 만세이바시를 건너 묘진 언덕을 올라 혼고다이로 가서, 다시 기쿠자카를 내려와 마침내 고이시카와 골짜기로 내려갔습니다. 내가 걸어간 길은 이 세 구역에 걸쳐 일그러진 원을 그렸다고도 할 수 있지만, 이 긴 산책 동안 K에 대한 생각은 거의 하지 않았습니다. 지금 와 당시의 나를 되돌아보며 왜 그랬을까, 하고 나 자신에게 물어봐도 도무지 알 수가 없습니다. 그저 이상할 따름입니다. 내 마음이 K를 잊을 정도로 몹시 긴장해 있었다고 할 수도 있지만, 그렇다 해도 내 양심이 그것을 용납할 리는 없었으니까요.

K에 대한 내 양심이 부활한 건 내가 하숙집 격자문을 열고 현관에서 거실로 들어가려는 순간, 그러니까 늘 그렇듯 그의 방을 지나가려던 바로 그 순간이었습니다. 그는 여느 때처럼 책상에 앉아 책을 읽고 있었습니다. 그는 여느 때처럼 책에서 눈을 떼고 나를 바라봤습니다. 하지만 여느 때처

럼 "지금 오냐?"라고 묻지 않았습니다. 대신 "아픈 건 괜찮아? 병원에는 다녀왔고?"라고 물었습니다. 그 찰나에 나는 그 앞에 무릎을 꿇고 사과하고 싶었습니다. 게다가 내가 느낀 그때의 충동은 결코 가볍지 않았습니다. 만일 K와 내가 광야의 한가운데 단둘이 서 있었다면, 나는 분명 양심의 명령을 따라 그 자리에서 사죄했을 것입니다. 그러나 안쪽에는 사람들이 있었습니다. 내 자연스러운 충동은 거기서 멈춰버리고 말았습니다. 그리고 슬프게도 영원히 부활하지 않았습니다.

저녁 식사 때 K와 나는 다시 얼굴을 마주했습니다. 아무것도 모르는 K는 그저 가라앉아 있을 뿐, 나를 의심스러운 눈길로 쳐다보지는 않았습니다. 아무것도 모르는 아주머니는 평소보다 기분이 좋아 보였습니다. 오직 나만 모든 것을 알고 있습니다. 나는 납덩이 같은 밥을 먹었습니다. 그때 아가씨는 평소처럼 함께 식탁에 앉지 않았습니다. 아주머니가 재촉하자 옆방에서 "지금 가요" 하고 대답할 뿐이었습니다. K는 그 소리를 의아하다는 듯 듣고 있었습니다. 그러다 아주머니에게 왜 저러냐고 물었습니다. 아주머니는 "쑥스러운가 보지" 하며 내 얼굴을 힐끔 바라보았습니다. K는 더욱더 의아하다는 듯이 뭐가 쑥스러우냐고 물었습니다. 아주머니는 미소를 지으며 다시 내 얼굴을 봤습니다.

나는 식탁에 앉자마자 아주머니의 표정을 보고 상황의 흐름을 대충 짐작하고 있었습니다. 그러나 K에게 설명하기 위해 내 앞에서 모든 걸 죄다 얘기해버린다면 견디기 힘들 것 같았습니다. 게다가 아주머니는 그 정도는 아무렇지도 않게 해버릴 사람이었기 때문에 나는 조마조마했습니다. 다행스럽게도 K는 다시 원래의 침묵으로 돌아갔습니다. 평소보다 좀더 기분이 좋아 보였던 아주머니도 결국 내가 두려워하는 부분까지는 얘기하지 않았습니다. 나는 안도의 한숨을 쉬며 방으로 돌아갔습니다. 하지만 앞으로 K에게 어떤 태도를 취해야 할지, 고민하지 않을 수 없었습니다. 여러 가지 변명을 마음속에서 만들어보았습니다. 하지만 어떤 변명도 K를 마주하고 늘어놓기에는 부족했습니다. 비겁한 나는 결국 K에게 해명하기가 싫어지고 말았습니다.

47

나는 그 상태로 이삼일을 보냈습니다. 그 이삼일 동안 K에 대한 끊임없는 불안이 내 가슴을 무겁게 짓누르고 있었음은 말할 것도 없습니다. 어떻게든 하지 않으면 그에게 너무 미안할 것 같았습니다. 그런 데다 아주머니와 아가씨의 태도가 계속 나를 찌르듯 자극하는 바람에 더욱더 괴로웠습니다. 어딘가 남자 같은 기질을 지닌 아주머니가 언제 내 애기를 식탁에서 K에게 폭로해버릴지 모를 일이었습니다. 그 후로 유독 눈에 띄는 나에 대한 아가씨의 행동도 K의 마음에 의심을 불러일으키는 씨앗이 되지 않는다고 단언할 수 없었습니다. 나는 어떻게든 나와 이 가족 사이에 형성된 새로운 관계를 K에게 알리지 않으면 안 되는 입장에 놓이게 되었습니다. 하지만 윤리적 약점을 가지고 있다고 스스로 인정한 나로서는 그게 또 너무나 어려운 일처럼 느껴졌습니다.

나는 어쩔 수 없이 아주머니에게 부탁해 K에게 좀 전달해달라고 할까도 생각했습니다. 물론 내가 없을 때 말입니다. 하지만 사실 그대로를 전달해버린다면, 직간접의 차이만 있을 뿐 면목이 없기는 매한가지입니다. 그렇다고 해서 이야기를 꾸며서 해달라고 하면 아주머니가 그 이유를 캐물을 게 뻔했습니다. 혹 아주머니에게 모든 사정을 털어놓고 부탁하면, 나는 스스로 내 약점을 사랑하는 사람과 그 어머니 앞에 죄다 꺼내 보이지 않으면 안 됩니다. 나로서는 그것이 내 미래의 신뢰와 직결된 문제라고밖에 생각되지 않았습니다. 결혼도 하기 전에 사랑하는 사람의 신뢰를 잃는 것은 비록 아주 작은 부분이라 할지라도 내게는 도저히 견딜 수 없는 불행처럼 보였습니다.

말하자면 나는 정직한 길을 가려고 했으나, 그만 발을 헛디디고 만 어리석은 사람이었습니다. 혹은 교활한 남자였습니다. 그리고 그 사실을 알고 있는 건 지금으로서는 오직 하늘과 내 마음뿐이었습니다. 하지만 다시 바로 서서 한 걸음 앞으로 내디디려면, 방금 헛디딘 사실을 반드시 주변 사람들에게 알려야 하는 곤경에 빠진 겁니다. 나는 끝까지 그 사실을 숨기고 싶었습니다. 동시에 어떻게든 나아가야 했습니다. 나는 이 사이에 갇혀 다시 주저앉고 말았습니다.

오륙일이 지난 후, 아주머니는 불쑥 K에게 그 일을 얘기했느냐고 물었습니다. 나는 아직 말하지 않았다고 대답했습니다. 그러자 왜 말하지 않았느냐며 아주머니가 나무랐습니다. 나는 그 질문 앞에서 굳어버렸습니다. 그때 아주머니가 나를 놀라게 한 말을 지금도 잊지 않고 기억합니다.

"그래서 내가 얘기했을 때 이상한 표정을 지었구나. 학생도 잘한 거 없지, 뭐. 평소 그렇게 친하게 지내더니 시침 뚝 떼고 말이야."

나는 K가 그때 무슨 말을 하지 않았느냐고 아주머니에게 물었습니다. 아주머니는 별다른 말은 없었다고 답했습니다. 그러나 좀더 자세히 묻지 않을 수 없었습니다. 아주머니는 애초에 아무것도 숨길 이유가 없었습니다.

"별다른 얘기는 없었는데"라면서 K의 반응을 하나하나 얘기해주었습니다.

아주머니의 말을 종합해서 생각해보니, K는 이 최후의 일격에 놀랐지만 차분하게 받아들인 듯했습니다. 아가씨와 나 사이에 맺어진 새로운 관계에 대해 처음에는 "그렇습니까" 하고 단 한마디만 했다고 합니다. 그러나 아주머니가 "학생도 축하해줘"라고 말하자, K는 그제야 아주머니의 얼굴을 보고 미소 지으며 "축하드립니다"라고 말한 뒤 자리에서 일어났다고 합니다. 그러더니 거실 장지문을 열기 전에 다시 아주머니를 돌아보며 "결혼식은 언제 올리나요?"라고 물었다고 합니다. 그러고는 "뭔가 축하 선물을 주고 싶은데, 돈이 없어서 줄 수가 없네요"라고 말했다고 합니다. 아주머니 앞에 앉아 있던 나는 그 얘기를 듣고 마음이 미어졌습니다.

48

헤아려보니 아주머니가 K에게 그 얘기를 한 지 벌써 이틀 정도 지나 있었습니다. 그동안 K는 내게 전혀 티를 내지 않았기에 나는 전혀 눈치채지 못했습니다. 그의 초연한 태도는 설령 겉모습뿐이었다 하더라도 경탄할 만하다고 나는 생각했습니다. 머릿속에서 그와 나를 비교해보니 그가 훨씬 더 훌륭해 보였습니다. 나는 계략으로 이겼지만 인간으로서는 패배했다는 감정이 가슴속에서 소용돌이쳤습니다. 그 순간, 그가 나를 경멸하고 있을 걸 생각하니 얼굴이 붉어졌습니다. 하지만 이제 와 K 앞에 나서서 수치심을 느끼는 건 내 자존심이 허락지 않았습니다.

K 앞에 나설지 그만둘지 고민하다가 일단 다음 날까지 기다리자고 결심한 게 토요일 밤이었습니다. 그런데 그날 밤, K는 스스로 목숨을 끊고 말았습니다. 나는 지금도 그 광경을 떠올리면 무서워집니다. 항상 머리를 동쪽으로 두고 자던 내가 그날 밤만은 우연히 서쪽으로 머리를 두게 잠자리를 편 것도 어쩌면 운명이었을지도 모릅니다. 머리맡으로 들이치는 차가운 바람에 문득 잠에서 깼습니다. 보니까 늘 닫혀 있는 K와 내 방 사이의 장지문이 얼마 전 밤과 비슷한 정도로 열려 있었습니다. 하지만 그때처럼 K의 검은 그림자는 서 있지 않았습니다. 나는 어떤 암시를 받은 사람처럼 팔꿈치를 짚고 몸을 일어나 K의 방을 들여다보았습니다. 램프가 희미하게 켜져 있었습니다. 침구도 깔려 있었습니다. 그러나 이불은 걷어차인 듯 아래쪽에 구겨져 있었습니다. 그리고 K는 엎드려 있었습니다.

나는 "어이" 하고 불렀습니다. 하지만 아무런 대답도 없었습니다. "왜 그러는데" 하고 다시 K를 불렀습니다. 그런데도 K는 미동도 하지 않았습니다. 곧바로 자리에서 일어나 문턱까지 갔습니다. 거기서 희미한 램프 불빛 아래 K의 방 안을 둘러 보았습니다.

그때 내가 받은 첫 느낌은 K에게 갑자기 사랑 고백을 들었을 때의 그것과 흡사했습니다. 내 눈은 그의 방 안을 보자마자, 마치 유리로 만든 의안(義眼)처럼 움직이는 능력을 상실했습니다. 나는 그 자리에서 얼어붙었습니다. 그것이 질풍처럼 나를 통과한 후, 다시 '아아, 내가 잘못했다' 하고 생각했습니다. 이제는 돌이킬 수 없다는 검은빛이 내 미래를 관통해 한순간에 내 앞에 놓인 전 생애를 섬뜩하게 비추었습니다. 온몸이 덜덜 떨리기 시작했습니다.

그럼에도 불구하고, 나는 끝내 나 자신을 잃을 순 없었습니다. 곧바로 책상 위에 놓여 있는 편지에 눈을 돌렸습니다. 예상대로 내 앞으로 되어 있었습니다. 정신없이 봉투를 뜯었습니다. 하지만 그 안에 내가 예상했던 내용은 전혀 쓰여 있지 않았습니다. 나를 향한 가혹한 말들이 빼곡하게 적혀 있으리라 예상했습니다. 그리고 만약 그걸 아주머니나 아가씨가 보게 된다면, 경멸받을지도 모른다는 공포가 있었습니다. 나는 편지를 잠깐 훑어보고는 우선 살았다고 생각했습니다(물론 체면상 살았다는 의미지만, 그 체면이라는 것이 내게는 무척 중대한 문제로 보였던 겁니다).

편지 내용은 간단했습니다. 오히려 추상적이었습니다. 자신은 의지가 약하고 행동력이 부족한 사람이라, 도저히 앞날에 희망이 없으므로 자살한다는 내용이 전부였습니다. 그 뒤에는 지금까지 내게 신세를 졌다는 감사의 말이, 매우 담담한 문장으로 덧붙여져 있었습니다. 신세를 진 김에 자신이 죽고 난 뒤의 뒷정리도 부탁한다는 말도 있었습니다. 아주머니에게 폐를 끼쳐 미안하니 대신 사과해달라는 문구도 있었습니다. 고향에는 내가 소식을 전해주었으면 한다는 부탁도 있었습니다. 필요한 내용은 빠짐없이 적혀 있었지만, 오직 아가씨의 이름만은 어디에도 보이지 않았습니다. 끝까지 읽고 나서야 K가 일부러 그녀의 이름을 피했다는 것을 깨달았습니다. 그러나 내가 가장 가슴 아팠던 건 남은 먹물로 덧붙인 듯한 마지막 한 문장이었습니다.

'좀더 일찍 죽었어야 했는데, 어째서 지금까지 살아 있었을까.'

나는 떨리는 손으로 편지를 접어 다시 봉투 안에 넣었습니다. 그리고 일부러 모두의 눈에 띄도록 원래대로 책상 위에 놓아두었습니다. 그리고 돌아서니 장지문에 튄 핏자국이 그제야 눈에 들어왔습니다.

49

나는 돌연 K의 머리를 감싸듯 두 손으로 살짝 들어 올렸습니다. K의 죽은 얼굴을 보고 싶었습니다. 하지만 엎드린 그의 얼굴을 아래에서 들여다보았을 때, 나는 즉시 손을 놓아버렸습니다. 오싹함 때문만이 아니었습니다. 그의 머리가 너무나 무겁게 느껴졌기 때문입니다. 방금 만졌던 차가운 귀와 평소와 다름없는 짧게 깎은 짙은 머리칼을 한동안 내려다보았습니다. 울고 싶은 마음은 조금도 들지 않았습니다. 단지 두려웠습니다. 그리고 그 두려움은 눈앞의 광경이 감각을 자극하여 일으키는 단순한 공포만은 아니었습니다. 홀연히 차가워진 친구를 통해 암시된 무서운 운명의 깊이를 실감했습니다.

멍하니 다시 내 방으로 돌아왔습니다. 그리고 네 평 남짓한 방 안을 빙빙 돌기 시작했습니다. 아무 의미가 없더라도 일단은 그렇게 움직이라고 내 머리가 내게 명령했습니다. 뭐라도 해야 한다고 생각했습니다. 동시에 아무것도 할 수 없다는 절망감도 들었습니다. 방 안을 빙빙 맴돌지 않을 수가 없었습니다. 마치 우리 안에 갇힌 곰처럼.

안채로 가서 아주머니를 깨워야 한다는 생각이 문득문득 들었습니다. 하지만 여자에게 이런 끔찍한 모습을 보여서는 안 된다는 마음이 곧 나를 막아섰습니다. 아주머니는 그렇다 쳐도 아가씨를 놀라게 하는 것만은 절대로 할 수 없다는 강한 의지가 나를 억눌렀습니다. 다시 방 안을 빙빙 돌기 시작했습니다.

그동안 나는 내 방의 램프를 켰습니다. 그러고서 이따금 시계를 봤습니다. 그때의 시계만큼 더디게 가는 건 없었습니다. 내가 정확히 몇 시에 깼는지는 알 수 없었지만, 새벽이 머지않았다는 것만은 분명합니다. 빙빙 방 안을 맴돌며

새벽이 오기를 애타게 기다리던 나는, 이 어두운 밤이 영원히 계속되는 건 아닐까 하는 생각에 사로잡혔습니다.

우리는 평소 아침 7시 전에 일어났습니다. 학교 강의가 주로 8시에 시작해서 그러지 않으면 지각하기 때문입니다. 그래서 하녀는 6시쯤에 일어났습니다. 하지만 그날 내가 하녀를 깨우러 간 시간은 아직 6시가 되기 전이었습니다. 그러자 아주머니가 오늘은 일요일이라고 했습니다. 아주머니는 내 발소리에 잠이 깬 것입니다. 나는 아주머니에게 "일어나셨으면 잠시 내 방으로 와주시겠어요" 하고 부탁했습니다. 아주머니는 잠옷 위에 평상복 겉옷을 걸치고 나를 따라왔습니다. 나는 방에 들어서자마자 지금껏 열려 있던 중간 장지문을 얼른 닫았습니다. 그러고는 작은 목소리로 아주머니에게 큰일이 났다고 말했습니다. 아주머니가 무슨 일이냐고 물었습니다. 나는 턱으로 옆방을 가리키며 말했습니다.

"놀라지 마세요."

아주머니의 얼굴이 창백해졌습니다.

"아주머니, K가 자살했습니다."

내가 다시 말했습니다. 아주머니는 그 자리에 굳어버린 듯 나를 보며 아무 말도 하지 못했습니다. 그때 나는 갑자기 아주머니 앞에 두 손을 짚고 머리를 숙여 사죄했습니다.

"죄송합니다. 제 잘못입니다. 아주머니께도 따님에게도 정말 죄송하게 됐습니다."

아주머니와 마주하기 전까지 그런 말을 할 생각은 전혀 없었습니다. 그런데 아주머니의 얼굴을 보자, 불현듯 나도 모르게 그런 말이 나오고 말았습니다. K에게 사과할 길이 없으니, 아주머니와 아가씨에게 사죄할 수밖에 없었던 것입니다. 나의 본성이 평소의 나를 앞질러 무의식적으로 참회의 말을 입 밖에 내게 한 겁니다. 다행히도 아주머니는 내 말에 그런 깊은 의미를 부여하지 않았습니다. 창백해진 얼굴로 "뜻하지 않은 사고잖아. 어쩔 수 없지" 하고 위로하듯 말해주었습니다. 하지만 그 얼굴에는 놀람과 두려움이 박힌 듯 경직되어 있었습니다.

50

 아주머니에겐 미안하지만, 나는 다시 일어나 방금 닫은 장지문을 열었습니다. 그 순간, K의 램프에 기름이 다 떨어졌는지 방 안은 어둠에 잠겨 있었습니다. 나는 되돌아가서 내 램프를 손에 들고 입구에 서서 아주머니를 돌아보았습니다. 아주머니는 내 뒤에 숨듯이 두 평 남짓한 방 안을 들여다보았습니다. 하지만 안으로 들어가려 하진 않았습니다. 그대로 두고 덧문을 열어달라고 내게 말했습니다. 그 후 아주머니는 역시 군인의 아내답게 능숙하게 대처했습니다. 나는 의사를 부르러 갔습니다. 또 경찰서에도 갔습니다. 모두 아주머니의 지시에 따라 한 일이었습니다. 아주머니는 모든 절차가 끝날 때까지 누구도 K의 방에 들어가지 못하게 했습니다.

K는 작은 칼로 경동맥을 끊어 단숨에 죽었습니다. 그 외 다른 상처는 없었습니다. 내가 꿈처럼 희미한 불빛 속에서 본 장지문의 핏자국은 그의 목에서 뿜어져 나온 것이었음을 알게 되었습니다. 대낮의 환한 빛 아래에서 그 자국을 다시 살펴봤습니다. 그리고 인간의 피가 그렇게 거세게 뿜어져 나온 것에 놀랐습니다.

아주머니와 나는 되도록 신속하게 K의 방을 청소했습니다. 다행히 그의 피는 대부분 이불에 흡수되고 다다미에는 거의 닿지 않아 그나마 뒷정리는 수월했습니다. 아주머니와 나는 그의 시신을 내 방으로 옮겨 평소처럼 잠든 모습으로 눕혔습니다. 그리고 나는 그의 본가에 전보를 치러 나갔습니다.

내가 돌아왔을 때, K의 머리맡에는 이미 향이 피워져 있었습니다. 방에 들어서자마자 향냄새가 코를 찔렀습니다. 그리고 그 연기 속에 모녀가 앉아 있었습니다. 아가씨의 얼굴을 본 건 어젯밤 이후로 그때가 처음이었습니다. 아가씨는 울고 있었습니다. 아주머니도 눈시울을 붉혔습니다. 사건이 일어나고 그때까지 눈물을 잊고 있던 나는 그제야 비로소 슬픔이라는 감정 속으로 빠져들었습니다. 내 가슴이 그 슬픔으로 인해 얼마나 편안해졌는지 모릅니다. 고통과 공포에 옥죄인 마음을 단 한 방울의 위로처럼 적셔준 것도 그때의 슬픔이었습니다.

나는 말없이 두 사람 곁에 앉았습니다. 아주머니는 내게도 향을 올리라고 말했습니다. 나는 향을 올리고 다시 말없이 앉아 있었습니다. 아가씨는 내게 아무 말도 하지 않았습니다. 가끔 아주머니와 한두 마디 주고받았으나, 그마저도 당장 꼭 필요한 얘기였습니다. 아가씨에게 K의 생전에 대한 얘기를 나눌 여유는 아직 없었던 모양입니다. 그래도 나는 어젯밤의 끔찍한 광경을 보여주지 않아 다행이라고 생각했습니다. 젊고 아름다운 사람이 끔찍한 것을 마주하면 그 소중한 아름다움이 그로 인해 파괴되어버릴 것만 같아 두려웠던 것입니다. 공포가 내 머리카락 끝까지 퍼졌을 때조차, 그런 생각을 무시한 채 행동할 수는 없었습니다. 죄 없는 아름다운 꽃을 마구 채찍질하는 듯한 불쾌함이 내 안에 깃들어 있었기 때문입니다.

고향에서 K의 아버지와 형이 왔을 때, K의 유골을 어디에 묻을지에 대해 내 의견을 말했습니다. 그의 생전에 함께 조시가야 근처를 자주 산책하곤 했습니다. K는 그곳을 무척 좋아했습니다. 그래서 나는 농담 삼아 "그렇게 좋다면야 나중에 죽으면 여기 묻어주지"라고 약속했던 기억이 있습니다. 지금 내가 그 약속대로 K를 조시가야에 묻는다 한들 그게 무슨 의미가 있을까 싶은 생각도 들었습니다. 하지만 내가 살아 있는 한, K의 무덤 앞에 무릎을 꿇고 매달 다시금 참회하고 싶었습니다. 자기들이 버린 K를 내가 그동안 돌봐 줬다는 것에 대한 도리 때문이었을까요. K의 아버지도 형도 내 말을 들어주었습니다.

51

K의 장례식에서 돌아오는 길에 그의 친구 중 하나가 K는 왜 자살한 거냐고 물어왔습니다. 사건이 발생한 이후, 나는 이미 수없이 그 질문에 시달려왔습니다. 아주머니도 아가씨도, 고향에서 찾아온 K의 아버지와 형도, 부고를 받고 온 지인들도, 심지어 K와 아무런 연고도 없는 신문 기자들까지도 예외 없이 같은 질문을 던졌습니다. 내 양심은 그때마다 쿡쿡 찔리는 듯한 고통을 느꼈습니다. 그리고 그 질문 속에서 네가 죽였다고 얼른 자백해라, 하는 소리를 들었습니다.

내 대답은 누구에게나 같았습니다. 단지 그가 나에게 남긴 편지 내용을 반복할 뿐, 다른 말은 단 한마디도 덧붙이지 않았습니다. 장례식장에서 돌아오는 길, 같은 질문을 던지고 같은 대답을 들은 K의 친구는 품에서 신문 한 장을 꺼내 내게 보여주었습니다. 걸어가면서 그 친구가 가리킨 부분을 읽었습니다. 거기에는 K가 부모 형제에게 의절당한 뒤 염세적인 생각을 품고 자살했다고 적혀 있었습니다. 나는 말없이 신문을 접어 친구에게 돌려주었습니다. 친구는 K가 미쳐서 자살했다는 기사도 있었다고 알려주었습니다. 경황이 없던 탓에 신문을 볼 여유조차 없었던 나는 그런 기사들이 나왔다는 사실조차 알지 못했지만, 속으로는 계속 신경이 쓰였습니다. 무엇보다 하숙집에 피해를 줄 만한 기사가 나올까 두려웠습니다. 특히 설령 이름만이라도 아가씨 얘기가 기사에 언급된다면 절대 참을 수 없다고 생각했습니다. 나는 그 친구에게 또 다른 기사는 없었느냐고 물었습니다. 그러자 자신의 눈에 띈 건 그 두 종류뿐이라고 답했습니다.

내가 지금 살고 있는 집으로 이사한 건 그로부터 얼마 지나지 않아서였습니다. 아주머니도 아가씨도 예전 집에서 살기를 꺼렸고, 나 또한 그날 밤 기억을 밤마다 되새기는 게 고통스러웠기에 우리는 상의 끝에 이사하기로 했습니다.

이사한 지 두 달쯤 지나 나는 무사히 대학을 졸업했습니다. 졸업하고 반년도 채 지나지 않아 나는 결국 아가씨와 결혼했습니다. 겉보기엔 모든 일이 예상대로 흘러갔으니 경사스러운 일이라고 해야 할 것입니다. 아주머니도 아가씨도 정말 행복해 보였습니다. 나도 행복했습니다. 하지만 내 행복에는 검은 그림자가 따라다녔습니다. 이 행복이 최후에는 나를 슬픈 운명으로 이끄는 도화선이 아닐까 생각했습니다.

결혼했을 때 아가씨가—이제는 아가씨가 아니므로 아내라고 하겠습니다— 아내가 무슨 연유에서인지 둘이서 K의 묘소를 찾아가자고 말했습니다. 나는 괜히 움찔했습니다. 왜 갑자기 그런 생각을 했느냐고 물었습니다. 아내는 둘이 함께 찾아가면 K가 기뻐할 거라고 답했습니다. 나는 아무것도 모르는 아내의 얼굴을 가만히 쳐다보다가, 아내가 왜 그런 얼굴을 하느냐고 묻자, 그제야 퍼뜩 정신을 차렸습니다.

아내의 바람대로 둘이 함께 조시가야로 향했습니다. 나는 K의 새로운 묘비에 물을 끼얹어 깨끗이 닦아주었습니다. 아내는 그 앞에 향을 피우고 꽃을 올렸습니다. 우리는 머리 숙여 합장했습니다. 아내는 아마도 우리가 어떻게 부부가 되었는지 K에게 들려주면 그가 기뻐해주리라 생각했을 겁니다. 나는 속으로 내가 잘못했다는 말만 되풀이할 뿐이었습니다.

그때 아내는 K의 묘비를 어루만지며 참 훌륭하다고 평했습니다. 그 묘비는 특별히 대단한 건 아니었지만, 내가 직접 석공을 찾아가 고른 것이었기에 아내는 일부러 그렇게 말하고 싶었던 것입니다. 새 묘비, 새 아내, 그리고 땅속에 묻힌 K의 새 백골을 떠올리고는 운명의 차가운 조소를 느끼지 않을 수 없었습니다. 그 후로 다시는 아내와 함께 K의 묘소를 찾지 않기로 마음먹었습니다.

52

내가 죽은 친구에게 느끼는 이러한 감정은 언제까지고 계속되었습니다. 사실 나도 처음부터 그걸 두려워했습니다. 오랫동안 바라왔던 결혼조차 불안 속에서 식을 올렸다고 해야겠지요. 하지만 인간이란 스스로 자신의 앞날을 알 수 없는 존재이기에, 어쩌면 이것이 내 마음을 바꾸고 새로운 삶으로 들어서는 계기가 되어줄지도 모른다고 생각했습니다. 그런데 막상 남편이 되어 아침저녁으로 아내와 얼굴을 마주하고 보니, 내 덧없는 희망은 가혹한 현실 앞에서 산산이 부서지고 말았습니다. 아내와 마주하고 있다 보면 불현듯 K가 나를 짓누르는 듯한 기분이 들었습니다. 즉 아내가 우리 둘 사이에 서서 K와 나를 끝까지 떼어놓지 않으려 하는 것 같았습니다. 아내에게서 어떤 불만도 느끼지 않았지만, 오직 이 점 하나 때문에 그녀를 멀리하고 싶었습니다. 그리고 그건 곧 아내도 느꼈습니다. 하지만 아내는 그 이유를 알지 못했습니다. 아내는 종종 왜 그렇게 생각에 잠겨 있느냐고, 마음에 들지 않는 게 있느냐고 캐물었습니다. 웃으며 넘길 수 있을 때는 괜찮지만, 때로는 아내도 신경이 예민해졌습니다. 결국에는 "당신, 날 싫어하지요?"라든가 "뭔가 나한테 숨기고 있는 게 분명해요"라는 원망의 말도 들어야 했습니다. 나는 그럴 때마다 괴로웠습니다.

차라리 모든 걸 아내에게 털어놓으려 한 적도 몇 번 있습니다. 그러나 막상 그러려고 하면 어디선가 알 수 없는 힘이 불쑥 나와 나를 억눌렀습니다. 당신이라면 내 마음을 이해해줄 테니 설명할 것도 없겠지만, 해야 할 얘기이니 말해두겠습니다. 그때 나는 아내에게 자신을 꾸미려는 마음이 전혀 없었습니다. 행여 내가 죽은 친구에게 가졌던 것과 같은 선한 마음으로 아내 앞에서 참회의 말을 쏟아냈다면, 아내는 기쁨의 눈물을 흘리며 내 죄를 용서했을 것입니다. 그런데도 그렇게 하지 않았던 이유는 이해타산 때문이 아니었습니다. 나는 단지 아내의 기억 속에 어두운 흔적을 남기는 게 견딜 수 없었을 뿐입니다. 순백의 마음에 단 한 방울의 잉크라도 떨어뜨리는 건 나로서는 참을 수 없는 고통이었다고 이해해주십시오.

일 년이 지나도록 K를 잊지 못했던 내 마음은 항시 불안했습니다. 나는 이 불안을 몰아내고자 책에 빠져들려고 애썼습니다. 맹렬한 기세로 공부를 시작했습니다. 그리고 그 결과를 세상에 내놓을 날이 오기를 기다렸습니다. 하지만 억지로 목적을 만들어내고, 억지로 그 목적이 이루어질 날을 기다리는 건 거짓된 일이라 불쾌했습니다. 아무래도 책 속에 마음을 파묻을 순 없었습니다. 나는 다시 팔짱을 낀 채 세상을 바라보았습니다.

아내는 그 모습을 당장 생활에 지장이 없으니 마음이 해

이해진 것으로 보고 있는 듯했습니다. 아내의 집에도 모녀 두 사람은 살아갈 정도의 재산이 있었던 데다 나 역시 직업을 구하지 않아도 별문제가 없는 처지였기 때문에 그렇게 생각하는 것도 무리는 아니었습니다. 그동안 편안한 환경에 길들어진 이유도 있을 것입니다. 하지만 내가 무기력해진 가장 큰 이유는 결코 그런 것이 아니었습니다. 작은아버지에게 속았을 때의 나는 남을 믿어서는 안 된다는 사실을 뼈저리게 느꼈지만, 남을 불신했을 뿐, 아직 나 자신만큼은 신뢰했습니다. 세상이 어떻든지 간에 나는 정직한 사람이라는 신념이 어딘가에 있었습니다. 그러던 게 K로 인해 완전히 무너지고, 나 자신도 그 작은아버지와 같은 인간이라는 것을 깨닫게 되었을 때, 나는 갑자기 휘청이기 시작했습니다. 남에게 정나미가 떨어진 것처럼 나 자신한테도 정나미가 떨어져서 아무것도 할 수 없게 된 것입니다.

53

책 속에 자신을 묻어버리지 못한 나는, 술에 영혼을 담가 스스로를 잊어보려 했던 시기도 있었습니다. 나는 술을 좋아한다고는 말할 수 없습니다. 하지만 일단 마시기 시작하면 제법 많이 마실 수 있는 체질이라서 그저 양에 의지해 감정을 마비시키려고 애썼습니다. 이 천박한 방편은 시간이 지날수록 나를 더욱더 염세적으로 만들었습니다. 만취한 상태에서도 문득 자신의 처지를 깨닫곤 했습니다. 일부러 이런 행동을 하면서 스스로를 속이고 있는 어리석은 인간이라는 걸 깨닫는 것입니다. 그러면 온몸이 떨리면서 눈도 마음도 완전히 깨어나버립니다.

때로는 아무리 마셔도 그런 거짓된 상태에조차 빠지지 못한 채 그저 깊이 가라앉기만 하는 순간도 있었습니다. 더욱이 기교를 부려 즐거움을 산 뒤에는 반드시 깊은 우울이라는 반동이 따라왔습니다. 나는 내가 가장 사랑하는 아내와 장모님에게 늘 그런 모습을 보였습니다. 게다가 그들은 그들 나름의 자연스러운 입장에서 나를 이해해보려 했습니다.

장모님은 가끔 아내에게 껄끄러운 말을 하는 듯했습니다. 아내는 그것을 내게 숨겼습니다. 하지만 아내 자신도 나를 탓하지 않으면 속이 풀리지 않는 듯했습니다. 탓한다고 해도 결코 심한 말은 아니었습니다. 아내의 말을 듣고 격분한 적은 없었으니까요. 아내는 무엇이 마음에 들지 않는지 거리낌 없이 말해달라고 애원했습니다. 그리고 내 미래를 위해 술을 끊으라고 충고했습니다. 한번은 아내가 울면서 "당신 요새 들어 달라졌어요"라고 말했습니다. 그뿐이었다면 괜찮았을지도 모릅니다. 그러나 "K씨가 살아 있었다면 당신도 이렇게 되진 않았겠지요"라고 말하는 것이었습니다. 그럴지도 모른다고 대답했지만, 내 대답의 의미와 아내가 이해한 의미는 전혀 달라서 슬펐습니다. 그런데도 아내에게 아무것도 설명할 마음이 들지 않았습니다.

나는 이따금 아내에게 사과했습니다. 대부분 술에 취해 늦게 돌아온 다음 날 아침이었습니다. 아내는 웃었습니다. 혹은 아무 말이 없었습니다. 때때로 눈물을 뚝뚝 흘리기도 했습니다. 어느 쪽이든 나 자신이 불쾌해서 견딜 수가 없었습니다. 그래서 아내에게 사과하는 건 곧 나 자신에게 사과하는 것이나 마찬가지였습니다. 마침내 나는 술을 끊었습니다. 아내의 충고 때문이라기보다 스스로 싫어져서 그만두었다고 하는 편이 적절하겠지요.

술은 끊었지만 아무 의욕도 없었습니다. 할 수 없이 책을 읽었습니다. 하지만 읽어도 그뿐, 아무렇게나 처박아 뒀습니다. 아내는 무엇을 위해 공부하느냐고 곧잘 물었습니다. 나는 그저 쓴웃음만 지었습니다. 그러나 마음속 깊은 곳에서는 세상에서 내가 가장 신뢰하고 사랑하는 단 한 사람조차 나를 이해하지 못하는가 싶어 슬펐습니다. 이해받을 방법이 있음에도 불구하고, 그럴 용기를 내지 못하는 나 자신을 생각하면 더욱 슬펐습니다. 나는 적막했습니다. 어디에도 속하지 못한 채, 세상에 오직 나 혼자만 살아가는 듯한 기분이 들 때도 많았습니다.

동시에 나는 K가 세상을 등진 이유를 수없이 곱씹어봤습니다. 그 당시 내 머릿속은 오로지 사랑이라는 두 글자에 지배된 탓이기도 하겠지만, 내 관찰은 오히려 단순하고 직선적이었습니다. K가 실연 때문에 죽었다고 곧바로 단정해버린 것입니다. 그러나 차츰 가라앉은 마음으로 같은 현상을 바라보니, 그리 쉽게 단정해선 안 된다는 생각이 들었습니다. 현실과 이상의 충돌, 그것만으로는 아직 충분치 않았습니다. 그러다 나중에는 K가 나처럼 혼자인 것이 너무나 외롭고 견딜 수 없어서, 갑자기 극단적인 생각을 하게 된 건 아닐까 하는 의심이 들었습니다. 그리고 또다시 섬뜩했습니다. 나도 K가 걸어간 길을 똑같이 따라가고 있다는 예감이 문득문득 바람처럼 가슴을 스쳤기 때문입니다.

54

그러는 사이에 장모님이 병이 들었습니다. 의사에게 보이니 도저히 가망이 없다고 진단했습니다. 나는 힘닿는 데까지 정성을 다해 간호했습니다. 그건 환자 본인을 위해서이기도 했고 또 사랑하는 아내를 위해서이기도 했지만, 더 큰 의미에서 보면 결국 인간을 위해서였습니다. 나는 그때까지 무언가 꼭 하고 싶어 했지만, 아무것도 할 수 없었기에 어쩔 수 없이 팔짱만 끼고 있었음이 틀림없습니다. 세상과 단절

된 채 살아가던 내가 처음 손을 내밀어 조금이나마 선한 일을 했다고 깨달은 건 바로 그때였습니다. 속죄라고밖에 부를 수 없는 감정에 지배당하고 있었던 것입니다.

그러다 장모님이 돌아가셨습니다. 나와 아내 단둘이 남겨졌습니다. 아내는 내게 이제 세상에 의지할 사람은 오직 한 사람뿐이라고 말했습니다. 나 자신조차 믿을 수 없는 나는 아내의 얼굴을 보고 나도 모르게 눈물을 글썽였습니다. 그리고 아내를 불행한 여자라고 생각했습니다. 또한 불행한 여자라고 입 밖에 낸 적도 있습니다. 아내는 이유를 물었습니다. 내 말뜻을 이해하지 못한 것입니다. 나도 그것을 설명해줄 수 없었습니다. 아내는 울었습니다. 내가 평소 비뚤어진 마음으로 그녀를 보기 때문에 이런 말까지 하는 것이라며 원망했습니다.

장모님이 돌아가신 후, 가능한 한 아내를 다정하게 대하려 했습니다. 그건 단순히 아내를 사랑했기 때문만은 아니었습니다. 내 다정함에는 개인을 넘어 좀더 넓은 배경이 있었던 것 같습니다. 장모님을 간호했던 것과 같은 의미에서, 내 마음이 움직였으니까요. 아내는 만족스러워 보였습니다. 하지만 그 만족 속에는 나를 이해할 수 없어서 생겨난 어렴풋하고 희박한 감정이 어딘가에 포함된 듯했습니다. 하지만 아내가 나를 이해한다고 해도 그 부족함이 더 커진다거나 줄어든다거나 할 리는 없습니다. 여자는 보다 큰 인도적 입장에서 비롯된 사랑보다 다소 도리에 어긋나더라도 자신에게만 집중되는 다정함을 더 좋아하는 성향이 남자보다 강해 보였으니까요.

어느 날 아내는 남자의 마음과 여자의 마음은 어떻게 해도 하나가 될 수 없느냐고 물었습니다. 나는 젊었을 때라면 가능할지도 모르지, 하고 애매한 대답을 해두었습니다. 아내는 자신의 과거를 돌아보는 듯하더니, 이윽고 옅은 한숨을 내쉬었습니다.

그때부터 내 가슴속에는 때때로 섬뜩한 그림자가 번뜩였습니다. 처음에는 우연히 바깥에서 덮쳐왔습니다. 나는 놀랐습니다. 오싹했습니다. 하지만 잠시 그렇게 지내는 동안, 내 마음은 그 섬뜩한 번뜩임에 응하게 되었습니다. 그러다 결국은 바깥에서 오는 게 아니라 내 가슴 깊은 곳에 태어날 때부터 숨어 있던 것처럼 느껴졌습니다. 그런 기분이 들 때마다 혹시 내 머리가 이상해진 건 아닐까 하고 의심해보았습니다. 하지만 나는 의사에게도 누구에게도 내 증상을 보이고 싶지 않았습니다.

나는 다만, 인간의 죄라는 것을 깊이 느꼈을 뿐입니다. 그런 감정이 달마다 나를 K의 묘지로 이끌었습니다. 그런 감정이 내가 장모님을 간호하게 했습니다. 그리고 그런 감정이 아내에게 다정하게 대해 주라고 명령했습니다. 그 감정 때문에 모르는 행인에게 채찍으로 맞고 싶다고까지 생각한 적도 있습니다. 이러한 단계를 하나하나 밟아가다 보니, 타인에게 채찍질을 당하기보다는 스스로 자신을 채찍질해야겠다는 생각이 들었습니다. 나는 어쩔 수 없이 이미 죽은 셈 치고 살자고 결심했습니다.

그렇게 결심하고 오늘까지 몇 년이 흘렀을까요. 나와 아내는 예전과 다름없이 사이좋게 지냈습니다. 우리는 불행하지 않았습니다. 행복했습니다. 하지만 내가 가지고 있는 한 부분, 나로서는 결코 가벼이 넘길 수 없는 이 한 부분이, 아내에게는 언제나 암흑처럼 보였을 것입니다. 그걸 생각하면 아내에게 몹시 미안한 마음이 듭니다.

55

죽은 셈 치고 살자고 결심한 내 마음은 이따금 외부 세계의 자극에 마구 요동쳤습니다. 그러나 내가 어느 쪽으로든 나아가려고만 하면, 그 순간 어디선가 무서운 힘이 나타나 내 마음을 움켜쥐고 옴짝달싹 못 하게 만듭니다. 그리고 그 힘은 너는 아무것도 할 자격도 없는 인간이다, 하고 말하며 나를 짓이겨버립니다. 그러면 나는 그 한마디에 바로 온 힘이 풀립니다. 한참 후에 다시 일어서려 하면, 또다시 그 힘이 짓누릅니다. 이를 악물고 왜 나를 방해하느냐고 소리를 지릅니다. 불가사의한 힘은 싸늘한 목소리로 비웃습니다. 스스로 잘 알고 있지 않느냐고 말합니다. 나는 또 힘없이 고꾸라지고 맙니다.

파란도 곡절도 없이 단조롭게 살아온 나의 내면에는 늘 이런 고통스러운 전쟁이 벌어졌다고 생각해주십시오. 아내가 보고 답답해하기 전에 나 자신이 그 몇 배나 더 답답함에 괴로워하며 살아왔을지 모를 정도입니다. 이 감옥 속에서 더는 버틸 수 없게 되었을 때, 또 그 감옥을 어떻게 해도 부술 수 없게 되었을 때, 결국 내가 가장 쉬운 노력으로 실행할 수 있는 건 자살밖에는 없다고 생각하게 되었습니다.

당신은 이유가 뭐냐며 눈을 크게 뜨고 놀랄지도 모르지만, 늘 내 마음을 움켜쥐러 오는 그 불가사의하고도 무서운 힘은 내 활동을 모든 방면에서 막고, 오직 죽음으로 가는 길만을 자유롭게 열어둡니다. 움직이지 않고 가만히만 있으면 모를까, 조금이라도 움직이려 하면 그 길을 가지 않고서는 더는 갈 길이 없었습니다.

나는 오늘에 이르기까지 이미 두세 번, 운명이 이끄는 가장 쉬운 방향으로 가려고 한 적이 있습니다. 하지만 자꾸 아내가 마음에 걸렸습니다. 그 아내를 함께 데려갈 용기는 물론 없었습니다. 아내에게 모든 것을 털어놓지도 못하는 내가 아내를 운명의 희생양으로 삼아 아내의 목숨을 앗아가는 난폭한 짓을 하다니, 생각만 해도 끔찍했습니다. 내게 나의 숙명이 있는 것처럼 아내에게도 아내의 운명이 있습니다. 두 사람을 한데 묶어 불태우는 것은 말도 안 될뿐더러 너무나 슬픈 비극일 뿐입니다.

동시에 나만 사라진 후 남겨질 아내를 상상하면 참으로 가여웠습니다. 장모님이 돌아가셨을 때, 이제 세상에 의지할 사람은 나밖에 없다고 했던 그녀의 말을 마음 깊이 새겨두고 있었습니다. 나는 늘 망설였습니다. 아내의 얼굴을 보고 그만두기를 잘했다고 생각한 적도 있습니다. 그러고 나서는 또 꼼짝없이 얼어붙고 말았습니다. 그리고 때로 뭔가 만족스럽지 못한 아내의 시선을 받곤 했습니다.

기억해주세요. 나는 이렇게 살아왔습니다. 처음 당신과 가마쿠라에서 만났을 때도, 당신과 함께 교외를 산책했을 때도, 내 기분은 그때나 지금이나 크게 변화가 없었습니다. 내 뒤에는 항상 검은 그림자가 따라다녔습니다. 아내를 위해 목숨을 부지하며 세상을 걸어온 것이나 다름없습니다. 당신이 졸업하고 고향으로 돌아갈 때도 마찬가지였습니다. 내가 9월에 다시 만나자고 한 약속은 거짓말이 아니었습니다. 정말로 만날 생각이었습니다. 가을이 가고 겨울이 오고, 또 그 겨울이 다 가더라도 반드시 만날 생각이었습니다.

그러던 중, 한여름의 무더운 시기에 메이지 천황이 붕어하셨습니다. 그때 나는 메이지의 정신이 천황에서 시작해 천황으로 끝난 듯한 기분이었습니다. 메이지 시대의 영향을 가장 강하게 받은 우리가 그 후에도 살아남아 있다는 건 시대에 뒤처지는 짓이라는 감정이 내 가슴을 강타했습니다. 나는 아내에게 그 말을 솔직하게 말했습니다. 아내는 웃기만 하고 대꾸는 하지 않았지만, 무슨 생각이 들었는지 갑자기 그럼 순사(殉死)라도 하지 그러냐고 놀렸습니다.

56

나는 순사라는 말을 거의 잊고 있었습니다. 평소에 사용할 일이 없어서 기억 속 깊이 가라앉아 썩어가고 있는 말이었습니다. 아내의 농담을 듣고 비로소 그 말을 떠올렸을 때, 나는 아내에게 만일 내가 순사한다면 메이지 정신을 위해 순사할 생각이라고 대답했습니다. 내 대답 또한 물론 농담에 지나지 않았으나, 어쩐지 나는 낡고 쓸모없는 그 말에 새로운 의미를 부여한 듯한 기분이 들었습니다.

그로부터 한 달 정도가 흘렀습니다. 천황의 장례가 거행되던 밤, 나는 평소처럼 서재에 앉아 있다가 조포(弔砲) 소리를 들었습니다. 그 소리는 나에게 메이지 시대가 영원히 떠났음을 알리는 소리처럼 들렸습니다. 나중에 생각해보니, 그것은 노기 대장이 영원히 떠났음을 알리는 소리이기도 했습니다. 나는 호외(號外)를 손에 쥐고 무심결에 아내에게 순사다, 순사, 하고 말했습니다.

신문에서 노기 대장이 죽기 전에 남긴 글을 읽었습니다. 세이난 전쟁 때 적에게 깃발을 빼앗긴 이후, 속죄하기 위해 죽어야 한다, 죽자, 생각하며 결국 오늘날까지 살아왔다는 의미의 구절을 보았을 때, 나는 무심코 손가락을 접으며 노기 대장이 죽음을 각오한 채로 살아온 세월을 헤아려보았습니다. 세이난 전쟁이 메이지 10년(1877년)에 일어났으니, 메이지 45년(1912년)인 지금까지는 삼십오 년의 거리가 있습니다. 노기 대장은 이 삼십오 년 동안 죽어야 한다, 죽자, 하는 생각을 품고 죽을 기회를 기다려온 것입니다. 그런 사람에게 살아 있던 삼십오 년이 더 고통스러웠을까, 아니면 칼을 배에 꽂은 단 한 순간이 더 고통스러웠을까, 과연 어느 쪽이 더 고통스러웠을까, 하고 생각했습니다.

그로부터 이삼일이 지나 나는 마침내 자살을 결심했습니다. 노기 대장이 죽은 이유를 내가 잘 이해하지 못하는 것처럼, 당신도 내가 자살하는 이유를 잘 이해하지 못할지도 모르나, 그건 시대의 변화의 따른 사람의 차이 때문이니 어쩔 수 없습니다. 혹은 개인이 타고난 성격의 차이라고 말하는 편이 더 정확할지도 모르겠습니다. 나는 이 불가사의한 나라는 존재를 당신에게 이해시키기 위해, 내가 할 수 있는 한 최선을 다해 지금까지의 서술로 나 자신을 모두 쏟아부었다고 생각합니다.

나는 아내를 남겨두고 떠납니다. 내가 사라진 후에도 아내가 의식주 걱정을 하지 않아도 된다는 게 다행입니다. 아내에게 잔혹한 공포를 주고 싶지 않습니다. 아내에게 피를 보이지 않고 죽을 생각입니다. 아내가 모르는 사이에 조용히 이 세상에서 사라지려 합니다. 내가 죽은 후, 아내에게는 내가 돌연사한 것으로 알려졌으면 합니다. 정신이상인 것으로 알려져도 나는 만족합니다.

죽기로 결심한 지 벌써 열흘이 넘었습니다. 하지만 그 대부분의 시간은 당신에게 이 긴 자서의 한 부분을 남기기 위해 썼다고 생각해주십시오. 처음에는 당신을 직접 만나 이야기하려 했으나, 막상 글로 써보니 오히려 나 자신을 더욱 분명하게 그려낼 수 있었던 것 같아 기쁩니다. 나는 감상에 취해 이 글을 쓴 것이 아닙니다. 나를 만들어온 나의 과거는 인간 경험의 한 부분으로서, 나 외에는 아무도 얘기할 수 없는 것이기에, 이를 거짓 없이 기록해 남겨두려는 내 노력은, 인간을 이해하는 데 있어 당신에게도, 또 다른 이들에게도 헛된 일이 아니리라 생각합니다. 얼마 전, 와타나베 가잔*은 〈한단(邯鄲)〉**이라는 그림을 완성하기 위해 죽음을 일주일 연기했다는 이야기를 들었습니다. 남들 눈에는 쓸모없는 짓

---

* 와타나베 가잔(1793~1841). 에도 시대 후기의 화가이자 정치가, 사상가.
** 중국 고전 《침중기(枕中記)》에서 유래한 '한단의 꿈(邯鄲の夢)' 이야기를 소재로 한 그림.

처럼 보일 수도 있겠으나, 본인에게는 또 본인 나름의 내면적 요구가 있었기에 어쩔 수 없는 일이라고도 할 수 있지 않을까요. 나의 노력 역시 단순히 당신과의 약속을 지키기 위해서만은 아닙니다. 반 이상은 나 자신의 요구에 따라 움직인 결과입니다.

하지만 나는 지금 그 요구를 이루었습니다. 이제 더는 아무것도 할 일이 없습니다. 이 편지가 당신 손에 들어갈 즈음이면, 나는 이미 이 세상에 없을 것입니다. 분명히 죽고 없을 것입니다. 아내는 열흘 전쯤부터 이치가야에 있는 숙모님 댁에 가 있습니다. 숙모님이 아프셔서 일손이 부족하다고 하길래 내가 가도록 권했습니다. 아내가 집을 비운 동안, 이 긴 글의 대부분을 썼습니다. 한 번씩 아내가 집에 들를 때면 얼른 감춰버렸습니다.

나는 나의 과거를, 선악을 불문하고 타인에게 참고로 제공할 생각입니다. 하지만 아내만은 예외로 해주십시오. 아내는 아무것도 몰랐으면 싶습니다. 아내가 내 과거에 대해 간직한 기억을, 되도록 순백의 상태로 보존해주고 싶은 것이 나의 유일한 바람입니다. 그러니 내가 죽은 후에도 아내가 살아 있는 한, 당신에게만 털어놓은 나의 비밀을, 가슴 깊이 묻어두기 바랍니다.

역자 후기

고요한 바다 아래, 슬픈 그림자

《마음》은 나쓰메 소세키의 대표작 중 하나이자, 일본 근대문학의 정수를 보여주는 작품입니다. 인간 내면의 심리를 들여다보듯 섬세하게 포착하며, 존재의 모순과 도덕적 딜레마를 외면하지 않고 깊게 응시합니다. 무엇보다도 이 소설은 우리 안에 숨어 있는 복잡하게 뒤엉킨 감정들—망설임, 질투, 열등감, 고독, 동정, 연민, 후회 같은 감정들—을 절제된 문체로 풀어내며, 읽는 이의 마음 깊은 곳을 조용히 두드립니다.

1914년 발표된 《마음》은 나쓰메 소세키가 세상을 떠나기 이 년 전, 심신의 쇠약과 고립 속에서 집필한 말년의 대표작입니다. 병든 몸으로 세상의 소음에서 등을 돌린 그는, 인간의 마음이라는 조용한 심연을 바라보려 했습니다. 《마음》은 그러한 그의 내면을 고스란히 담아낸 작품입니다. 이 소설은 겉보기에는 평온한 이야기처럼 보이지만, 그 수면 아래에는 고독과 죄책감, 인간 존재에 대한 깊은 통찰이 일렁입니다.

여름날 바닷가, 파란 하늘과 잔잔한 파도, 맑은 빛으로 반짝이는 수평선은 이 소설 전반에 깔려 있는 정서적 배경입니다. 그 청량감은 등장인물들이 감당해야 했던 삶의 무게, 즉 삶과 죽음, 죄책감과 책임 사이의 고뇌와 극명한 대비를 이루며, 읽는 이로 하여금 쉽게 잊히지 않는 울림을 남깁니다. 고요한 바다의 표면 아래, 누구도 들여다볼 수 없는 그늘이 웅크리고 있습니다. 이 소설은 그 그늘 속에 억눌린 소리 없는 고백을 담고 있습니다.

특히 소설 속 '선생님'이라는 인물은 '피해자가 가해자가 되는' 인간 심리의 비극을 상징합니다. 그는 진심으로 K를 아꼈지만, 자신의 욕망 앞에서 친구를 밀어냈고, 결국 K는 자살이라는 비극적 선택을 하게 됩니다. 선생은 죄책감 속에서 삶을 지속하다가, '나'를 만나면서 다시금 과거의 자신과 마주하게 됩니다. K가 죽은 시기와 나의 나이는 절묘하게 맞물려 있는데, 어쩌면 선생님은 나에게서 젊은 날의 K와 자신의 모습을 동시에 본 것일지도 모릅니다.

선생님은 자신이 선택했던 그 길을 나는 걷지 않기를 바랐습니다. 그래서 그는 나에게 긴 유서를 남깁니다. 그 속에는 단지 고백이나 유언을 넘어선, 하나의 경고와 바람이 담겨 있습니다.

'좀더 일찍 죽었어야 했는데, 어째서 지금까지 살아 있었을까.'

K의 유서 속 이 문장은 선생의 삶 내내 지워지지 않는 그림자였을 것입니다. 그리고 선생은 나를 통해 그 그림자를 넘어서고자 했습니다.

선생은 유서에서 이렇게 말합니다.

'틀에 찍어낸 듯한 악인은 세상에 존재하지 않아요. 평소엔 다 선한 사람들이에요. 적어도 다들 평범한 사람들이지요. 그런데 결정적인 순간이 되면 갑자기 악인으로 돌변하니까 무서운 겁니다. 그러니 방심하면 안 돼요.'

이 구절은 이 소설의 핵심을 꿰뚫는 문장입니다. 인간이란 무엇인가. 선함과 악함은 어떻게 나뉘는가. 우리는 나 자신을 믿어도 되는가. 《마음》은 독자에게 이 무거운 질문을 조용히 던지며, 아무 대답 없이 고요히 침묵합니다.

번역가로서 이 작품을 옮기며 가장 고심했던 부분은, 그 침묵의 깊이를 어떻게 담아낼 수 있을까 하는 것이었습니다. 나쓰메 소세키의 문장은 수면 위로는 단정하고 고요하지만, 그 아래는 쉼 없이 파동치는 감정들이 숨어 있습니다. 저는 문장과 문장 사이에 숨겨진 그 감정의 흐름을 좇아가며, 그것이 독자의 가슴에 자연스럽게 닿기를 바라는 마음으로 한 문장 한 문장 옮겼습니다.

《마음》은 단지 한 시대의 이야기가 아닙니다. 그것은 '지금 이 순간, 우리의 마음'에 대한 이야기이기도 합니다. 타인을 향한 무심함, 자기 자신에 대한 불신, 그리고 그 속에서 마지막까지 남겨지는 연민과 책임. 이 모든 것이 담긴 이 고요한 소설이, 독자 여러분의 마음에도 잔잔한 파문처럼 남기를 바랍니다.

여름을 앞두고

장하나